TRILOGIE

DEMON HUNTERS
2 - The Curse of Judas

TRILOGIE

DEMON HUNTERS

2 - The Curse of Judas

Avertissement de l'auteur

Ce livre contient des trigger warning tels que des mots grossiers, des tortures psychologiques et/ou physiques, présence de scènes de meurtres sanglants, et tentative de suicide.

Ne convient pas à un public sensible, bien que les scènes ne soient pas trop choquantes.

Etant un roman relatant des chasses aux monstres et autres créatures de la nuit, nos Chasseurs seront amenés à commettre des actes punis par la loi.

Si vous faites partis de ce public sensible, n'allez pas plus loin, votre santé est plus importante à mes yeux que vous faire découvrir mon monde.

Prenez soin de vous, avant tout.

Pour les avertis, bonne lecture !

© 2024 Paméla Chauvin
Édition : BoD · Books on Demand GmbH, In
de Tarpen 42, 22848 Norderstedt (Allemagne)
Impression : Libri Plureos GmbH, Friedensallee
273, 22763 Hamburg (Allemagne)
ISBN : 978-2-3225-5693-9
Dépôt légal : Octobre 2024

PROLOGUE

Fox

Quinze mois. C'est le temps qui s'est écoulé depuis que j'ai eu ce rêve qui annonçait la mort de ma famille. Et je n'ai pas pu empêcher sa réalisation. Mon père était le seul à avoir une information concernant Abaddon. Je ne peux m'empêcher de me demander si ce n'était pas *l'information* qui aurait permis la destruction du démon. Et voilà que tout est à nouveau perdu.

Depuis, j'ai abandonné la Chasse. En fait, la foudre que j'avais pris m'avait été très utile. Même si après avoir perdue ma famille et trouvé les Walher, j'ai réalisé la Prophétie.

Oui vous l'avez compris, je suis une Oracle. J'ai eu le droit à ce surnom grâce à Carl, Will et même Azriel. Même si les garçons ont perdu foi en Dieu depuis bien des années déjà.

Pour eux, il a déserté.

Pour eux, c'est un lâche.

Fin de l'histoire.

Mais je ne peux m'empêcher de me demander s'il n'y a pas plus que ça dans cette histoire, qu'un simple abandon. Et si c'était un test de sa part, pour que nous lui prouvions que nous sommes dignes de sa confiance ? Pour prouver que nous avons foi en lui, même quand on croit que tout est perdu ?

Je dois avouer que je n'en sais trop rien. J'aimerais y croire. Après tout, les Anges sont bien sous ses ordres. Pourtant, n'empêcherait-il pas toutes ces abominations, s'il n'avait pas abandonné ?

Quoi qu'il en soit, depuis cette prophétie, ma vie entière a changé. Pour le meilleur et pour le pire.

CHAPITRE PREMIER

Fox

Je vis à Denton dans le Montana, maintenant. J'ai choisi de tirer un trait sur mon passé. Plus de démons, de Carl ou de Will Walher… Plus de Chasseurs du tout. Sauf peut-être une.

J'avais, par chance, fait la rencontre de Jimmy quand j'avais atterri chez Rodger après m'être fait tirer dessus par Carl. Elle m'a été d'une grande aide une fois que j'ai quitté ma vie de Chasseur. Carl a essayé de me convaincre de continuer en m'appelant des dizaines de fois. Mais je ne lui avais jamais répondu. J'écoutais chacun de ses messages laissés sur le répondeur, qui me demandaient pourquoi j'étais partie aussi subitement.

Mais je ne pouvais pas répondre.

Je n'en avais plus la force.

Tout avait changé en deux ans.

* * * * *

J'entra dans le commissariat de Denton, d'un pas hésitant.

Je ne savais plus où j'en étais.

J'étais perdue.

Je me sentais mal.

Ma tête cognait et mon estomac faisait des loopings. Je ne comprenais pas comment j'en étais arrivé là. Enfin... Si je comprenais. Mais je ne réalisais pas vraiment. Je n'avais pas eu le temps de digérer la nouvelle, que j'étais partie à la hâte, provoquant l'incompréhension chez tous ceux que je connaissais.

— Bonjour, je peux vous aider ? m'accueillit un jeune homme à l'accueil du commissariat.

J'approcha de quelques pas et balaya la salle du regard à la recherche de la raison de ma présence en ces lieux.

— Je souhaiterais voir le Shérif Melton, s'il vous plaît... chuchotais-je.

— Je suis désolé, mais le Shérif...

— Fox ? Laisses McLean ! s'exclama la voix autoritaire de Jimmy. Je la connais, c'est la nièce d'un ami.

8

C'est un Chasseur comme moi.

McLean, de son nom de famille, me laissa passer en souriant d'un air désolé. Je lui rendis son sourire — qui devait ressembler à s'y m'éprendre à une grimace — et rejoignis Jimmy à la porte de son bureau.

Elle était devenue Shérif un mois avant que je ne la rencontre, lorsqu'elle a aidé le poste de police à tuer des démons qui avaient possédés des personnalités importantes de la ville. Elle aurait très bien pu accepter le poste de Maire que lui proposait l'actuel Maire, mais elle avait refusé. Elle préférait être Shérif puisque ce dernier n'avait pas survécu à son exorcisme.

Naturellement, les autorités de la ville ainsi que le Maire, étaient au courant qu'elle était un Chasseur. Seuls les habitants étaient restés dans l'ignorance, les autorités préférant ne pas créer une hystérie collective.

— Que se passe-t-il ? s'inquiéta-t-elle en voyant mon visage se décomposer de plus en plus.

Étais-je si horrible que ça à regarder ?

— J'ai besoin de vous, chuchotais-je en réprimant un sanglot.

Jimmy soupira avec un sourire maternel et rassurant

sur le visage, et me fit entrer dans son bureau avant de
refermer la porte derrière moi.

* * * * *

Je fais des allers-retours nerveux dans mon salon en regardant l'heure à la montre autour de mon poignet, lorsque la sonnette de l'entrée résonne à travers le rez-de-chaussée. Soulagée, je vais ouvrir et laisse entrer la fille de ma voisine, de dix-sept ans, que j'attendais avec impatience. Je risque d'avoir cinq minutes de retard au travail…

— Salut Mercy. Comment vas-tu ? demandé-je en laissant entrer.

— Je me suis coltiné une mauvaise note en algèbre, râle cette dernière en entrant. Mes parents viennent de me passer un savon monumental. C'est pour ça que j'ai un peu de retard, désolée.

Je lui adresse un sourire compatissant et vais me préparer un thermos de café pour le trajet en voiture. Je ne peux quand même pas lui en vouloir pour les cinq minutes de retard, alors qu'elle vient de se faire engueuler par ses parents ! La pauvre.

Les parents de Mercy sont des gens très sérieux qui ne supportent pas les gens différents. Certes très gentils avec les gens du coin, ils n'hésitent pas à repousser les nouveaux venus qui n'entrent pas dans leur « critères de sélection ».

Monsieur Darvis, est un comptable qui travaille dans une grande filiale automobile — ma voiture étant celle d'une filiale concurrente, il la regarde en grimaçant à chaque fois qu'il la voit —, et Madame Darvis est une ménagère qui fait partie du comité de parents d'élèves de l'école du coin. Elle a beau être gentille, ne vous y fiez pas. Elle peut être très méchante quand on la vexe. Et elle n'hésite pas à déblatérer dans le dos des mères qui ne lui plaisent pas, et refuser l'accès à une activité choisie pour votre enfant, juste pour vous montrer que c'est elle qui tient les rênes. Une fois, je l'ai entendue dire qu'elle avait empêché un petit garçon de faire partie du club de basket de son école, alors qu'il voulait plus tard une bouse pour le basket à l'Université de son choix. Le rêve de ce petit garçon était de devenir un sportif de haut niveau. Je n'ai jamais vue une femme aussi cruelle. Pourtant, j'ai eu affaire à des démons qui avaient l'air beaucoup plus sympathiques qu'elle.

Les parents de Mercy sont des gens très sérieux qui ne supportent pas que leur fille ramène de mauvaises notes. Ce sont, malgré tout, des gens comme on en voit dans ces films clichés, qui veulent absolument que leur fille vise une grande école prestigieuse. Cependant, Mercy souhaite seulement faire le boulot dont elle rêve. Et je doute que ce soit du genre avocat ou médecin. Mais jamais elle ne m'a jamais soufflé mot de ce que cela pouvait être. Sans doute avait-elle peur que j'en parle à ses parents. Ça pouvait se comprendre.

— Tu veux boire quelque chose ? proposé-je en souriant.

— Un bouillon qui me donnerait la connaissance universelle ? me sourit Mercy.

Je lui adresse un sourire compatissant.

— Je regrette. Tout ce que j'ai à te proposer malheureusement, c'est du café, du thé ou du chocolat au lait. Pour ce qui est de la connaissance universelle, je te conseille de te tourner vers un savant fou.

— Dommage. Je me contenterai de prendre un café alors.

Je lui adresse un sourire amusé et remplis une tasse de café chaud que je lui tends.

— Il dort ?

Je lance un coup d'oeil vers le plafond comme si je pouvais y voir à travers et me tourne vers Mercy.

— Oui. Tu ne devrais pas avoir de problèmes. Je n'en ai que pour deux heures de toute façon. Il leur manque une serveuse, alors je vais les dépanner. Donc fais ce qui te plaît. J'ai juste une règle comme toujours…

— Pas d'invité dans cette maison, récite Mercy, amusée. Ne t'en fais pas. En plus je viens de rompre avec mon mec. Il était trop collant. Pour quelqu'un qui voulait du *sans attache*, je le trouvais trop attaché à moi.

Sur ce point, je ne comprends pas cette petite. Elle a la chance qu'un mec soit fou d'elle et elle le rejette comme un vulgaire déchet.

C'est ironique ce que je dis, quand j'y pense… Moi-même j'ai fui Carl il y a quelques mois de ça.

— Bon… Je me sauve. Si je suis encore en retard, je risque de perdre mon job et n'aurais plus les moyens de payer ces foutues factures. Ton argent est sur la table basse du salon. Bon courage !

— À toi aussi Fox ! s'écrie Mercy qui se laisse tomber sur le canapé.

Je souris en la regardant prendre ses aises comme à son habitude et quitte rapidement la maison.

Je n'ai jamais été adepte de ces gens qui veulent que les jeunes qui leur rendent service, les appellent par monsieur ou madame. Pour ma part, je préfère qu'on m'appelle par mon prénom. C'est plus convivial. Et puis j'aime bien cette petite. Elle est adorable.

Quand j'arrive au boulot, je me change rapidement et me prépare pour prendre la commande de plusieurs personnes qui attendent patiemment. Je pointe mes heures en saluant Henry.

— Salut ma belle. Contente d'être ici ?

— J'aurais préféré rester à la maison…

— Ouais Maddison craint un max. et comme par hasard, le patron aussi est absent. Mon salaire qu'ils s'envoient en l'air.

— Compte pas sur moi, m'esclaffé-je. J'aurais parié la même chose.

— Tu crains Fox ! râle Henry en retournant un steak pour la commande d'un routier installé au comptoir. C'était l'occasion de me faire plus de blé.

Je ris en secouant la tête et vais à la rencontre des clients installés à une table, qui patiente en discutant entre eux.

— Bonjour, souhaitez-vous que je prenne votre commande ?

J'attrape mon carnet de commande, dans mon tablier, mon stylo, et patiente en souriant.

— Nous souhaitons trois cafés…

« *Même pas un bonjour…* », pensé-je pour moi-même.

— ... un chocolat chaud, deux assiettes de pancakes avec du bacon et des saucisses, une assiette de gaufres à la chantilly, et une assiette de crêpes aux Nutella.

« *Rien que ça...* ».

— Autre chose ? me forcé-je à sourire en notant la commande.

— Non ce sera tout, me sourit le père de famille.

— Très bien. Je vous demande de patienter, je vous apporte ça dès que ce sera prêt.

Je leur fais un sourire, et vais déposer le bon de commande au cuisto dans les cuisines en restant derrière mon comptoir pour avoir une vue sur la salle.

— Comment tu vas, ma belle ?

Il me tend une assiette de frites avec un gros hamburger — qui me met l'eau à la bouche —, destinée au client du comptoir.

Je la dépose devant le routier en lui souhaitant un bon appétit et recule pour le laisser manger tranquillement.

En guise de réponse à la question de Henry, je hausse les épaules et me tords presque le cou pour jeter un œil à l'homme.

— Ils ne m'ont même pas souhaité le bonjour, marmonné-je en m'assurant de ne pas être entendue par les clients de la table en question.

— Les joies du service, soupire l'homme. Tu finiras par t'y habituer.

Je grogne d'agacement et force un sourire en direction de Henry.

— Je trouve ça triste de devoir s'y habituer, comme si c'était à nous de fournir des efforts alors que c'est à eux.

— Quand on est dans le métier aussi longtemps que moi, plus rien n'étonne.

Je soupire d'un air songeur et m'appuie contre le comptoir avant d'adresser un sourire aux enfants de la famille dont j'ai pris la commande.

Au bout d'une heure, la porte du drive-in carillonne en s'ouvrant. Je jette un oeil aux personnes qui entrent, pour les accueillir, et remarque alors leurs yeux noirs.

Des Démons.

Mon sang se glace dans mes veines. Que font-ils ici ?

— Henry ? Ça t'ennuierait de surveiller la salle quelques minutes ?

Je me penche au-dessus du comptoir pour chuchoter.

— Il faut que j'aille au petit coin.

Je n'ai pas le choix. Il faut que je m'en aille d'ici de suite. Je m'en veux de devoir les laisser là avec ce sac de nœud, mais il faut que je le fasse. J'espère seulement qu'ils ne souffriront pas à cause de moi.

— Pas de soucis, me sourit Henry.

Je lui fais un sourire forcé en essayant de garder mon calme, et quitte rapidement de restaurant en passant par derrière, après avoir récupéré discrètement mes affaires dans le casier.

Je monte dans ma voiture, et démarre en trombe pour rentrer chez moi. A peine une heure que je suis au boulot, et voilà qu'il faut que je reparte. Je n'ai pas le choix, il faut que je quitte cette ville rapidement.

J'attrape mon téléphone dans la poche de mon jean, et compose le numéro du bureau de Jimmy.

— Shérif Melton à l'appareil. J'écoute ?

— Jimmy, c'est moi ! m'exclamé-je en grillant un feu rouge, provoquant plusieurs coups de klaxon d'automobilistes en colère. Désolée ! dis-je à l'adresse des automobilistes à travers la fenêtre.

— Fox ? Qu'est-ce qui se passe ?

— Des Démons ! m'écrié-je en prenant un virage serré.

— Des Démons ? Où ça ?

— Ils sont au drive-in où je bosse. Je suis désolée, mais tu risques de recevoir des contraventions à mon nom.

— Pourquoi ? Tu es en train de fuir ?

— Ça fait quinze moi que j'ai arrêté la Chasse et tout à coup des Démons arrivent sur mon lieu de travail ! Tu trouves que c'est un hasard, toi ?

— Très bien, mais sois prudente. S'ils ont trouvé ton lieu de travail, qu'est-ce qui te garantis qu'ils ne savent pas où tu habites ?

« *Oh non… Pas ça…* »

Je ne prends pas la peine de répondre et appuie sur l'accélérateur pour arriver plus vite. Je n'ai pas de temps à perdre. Il faut absolument que je rentre chez moi.

Lorsque je me gare devant chez moi en trombe, mon cœur ratte un battement, et je me fige net. La porte d'entrée est grande ouverte, laissant apercevoir l'intérieur. Je redoute le pire. Je laisse le moteur allumé et descends.

J'entre sur la pointe des pieds, pour ne pas être entendue, et attrape l'arme qui est dissimulée sous le meuble de l'entrée. Je déverrouille le cran de sécurité et recherche Mercy. Il y a du sang un peu partout dans la maison.

Je déglutis avant de reprendre mes esprits.

Je monte à l'étage silencieusement mais le plus vite possible, et vais dans la chambre contigüe à la mienne en espérant que Mercy s'y soit cachée. Il est toujours là, endormi dans son lit. Comme s'il ne s'était rien passé. Mais Mercy n'est pas là.

Je le lève délicatement et le pose dans son siège. Je suis soulagée qu'il ne se réveille pas. Je ne peux m'empêcher de soupirer en l'attachant dans son siège. Je le porte et descends les escaliers en braquant mon arme en face de moi pour tirer en cas de problème.

Je n'avais pas fait le tour du rez-de-chaussée, trop occupé à chercher James, mon fils, et ma jeune voisine. Mais je la vois là, étendue dans le salon, la gorge tranchée.

Mercy.

Son sang est étalé un peu partout dans mon salon.

Je prends une grande inspiration malgré l'envie de vomir qui me montre à la gorge et m'apprête à sortir, quand un Démon surgit devant moi en me barrant la route. Je pose mon fils et le tourne dos à moi pour qu'il ne voit rien dans le cas où il se réveille. Je brandis l'arme face au Démon, lui pointe en pleine tête et tire. Il s'effondre lourdement sur le sol.

Réveillé brusquement à cause du bruit de détonation de

mon arme, mon fils se réveille brusquement et se met à pleurer. Mon cœur rate un battement, craignant qu'il n'attire d'autres Démons. J'attrape mon fils et me précipite à la voiture rapidement. Je l'installe et essaye de le calmer, mais je suis trop pressée par le danger.

Je ferme ma portière et démarre.

Je suis soulagée quand il finit par s'endormir au bout de dix minutes de route. Mais je sais que si ces Démons étaient là pour moi, alors ils ne seront pas les derniers

Je prends une grande inspiration, redoutant cet appel que je n'ai jamais osé passer depuis que je suis partie. J'attrape mon portable et compose le numéro de Carl. A mon grand soulagement, il décroche sans tarder.

— Ici Carl à l'appareil ! répond calmement ce dernier, ne se doutant pas de l'agitation qui m'anime, ni même qui je suis. A qui ai-je l'honneur ?

Sa voix m'a tellement manquée…

« Reste calme… Reste calme… »

J'aurais pu appeler Rodger qui vit juste à côté, mais j'ai besoin de le voir *lui*. D'entendre sa voix, de voir son visage, de sentir son parfum… Il me manque tellement. Il est une des rares personnes qui a le don de me calmer. L'autre étant son cadet.

Ma voix se fait pressante, alors que je me répétais intérieurement que je devrais rester calme. Pourtant, c'est d'une voix forte et affolée que je lui parle.

— Carl, c'est Fox ! Pitié, ne raccroche pas. Il faut que vous m'aidiez ! Des Démons m'ont retrouvé ! Ils me suivent !

— Quoi ? Où es-tu ?

L'inquiétude de Carl m'apaise quelque peu. Au moins, il ne m'envoie pas sur les roses.

Je regarde la route avec prudence et essaye de rester concentrée. Mais quoi que je fasse, mes yeux se posent sur le rétroviseur pour voir si je suis suivie, alors que s'ils devaient apparaître dans ma voiture, ils le feraient aussi facilement que passer par la portière.

— Je quitte Denton.

— D'accord. Nous sommes à Portland pour une affaire qu'on vient de boucler, m'indique Carl. Penses-tu pouvoir nous y rejoindre ?

Je regarde James dormir dans son siège à côté de moi. Il faut que je m'arrête pour que je puisse l'attacher. Je n'ai pas le choix. Sa sécurité passe aussi par ma conduite.

Je gare la voiture sur le bas-côté de la route et attache la ceinture pour immobiliser le siège auto.

— Je pense que je serais là dans… deux heures environ.

— On t'y attend. Si tu as le moindre souci, fais-le moi savoir.

— Merci, Carl…

Je soupire et raccroche.

Dès que je me suis assurée que le siège ne bougerait pas, je remets mon moteur en marche et trace un trait direct vers Portland. C'est là-bas que je vivais autrefois. Mais j'ai l'impression que c'était il y a des siècles, maintenant. Dans une autre vie. Jamais je ne me serais douté à ce moment-là que je tomberai enceinte et que retournerai vers ce genre de vie à cause de quelques Démons qui — je pense — ne sont pas là par hasard.

Carl

Je n'avais pas reconnu le numéro qui m'appelait. C'est pour cela que j'ai décroché. Il arrive souvent que les Chasseurs changent de numéro pour ne pas être retrouvé par les Fédéraux. Mais lorsque j'ai entendu sa voix, affolée de surcroît, mon sang n'a fait qu'un tour dans mes veines. Pourtant, j'aurais été tenté de ne pas répondre si j'avais reconnu le numéro.

Voilà un bon moment que je n'ai pas eu de ses nouvelles. Jamais de sa part. Pas une seule fois depuis qu'elle est partie sans prévenir. Et pourtant, je ne compte plus le nombre de fois où j'ai appelé dans l'espoir qu'elle me réponde enfin, et le nombre de message que j'ai laissé sur son répondeur. Je lui en veux vraiment. Je lui aurais fait comprendre si elle avait eu la décence de décrocher.

Pourtant, quand j'entends sa voix affolée dans le micro du téléphone, je ne peux m'empêcher de m'inquiéter pour elle et ma colère s'est quelque peu dissipée. Ou du moins, elle s'est légèrement apaisée.

Suivie par des Démons… pourquoi ? Ça n'a aucun sens ! Pourquoi un Démon voudrait s'en prendre à un Chasseur ? Certes elle est au courant qu'il existe un moyen de tuer Abaddon, depuis qu'elle en a fait le rêve. C'est grâce à elle qu'on savait qu'il en existait un, et c'est grâce à sa Prophétie qu'elle est encore en vie. J'aurais pu comprendre qu'Abaddon soit à ses trousses, mais de simples Démons… ? Que lui veulent-ils, au juste ? Est-ce parce qu'elle est un Oracle ?

À ce propos, a-t-elle abandonné la Chasse ?

Continue-t-elle à se battre contre des créatures maléfiques ?

Ça pourrait expliquer pourquoi elle est suivie par des Démons. Mais dans ce cas, elle ne m'aurait pas appelé d'une voix aussi affolée pour que je lui vienne en aide.

— Que voulait-elle ? me demande mon frère aussi surpris par cet appel que moi. Ça fait un bail qu'on n'a pas entendu parler d'elle.

— Apparemment elle est suivie par des Démons et elle a besoin de nous.

— Elle ne peut pas les Chasser ? s'étonne-t-il.

Lui aussi ne comprend pas. Sa voix paraît sèche. Son départ l'a aussi ébranlé que moi. Il la considérait comme une sœur.

— Ouais… soupiré-je. Je sais que ce n'est pas net. Mais nous aurons des réponses dans environ deux heures.

J'ignore comment va se passer ma rencontre avec Fox. Elle est partie sans prévenir, en laissant un simple mot. Jusqu'à ce que Jimmy me prévienne qu'elle était en vie, je n'avais pas de réponse et elle ne prenait jamais les appels que je lui passais.

Je me sentais mal.

Désespéré.

En colère.

J'ai cru, au départ, qu'elle avait été enlevée par un démon ou une autre créature. Puis quand j'ai vu ce mot sur le matelas de son lit, j'ai été à la fois soulagé et perdu. Je n'ai jamais compris les motifs de son départ.

Mais peut-être que j'aurais les réponses, qui sait ?

CHAPITRE DEUX

Fox

Lorsque j'arrive à Portland — au bout d'un peu moins de deux heures à cause de la vitesse —, Will m'envoie un message avec l'adresse du motel où ils sont, une fois que je les ai informés de mon arrivé. Je m'y dirige et gare ma voiture à côté de celle de Carl qui attend, adossé au capot de sa voiture.

J'aimais le voir positionné de cette manière contre cette voiture lorsque je parcourrais le pays avec eux. Ça lui conférait un côté à la fois Bad Boy et sérieux.

Je coupe le moteur, prenant une grande inspiration en lançant un coup d'œil à mon fils à côté de moi, et sors de mon véhicule.

Je rejoins les garçons et suis aussitôt prises dans les bras de Will qui n'a pas hésité à s'approcher de moi. Je suis surprise par son geste, mais ne relève pas. Je pensais qu'il m'en voudrait. Qu'il se montrerait froid et distant. J'étais bien loin du geste chaleureux dont il est en train de faire preuve. Mais peut-être est-ce une apparence… ?

— Comment tu vas ? m'interroge-t-il.

— Ça va, soupiré-je en lui rendant son étreinte.

Il me relâche et Carl me prend dans ses bras à son tour. Cependant, contrairement à son frère, il reste distant vis-à-vis de moi.

Je comprends son comportement. Après tout, je suis partie sans prévenir et j'ai ignoré ses appels. C'est de bonne guerre.

Je me détache de Carl en soupirant et force un sourire. C'est l'heure de vérité…

— Pourquoi tu es partie ? me questionne Carl comme s'il vient de lire dans mes pensées.

— Heu… Tu peux nous expliquer pourquoi tu as un bébé à l'avant de ta voiture ? nous interrompt Will, il me regarde d'un air intrigué.

Je me tourne instinctivement vers l'endroit où se trouve mon fils et ne peux m'empêcher de sourire.

— C'est… C'est mon fils, avoué-je mal à l'aise.

Les deux hommes me fixent avec des yeux à la fois surpris et abasourdis.

Je recule vers ma voiture pour prendre appuis contre elle

pour me soutenir. Je ne me sens vraiment pas à l'aise avec cette situation. Ce n'est pas comme ça que j'imaginais cette conversation, toutes les fois où j'envisageais d'avouer la vérité aux eux frères.

— C'est la raison pour laquelle je suis partie il y a quelques mois, continué-je en marmonnant.

Je tousse pour essayer de dissiper le malaise qui vient de s'installer entre nous et fais le tour de la voiture pour attraper mon fils qui ne dort plus mais qui reste calme dans son siège.

— Viens mon cœur, chuchoté-je en le prenant dans mes bras pour rejoindre les garçons. Carl, Will, je vous présente James. James, je te présente Will et Carl.

Le frère cadet nous regarde silencieusement, puis s'avance vers moi lentement. Il semble rester sur ses gardes.

— Je peux le porter ? hésite-t-il en tendant ses mains vers moi, prudemment.

Je regarde James et de tend finalement à Will en forçant un sourire.

— Je le tiens, m'informe-t-il, en souriant. Merci.

Je lui adresse un sourire, plus rassurée, et lance un regard vers Carl qui reste silencieux et en retrait. Je ne sais pas à quoi il pense, et ça m'inquiète. Se doute-il qu'il est le père de cet enfant ?

— Et si on rentrait se mettre à l'abri ? réplique-t-il enfin.

Je pousse un soupir de soulagement.

— Ouais c'est une bonne idée, répond Will amusé par le petit garçon qui lui sourit.

Je note que Will a l'air plus joyeux depuis qu'il serre son neveu dans ses bras.

Son neveu, sans qu'il le sache… À moins qu'il se doute de quelque chose.

— Ok… Alors… Willy, prends la voiture de Fox, s'il te plaît. Et Fox montera avec son fils dans ma voiture, décrète Carl sans me demander concertation.

Je tourne mon regard vers lui, surprise, mais reste silencieuse.

Sans un mot de plus, il s'éloigne de nous et va chercher le siège de James avant de l'installer dans sa voiture, sur la banquette arrière. Will me rend James en m'adressant une moue désolée et je l'installe dans son siège avant de monter à l'avant du véhicule pour prendre la route l'instant d'après.

✳ ✳ ✳ ✳ ✳

Au bout d'une demi-heure, Carl se gare sur le bas-côté de la route et sort son téléphone pour contacter son frère. Il met sur haut-parleur et me tend le téléphone pour que je le prenne.

— Carl ? Pourquoi tu t'es arrêté ? Il y a un problème ?

— Aucun ne t'en fais pas. Continue à rouler, on te rattrapera au prochain arrêt. Fox doit donner le biberon à James.

— Pas de problème. Au moindre ennui, appelles Azriel.

— Compte sur moi.

Il tourne les yeux vers moi et désigne son téléphone du menton.

— Tu peux raccrocher.

Je m'exécute en silence, et prépare le biberon de James avant de lui donner en lui souriant tendrement. Lorsque je tourne les yeux vers son père, je remarque qu'il m'observe silencieusement.

— Désolé, marmonné-je mal à l'aise. Il aurait dû manger il y a une heure. Mais dans l'affolement je n'ai pas pensé à le faire. Je préférais le mettre à l'abris avant qu'un de ces démons ne nous retrouve.

— C'est une première… soupire Carl. J'ai eu des chiens, des démons, des Anges, un Oracle, même un bébé loup-garou. Mais c'est la première fois qu'il y a un bébé vraiment humain dans cette voiture.

Je souris d'un air gêné, et demeure silencieuse.

— Il a quel âge ? s'enquiert Carl en fronçant les sourcils, mal à l'aise.

— Six mois, confessé-je en sentant chaque nerf de mon corps se tendre.

Je remarque alors, que les doigts de Carl se sont crispés sur le volant, son regard dans le vague.

Je sais que ma réponse est une sorte d'aveu concernant la paternité de James. Je sais également qu'il a compris à ma réponse.

— J'ai besoin de savoir. Est-ce que… ?

Je retiens mon souffle quelques secondes, et annonce d'une voix calme et détachée.

— Oui. James est bien ton fils.

Il accuse le coup en regardant droit devant lui.

— Tu es partie parce que tu étais tombé enceinte de moi, comprend Carl dont les jointures de ses phalanges ont blanchi tellement il serre le volant.

— Pour protéger le bébé, continué-je en sentant les larmes me monter aux yeux.

J'ai essayé tant de fois d'oublier ce moment…

* * * * *

32

— Qui a-t-il, Fox ? me questionna Jimmy en s'asseyant sur la chaise à côté de moi.

— Jimmy... Je suis... Je suis enceinte, pleurais-je alors.

Jimmy m'observa avec surprise.

— Quoi ? M... Mais de qui ?

— De Carl, chuchotais-je en reniflant. Je suis enceinte de Carl.

— Oh là ! Si je m'y attendais... Je ne sais pas comment réagir, là. Que veux-tu faire, Fox ?

Je secouai la tête, les yeux rivés sur mes genoux.

Je ne savais pas ce que je voulais faire, à dire vrai. Tout ce dont j'avais besoin à cet instant précis, c'était qu'on me rassure et qu'on me dise que tout allait bien se passer.

J'avais besoin qu'on me dise ce que je devais faire. Mais je devais me débrouiller toute seule.

— Je crois que je vais le garder, bredouillais-je alors avant de prendre une grande inspiration.

Décidée, je me redresse en hochant la tête.

— Oui, je vais garder le bébé.

C'était sans doute la meilleure chose à faire. Même si

33

je ne savais pas que sept mois plus tard il y aurait des complications et que je ressentirais autant de souffrance pour une si petite chose.

— ARGH ! JE VEUX MOURIR ! hurlais-je en m'accrochant aux barreaux de sécurité du brancard.

J'avais l'impression de me retrouver dans ma vision, en train de me faire déchiqueter par un Cerbère, mais de l'intérieur. La douleur était épouvantable.

— Il faut que vous poussiez encore un peu mademoiselle Blair ! Encore un peu et le bébé sera là ! s'exclamait mon gynécologue en me parlant d'une voix douce pour me rassurer. Vous êtes très forte. Il faut juste que vous poussiez encore un peu !

J'avais envie de pousser. Mais je n'avais plus aucune force. Je ne pouvais plus le faire.

Ma tête tournait.

Tout devenait flou autour de moi.

Je sentais que mon cœur ralentissait.

Je me sentais de plus en plus faible.

J'aurais aimé à cet instant que Will et Carl soient là pour me soutenir. Mais c'était ma faute s'ils n'étaient pas là.

« Carl… Will… Carl… »

— *Docteur Bennette, nous sommes en train de la perdre ! s'écriait une sage-femme. Son cœur ralentit !*

— *Quoi ? Qu'est-ce qui se passe ? discernais-je la voix de Jimmy, affolée.*

Heureusement, à défaut de pouvoir compter sur eux de mon propre chef, je pouvais compter sur Jimmy.

Mais je me sentais partir. Tout devenait flou autour de moi, et elle ne pouvait rien y faire.

— *Elle n'a plus la capacité de pousser. Il faut pratiquer une césarienne, entendis-je la voix de mon gynécologue qui semblait garder son sang-froid. Nous allons les perdre tous les deux, sinon.*

Et ce fût le trou noir.

Quand je me réveillais, j'étais en salle de réveil.

J'étais seule.

— *Où suis-je… ? chuchotais-je en levant la tête. Il y a quelqu'un ?*

Une infirmière apparaît aussitôt à la porte de la chambre en me souriant.

— *Bienvenue parmi nous, Mademoiselle Blair.*

— *Où suis-je ?*

— Vous êtes en salle de réveil. Nous avons dû pratiquer une césarienne sur vous, pour sortir votre bébé. Vous avez perdu connaissance pendant l'intervention. Nous avons été obligés de mettre votre bébé en couveuse. C'est un prématuré. Il a besoin de soin, et vous aussi.

— Est-ce que... je peux le voir ? m'inquiétais-je en fronçant les sourcils.

— Bien sûr, me souriait-elle.

* * * * *

— Pourquoi tu ne m'as rien dit ? me reproche Carl, d'un air froid.

Comment puis-je lui en vouloir ?

— Parce que tu avais d'autres choses auxquelles penser... soufflé-je en regardant le paysage par ma fenêtre. Tu n'es pas du genre à abandonner la Chasse pour assumer un bébé. Tu es un homme qui aime la vie de Chasseur. Tu aimes bouger. Tu aimes te battre et tu... tu... tu t'es fait quoi ?

Je regarde son bras où se dessine une marque rouge, assez spéciale.

Je me glisse sur mon siège et lui attrape le bras pour mieux le regarder, mais il le retire en douceur. De toute évidence, il n'a pas envie d'en parler.

— Oh ! … Ça ce n'est rien, répond Carl, évasif. Et ce n'est pas le sujet de la conversation.

Je soupire en levant les yeux au ciel. Mais je n'ai pas l'intention d'abandonner la partie. Je viens de me rendre compte d'une chose en touchant son bras : je tiens encore à lui. Plus que je ne le voudrais. S'il croit que je vais laisser tomber, il se met le doigt dans l'œil.

Quand on arrive, au bout de quelques heures de routes, Will qui conduit ma voiture ouvre une sorte de passage et entre dans un long tunnel sombre. James se met alors à pleurer.

Je me retourne instinctivement vers lui, et pose ma main sur sa couverture. Je sens le regard en coin de Carl, mais je préfère me focaliser sur mon fils. Automatiquement, il semble se calmer dès qu'il perçoit mon contact.

La voiture s'immobilise enfin au bout d'une minutes ou deux. Je ne saurais dire exactement.

Je commençais à en avoir marre de la route. Je croyais que ça n'en finirait pas.

— Je vais te montrer une chambre assez grande pour toi

et notre... et ton fils, marmonne Carl en sortant James de la voiture à ma place.

Je le regarde faire, abasourdie. A-t-il failli dire « notre fils » ?

— Tu veux le reprendre ? me questionne mon ex-amant en me tendant le siège bébé.

— Tu pourrais le porter pour moi s'il te plaît ? mens-je en feignant l'épuisement. Je suis fatiguée avec toutes ces émotions.

— Avoues que tu as perdu la main ! se moque Will.

Je me mets aussitôt à sourire à cette pique destinée à me taquiner.

— Je ne suis pas certaine que le démon que j'ai zigouillé à Denton soit de ton avis.

— Pourquoi il t'a attaqué ? me questionne Will en redevenant sérieux, tandis qu'il porte ma valise de secours à travers les couloirs.

J'en ai toujours une dans le coffre de la voiture pour mon fils et moi dans le cas où je dois partir en urgence. Comme c'est le cas aujourd'hui.

— Ils ont peut-être eu vent de l'identité du père, répliqué-je du tac au tac en prenant un air ironique qui ne passe pas inaperçu auprès de Will.

— Quoi ? Comment ça ? Qui est le père ?

Je me mords la langue pour me punir de parler aussi vite. Ce n'est pas de cette manière que je voulais qu'il découvre qu'il était l'oncle de James.

— Sans doute le dernier des abrutis… marmonne Carl en ouvrant une porte sous le regard appuyé de son frère qui semble perdu. Voici ta chambre. Tu peux faire comme chez toi du moment que tu ne mets pas le nez dehors. Ils pourraient essayer de te tuer une nouvelle fois.

Je le regarde tristement et entre dans la pièce. Ce n'est pas le grand luxe avec cette déco épurée, mais je m'en contenterais. Je ne cherche pas l'hôtel cinq étoiles, non plus. Il faut que j'apprenne à sortir de ma zone de confort, si je veux rester en vie. J'ai trop pris l'habitude d'une vie confortable.

— Nous n'avons pas de lit pour bébé pour le moment. Tu penses pouvoir faire avec, cette nuit ? reprend Carl en redevenant sérieux et distant comme je l'ai connu.

— Oui je faisais avec quand j'étais à la maternité. Je n'arrivais pas à dormir sans James. Vous auriez un drap en plus, s'il vous plaît ?

— Je t'apporterais ça, me répond Will en forçant un sourire.

— Comment tu l'as appelé ? me demande Carl qui affichait une surprise évidente.

— Je lui ai donné le nom de votre père… avoué-je mal à l'aise. James Blair-Walher.

— J'ai raté quelque chose ? nous interroge Will, qui ne comprend plus rien.

— Je t'expliquerai après, l'informe Carl qui me devance avant que je n'aie le temps de me lancer dans des explications. Je vais t'apporter un plateau repas, et tu pourras te reposer.

— Merci Carl, soupiré-je en forçant un sourire. Est-ce que je pourrais vous prendre un peu d'eau minérale, si vous en avez ?

Will échange un regard interloqué avec son frère.

— La vie de femme au foyer t'a rendu fragile au point de ne plus boire d'eau du robinet ?

Je lève les yeux au ciel en ignorant la remarque sarcastique de Carl. Je me serais fait la même remarque s'il n'avait pas été question de mon fils.

— C'est pour James. Les bébés de cet âge doivent prendre

de l'eau minérale pour leur biberon de lait. Pour éviter les microbes et impuretés qui pourraient les rendre malade.

— Tu n'en as vraiment plus ? me demande Carl inquiet.

— Juste assez pour tenir jusqu'au biberon de neuf heures, demain matin.

L'air de mon ex-amant se fait alors plus doux, si bien que je me demande si je ne suis pas en pleine hallucination.

— On ira t'en acheter demain t'en fais pas, m'assure-t-il en esquissant un léger sourire.

Cela me soulage de le voir enfin sourire. J'ai cru qu'il était atteint d'une cécité du sourire.

— Je vous remercie les garçons, souris-je avant de poser James sur le lit.

Lorsque je me tourne vers la porte pour faire face aux deux frères, ils ne sont plus là.

CHAPITRE TROIS

Fox

Je suis allongé sur mon flanc gauche, et donne le biberon à James qui est bloqué dans la pliure d'un drap pour ne pas tomber par terre. Il dort presque, mais il boit goulûment si bien que je dois redoubler de prudence pour m'assurer qu'il ne s'étouffe pas en avalant son lait. Je n'ai jamais réussi à détacher mon regard de lui. À la maternité, je n'avais d'yeux que lui. Il ressemble tellement à son père… Je craignais tellement qu'on me l'enlève, que je n'en dormais que lorsqu'il était contre moi.

On frappe à la porte de la chambre. Deux coups secs et distincts, puis la porte s'ouvre et la tête de Carl passe dans entrebâillement.

— Je peux entrer ?

En voyant son air inquiet, je ne peux m'empêcher de lui

43

sourire pour le rassurer. Depuis quand semble-t-il aussi inquiet de s'imposer de cette manière, alors qu'il y a plusieurs mois de cela, il s'était infiltré par effraction dans mon appartement et m'avait prise en embuscade contre un mur de mon salon ?

— Bien sûr.

Il entre avec un plateau à la main et ferme la porte derrière lui avec son pied.

— Ça va ? Tu n'es pas trop mal installé ?

Je lui adresse un sourire amusé de son inquiétude.

— Non. Ne t'en fais pas. J'ai l'habitude. Enfin… j'ai déjà vécu ça à la maternité.

Je suis mal à l'aise de lui parler de ça. Je ne veux pas qu'il se sente désolé.

Il va au bureau, et se pose sur la chaise.

— Je suis vraiment désolé que tu te sois sentie obligé de ne rien me dire… soupire Carl.

Je fronce les sourcils. Je ne veux pas qu'il se sente coupable. Et je lui dois des explications.

— Je ne savais pas ce que je devais faire et je ne voulais pas que tu te sentes obligé de quoi que ce soit vis-à-vis de moi, expliqué-je mal à l'aise. Et puis après que je sois partie, je n'osais pas répondre au téléphone parce que je n'arrivais pas à couvrir les pleurs de James, et il aurait fallu que je t'explique les choses. Et je craignais ta réaction.

Carl regarde James, pensif.

— Tu peux t'approcher si tu veux, lui proposé-je en souriant.

— Je ne veux pas…

— Viens ! insisté-je. Il ne va pas te manger. Il a déjà un biberon dans la bouche.

Il semble hésiter, mais il se déplace et s'agenouille à côté de son fils.

— Je ne suis pas expert en bébé, mais il n'est pas censé être plus grand ?

— Il est né prématurément, avoué-je, hésitante à mon tour.

Carl fronce les sourcils. Il ne sait donc pas ce que veut dire « prématurément » ?

— J'en étais à mon septième mois de grossesse quand il est né.

— Que s'est-il passé ?

— Et si tu me disais ce qu'il t'est arrivé pour que tu aies la marque de Judas sur ton bras ? lui demandé-je en soupirant.

— Je suis surpris que tu connaisses cette marque.

— Je te signale que je suis la fille d'un Chasseur. La marque de Judas est une malédiction qui a été lancée contre ce dernier lorsqu'il facilité l'arrestation de Jésus. C'est avec la lance du Destin que ce dernier a été tué. C'est parce qu'il a trahi Jésus, qu'il a été maudit. Et au fil des siècles, c'est devenu une dague, mais elle a été perdue au siècle dernier. La légende raconte qu'elle aurait le pouvoir de tuer n'importe quelle créature. Y compris les Êtres célestes. Et ce serait apparemment valable pour Dieu.

— Je dois bien admettre que tu t'y connais pas mal…

— Je te rappelle que ce sont les recherches de mon père qui vous ont permis de trouver un moyen de trouver quelque chose pour tuer Abaddon. Mais je ne m'attendais pas à ce que la marque de Judas soit une sorte de cicatrice laissée sur la peau. Will aussi en a une ?

— Tu ne t'en sortiras pas comme ça, me sourit Carl, amusé. Je ne répondrais que si tu réponds à ma question.

Je lève les yeux au ciel. J'ai oublié combien il peut être autoritaire quand il est sérieux. Et un brin têtu en plus de ça.

— Il y avait une disparition d'enfants à Denton. Jimmy ne voulait pas que je m'en mêle, et j'ai obéis. J'ai mené une vie normale, bien que ce soit compliqué, jusqu'à ce que je me fasse enlever chez moi. J'avais la trouille, et j'ai eu la malchance de tomber sur un Vampire. Je n'ai pas trop eu de choix que celui de me défendre, et Jimmy est arrivé pour me sauver. Et puis j'ai perdu les eaux, comme ça, sur le lieu où le Vampire venait d'être tué par Jimmy. Tu peux me croire quand je te dis que les douleurs de la Chasse ne sont rien comparé aux contractions.

Je marque une pause en ricanant doucement, avant de reprendre d'une voix plus claire.

— Les contractions sont vraiment horribles. Mais ce n'est rien quand on apprend que le bébé ne peut pas sortir parce qu'on est trop faible. J'étais trop épuisée pour pousser, et j'ai fait un malaise en plein milieu de l'accouchement. Ils ont dû me faire une césarienne.

— Une quoi ? me demande Carl interrogatif.

— Ils m'ont ouvert le bas du ventre pour sortir le bébé. Mon ventre n'est plus le même. J'ai maintenant une longue cicatrice rose qui le barre au niveau du maillot. Je ne pourrais plus m'exposer en maillot de bain, souris-je pour diminuer la gravité de cet évènement.

Carl rit à son tour. C'est bon de le voir sourire.

— Mais c'était nécessaire. Autrement le bébé et moi serions morts tous les deux.

Je prends une grande inspiration pour changer de sujet et refoule ces souvenirs désagréables. Normalement, l'accouchement est supposé être un des plus beaux jours dans la vie d'une maman. Mais on ne peut pas dire que ce soit le cas pour moi. Ce serait plutôt le lendemain, à mon réveil.

— Maintenant à toi, Carl. Tu ne t'en sortiras pas sans répondre à ma question.

Il reprend son sérieux, et je vois ce creux se former entre ses sourcils.

Ce creux qui m'inquiétait toujours quand il apparaissait.

Ce creux qu'autrefois j'avais envie d'embrasser pour le faire disparaître.

— Je ne sais pas si tu es au courant pour Abaddon… soupire-t-il.

— Je te rappelle que dans ma Prophétie elle me tuait.

— C'est vrai. On a découvert dans les recherches de ton père que le seul moyen de la tuer, c'est grâce à la Dague du Destin. Et cette Dague du Destin en question ne peut être contrôlé que si tu possèdes la marque de Judas. C'est Judas en personne qui m'a transféré sa malédiction parce qu'il pensait que j'avais le potentiel pour tuer Abaddon.

— Tu penses que tu vas y arriver ? À la tuer je veux dire.

— Et toi ? Tu penses que je peux y parvenir ? m'interroge Carl, en retournant ma question.

— Je pense que tu le peux. Tu as la capacité nécessaire pour réussir à la détruire. La légende raconte que si tu n'es pas digne de cette marque, elle te tue. Et tu n'es pas mort. Mais ne t'éloignes pas des gens qui te tiennent à cœur. Ils sont là pour te rappeler qui tu es, et combien tu es aimé. Elle va te corrompre et te rendre comme son propriétaire original. Si elle te contrôle, tu deviendras probablement comme Docker. Et sois prudent. Judas a été maudit parce qu'il avait trahit quelqu'un en qui il tenait.

Carl reste silencieux. Je ne sais pas ce qu'il peut bien penser. Je n'aime pas qu'il soit aussi silencieux.

James termine son biberon et s'endort presque aussitôt lorsque je lui mets sa sucette dans la bouche. Carl me prend le biberon, mal à l'aise et me tend le plateau pour que je mange.

— On ne sait pas trop cuisiner. Alors je me suis dit que j'allais te faire un sandwich jambon, mayonnaise, salade et fromage.

Je lui adresse un sourire reconnaissant, et mange mon

sandwich. Autrefois, j'aimais bien les sandwichs qu'il préparait. Même si c'était un repas classique, je les trouvais toujours délicieux. Probablement parce que c'était lui qui me les préparait.

— Je suis désolé de t'avoir embarqué dans cette histoire… bredouillé-je après avoir avalé ma bouché.

— Quelle histoire ? Tu étais en danger. Tu n'allais quand même pas régler ça toute seule en prenant le risque de perdre James.

Il a raison. D'autant plus que j'ai eu le premier réflexe de prendre la fuite. À croire que je ne suis doué que pour ça…

— Pourquoi tu n'as pas contacté des Chasseurs qui se trouvaient plus près de chez toi ? me questionne Carl les sourcils froncés.

Je rougis légèrement. En-dehors de Jimmy que j'ai contacté pour prendre la fuite, je n'avais pas songé une seule seconde à demander de l'aide à d'autres Chasseurs que Carl et Will. Pourtant, je suis certaine que Jackson O' Flaherty m'aurait rendu service avec joie.

— Parce que tu es la première personne à laquelle j'ai pensé, avoué-je, mal à l'aise.

Je pose mon sandwich dans l'assiette. Je ne sais pas si je

vais pouvoir terminer mon repas.

Quant à Carl, sa mâchoire se crispe, mais il reste imperturbable.

— Écoute Carl. Je ne m'attends pas à ce que tu fasses comme si je ne m'étais jamais enfuie pour mettre au monde ton enfant sans te prévenir. J'accepte mon erreur et je vis avec. Je ne m'attends pas non plus à ce que tu agisses comme un père pour James. Je ne te demande pas tout ça.

Face à son silence, je lève les yeux en secouant la tête, et commence à me lever pour ranger mes affaires dans mes sacs.

— Que fais-tu ?

— Je crois que n'aurais jamais dû venir... maugréé-je en enfouissant des affaires à la va-vite dans mon sac, sans prendre la peine de ranger correctement.

Mes mains tremblent, tellement je suis sur les nerfs.

— Il est hors de question que tu t'en ailles, m'interrompt Carl en vidant le contenu de mes sacs à mesure que je les remplis.

— Que fais-tu ? râlé-je.

— Je t'empêche de faire une connerie qui vous mettra en danger, James et toi.

Je me plante face à lui, les poings sur les hanches et le regarde avec mécontentement le temps qu'il finisse de ranger mes affaires.

— Tu sais que si je veux partir, tu ne pourras pas me retenir ?

— Ne t'en fais pas pour ça. Tout le monde a pu constater tes capacités à prendre la fuite en douce, rétorque Carl en se tournant vers moi.

Je recule d'un pas, sentant une pointe me transpercer le cœur.

Ses mots me blessent, mais je sais qu'il a raison. J'ai agi comme une gamine les deux fois où j'ai pris la fuite. Même si, en définitive, il n'y a eu qu'une seule fois. Je ne me suis pas enfuie quand je suis tombé sur mon ex. Je savais à quoi m'attendre, mais je m'en suis tiré avec quelques bobos tout de même.

Après, si Carl est au courant, c'est parce que j'ai été obligé de tout leur raconter. Mais j'ai passé sous silence mon aventure avec celui-ci. Même si ça ne nous a pas empêché d'en avoir une quand même. Résultat, j'ai un bébé de six mois maintenant, et il a un père qui n'en est pas vraiment un.

Je me laisse tomber sur le lit, assise, en regardant Carl tristement.

— Excuses-moi… soupire-t-il. Ce n'est pas ce que j'ai voulu dire.

— Ne dis pas de conneries, tu veux ? le contredis-je à mon tour en me frottant le front. On sait pertinemment tous les deux que c'était ce que tu as voulu dire. Et je ne t'en veux pas.

— Je vais te laisser te reposer, marmonne mon ex en posant mon sac vide sur le bureau. Ne fais rien de stupide cette nuit Fox. N'oublie pas qu'on ferait n'importe quoi pour vous protéger, Will et moi.

Je tourne la tête vers James, en ignorant la remarque de son père, et le laisse quitter la chambre en silence. Je décide de finir mon sandwich et d'aller me coucher.

J'ignore qu'elle heure il est quand je me réveille. Il n'y a pas de réveil dans cette chambre. Mais je sais qu'il est tard. C'est déjà ça.

Je me tourne et constate que James n'est pas avec moi. Ni le siège bébé. Je fronce les sourcils, et me lève d'un bond pour partir à sa recherche. J'ouvre la porte de ma chambre et entends la voix de Will.

— Tu ne veux pas que l'un de nous reste avec Fox, au cas

où ?

Je n'entends pas la réponse que Carl lui donne.

Je soupire et quitte la chambre à la recherche de mon fils. Je ne mets pas longtemps à le trouver. Il est en compagnie des deux frères, qui préparent leurs sacs.

Je les interromps en m'approchant de James, sans prendre la peine de me demander si la conversation était confidentielle ou non.

— C'est donc ici que tu te trouves, souris-je en détachant mon fils pour le prendre dans mes bras.

Will se tourne vers moi en souriant, en fourrant des armes dans son sac.

— Oui, on s'est permis de le prendre parce qu'il pleurait.

— Willy lui a donné le biberon, ajoute Carl en regardant distraitement son sac.

Son frère tourne les yeux vers lui, les sourcils froncés, mais ne relève pas. Je me demande alors si Carl dit la vérité, ou si c'est lui qui s'en est occupé.

— Eh bien, merci… souris-je. Je ne l'avais pas entendu pleurer. Ces quinze mois loin de vous, m'ont fait prendre de mauvaises habitudes je crois.

— Il fallait rester avec nous, dans ce cas ! rétorque Carl

avant de grimacer de regret.

— Carl ! lui reproche aussitôt son frère.

Ce dernier soupire en fermant les yeux, l'air de regretter ses paroles.

— Désolé. Ce n'est pas…

— Ce que tu voulais dire, le coupé-je, vexée. Oui, tu te répètes là.

Carl se tourne vers son frère, comme s'il voulait avoir une conversation avec lui. Je décide donc de les laisser seuls pour aller dans la cuisine, pour me préparer une tasse de café et un bol de lait aux céréales.

Quelques minutes plus tard, tandis que je déguste mon déjeuner, Will me rejoint dans la cuisine en forçant un sourire.

— On a fait quelques courses pour James, m'annonce-t-il en souriant, l'air fier de lui.

Je remarque alors les bouteilles d'eau minérales, et le lait en poudre. Carl a dû remarquer et retenir ce que je donne à James, grâce à la boîte de lait que j'ai laissé sur mon bureau.

— C'est gentil à vous, merci, souris-je touchée de l'attention.

— On a déjà été amené à nous occuper d'un bébé mais c'était un loup-garou. Mais bon… je crois que c'est la même chose pour les couches, et le lait.

— Je pense que oui. Merci Willy.

Il m'adresse un sourire amusé.

— Ça fait longtemps que je ne t'avais pas entendu m'appeler comme ça.

Un silence s'installe dans la pièce, tandis que je le regarde se préparer une tasse de café. Probablement pour meubler le silence ou pour se débarrasser de la gêne que je le vois afficher sans qu'il ne doive en avoir conscience.

Je pense que je devrais faire quelque chose pour le mettre plus à l'aise et pour qu'il ne réfléchisse pas à une échappatoire et me laisse seule.

Je me rends compte que leur présence m'avait manquée.

— A ce propos… Je suis désolé de m'être enfuie sans vous prévenir autrement que par l'intermédiaire un petit mot.

Le Chasseur se tourne vers moi et affiche un air compréhensif. Je ne peux m'empêcher de me sentir soulagée. Il était mon meilleur ami avant que je ne décide de mettre les voiles.

— Ne t'en fais pas, j'ai compris. Mais je pense que tu devrais le dire à Carl que c'est son fils.

Je fronce les sourcils, perdue. Je pensais que Carl aurait annoncé à son frère qu'il avait un fils.

Gênée qu'il y ait un non-dit entre les deux frères, je ricane tristement.

— Il ne te l'a pas dit ? Il le sait que c'est le père. Il me l'a demandé dans la voiture, hier soir.

Un éclair de surprise traverse le regard de Will, avant qu'il sourît d'un air moqueur.

— Je comprends pourquoi il était aussi troublé en te préparant le sandwich et pourquoi il s'est levé pour s'occuper de James.

Je peux m'empêcher d'être troublée.

Pourquoi se serait-il embarrassé à s'occuper de son fils, s'il n'avait pas l'intention de dire à son frère qu'il était le père ?

— À voir ta tête, je me doutais bien que c'était lui qui l'avait fait. J'ignorais qu'il en serait capable, compte tenu du fait qu'il ne l'avait pas touché hier.

— Tu aurais dû voir ses yeux… chuchote Will sur le ton de la confidence en s'installant face à moi. Il ne regardait que lui. Il avait une sorte de fierté dans le regard.

Je me sens sourire. Ainsi donc, il prend soin de son fils, même s'il ne l'avait pas avoué à son frère.

Quelles que soient ses raisons, je suis soulagée que ce ne

soit pas parce qu'il le reniait.

— Où est-il ? demandé-je, en réalisant que je ne l'ai pas revue.

— Il est parti enquêter sur une affaire. Il voulait qu'on y aille tous les deux, puis il m'a demandé de t'emmener plutôt trouver du matériel pour que tu puisses avoir du confort pour ton fils.

— Normalement j'ai un lit pliant à l'arrière de la voiture, derrière les sièges auto du conducteur et du passager… pensé-je en retournant à la dégustation de mes céréales. Je ne sais pas pourquoi je n'y ai pas pensé hier.

Je devais vraiment être épuisée par les évènements. En général, je n'oublie pas ce genre de détails.

— Un lit pliant ? me demande Will hésitant. Ça t'arrive souvent de te trimballer avec ça dans ta voiture ?

— Je suis un Chasseur et un Oracle. Alors je reste du genre prudent. J'avais préparé en avance des sacs de voyage pour James et moi, avec quelques couches, le lit… et quelques autres choses. Au cas où il faille partir d'urgence. Je crois qu'inconsciemment, j'ai eu une sorte d'intuition.

— Un truc d'Oracle… murmure Will qui m'adresse un sourire pour me montrer qu'il a compris. Tu veux que j'aille chercher le lit et que je l'emmène dans ta chambre ? Comme ça on essaiera ensuite de trouver un magasin d'articles pour bébés dans le coin… À moins que tu préfères que ce soit Carl qui t'accompagne.

— Non ! Pourquoi tu n'aurais pas le droit de m'accompagner ? Tu es l'oncle de James après tout, souris-je pour le rassurer. Et puis quand bien même ton frère était là, je doute qu'il accepte de nous y accompagner.

— Je n'en serais pas si sûr à ta place.

Will quitte la cuisine sur ces mots me laissant seule dans la pièce, à méditer sur ses paroles en terminant mon petit déjeuner, avant de retourner dans ma chambre.

Lorsque plus tard je retourne dans ma chambre, le lit pliable attend dans un coin de la pièce, et Will a disparu. Je pose le siège de James contre ma tête de lit, et prends mon fils pour lui changer la couche et l'habiller.

Au bout d'une demi-heure, nous sommes tous prêts à sortir, et j'ai même préparé le biberon de James pour qu'il puisse le boire dans la voiture.

— Je ne sais pas si ça t'embête, mais on va devoir prendre ta voiture. Carl ne se sépare jamais de la sienne comme tu le sais.

— Pas de soucis, ne t'en fais pas. J'ai le moitié-plein.

Je prends le sac à langer et suis le Chasseur jusqu'au garage.

— Je n'ose pas te demander comment s'est passé ta grossesse et ton accouchement... marmonne Will mal à l'aise.

J'attache James à l'arrière de la voiture et adresse un sourire à Will qui est assis au volant, et qui me regarde faire.

— Tu viens de le faire je crois.

Will sourit et attend patiemment que je lui réponde.

— J'ai accouché prématurément.

Au contraire de Carl, Will comprend aussitôt de quoi je parle, et me regarde gravement.

— Quoi ? Qu'est-ce qu'il s'est passé ?

— J'ai été enlevé par un Vampire. Jimmy était sur l'affaire mais elle m'avait dit de m'en tenir éloigné. Alors j'ai obéi, mais la malchance a voulu que je me fasse kidnapper par ce Vampire.

Je sors de la voiture et ferme la portière avant de m'installer à côté de Will et d'attacher ma ceinture.

— J'ai dû me défendre si je ne voulais pas mourir et perdre le bébé. Puis Jimmy est arrivé et elle a décapité le Vampire. Mais le stress que j'ai emmagasiné m'a fait perdre les eaux. Et comme j'étais trop épuisée parce que j'ai dû me défendre, j'ai perdu connaissance pendant l'accouchement. Une césarienne a été obligatoire pour sortir James et nous sauver tous les deux. J'étais dans l'incapacité de pousser, terminé-je.

Will démarre en silence. Il attend d'être assez loin de leur planque, pour reprendre la conversation.

— Je suis vraiment désolé que tu te sois retrouvé seule.

Je hausse les épaules.

— Techniquement, je ne l'étais pas. Dès que j'ai appris ma grossesse grâce à un médecin et une prise de sang, je suis partie aussitôt demander de l'aide à Jimmy.

— Je sais que tu le sais déjà, mais pourquoi tu ne nous as rien dit ? On aurait pu t'aider, tu sais ?

— À quoi faire ? Tu le sais, toi ? Je ne savais pas ce que je devais faire. J'avais peur et j'étais perdue. Il me fallait l'aide d'une femme. Et puis je me voyais mal venir vous voir, et vous annoncer de but en blanc que j'étais enceinte de Carl. Bonjour le malaise.

— Je vais sans doute regretter de poser la question, mais vous vous étiez protégé ? me demande Will devenu rouge pivoine.

Je me mets à rougir à mon tour et je vois une grimace se dessiner sur les traits de son visage en attendant ma réponse.

— Oui. Absolument. Mais apparemment ça n'a servi à rien… bafouillé-je, en regardant tout à coup par la fenêtre.

J'entends à nouveau la voix du médecin, le jour où j'ai appris que j'étais enceinte.

✶ ✶ ✶ ✶ ✶

— *Alors… que vous arrive-t-il mademoiselle Blair ?* me questionna le médecin en m'invitant à m'asseoir sur une chaise.

— *Depuis trois jours je ne me sens pas bien, répondis-je en jouant avec mes manches. J'ai envie de vomir, j'ai mal à la tête, il m'arrive d'avoir des vertiges aussi. Ce n'est pas pratique quand on Chasse le gros gibier…*

« Qu'est-ce que j'ai dit ? »

— *Je vois. Vous vous protégez quand vous avez des rapports sexuels ? poursuivit le médecin, pensif.*

— *Oui, je prends la pilule et mon petit ami se protège aussi.*

Je me demandais quel était le rapport avec mes envies de vomir.

— *Est-ce que je peux vous faire une prise de sang ? C'est le meilleur moyen de déterminer ce que vous avez.*

Je hochai la tête dans l'espoir qu'il trouve ce qui clochait vraiment.

Il décrocha le téléphone et demanda à une secrétaire de lui apporter le matériel pour faire une prise de sang. Deux minutes plus tard, j'étais assise sur la table d'auscultation, tandis qu'il me prenait la tension et me piquait le bras pour me prélever du sang. Quand je vis le tube se remplir, je sentis cette habituelle envie de vomir, et j'eus aussitôt des sueurs froides.

— Vous n'aimez pas la vue du sang ? s'étonna le médecin en souriant. Ça ne doit pas être pratique quand on chasse le gros gibier.

— En temps normal ça ne m'ennuie pas, puisque je Chasse avec mon père depuis que j'ai dix ans.

— Ne regardez pas, me demanda le médecin d'une voix rassurante.

Je tournais la tête, et me concentrais sur quelque chose qui ne me donnerait pas envie de vomir. Les licornes ! Ça ne faisait pas vomir les licornes ! Mais qu'est-ce que je racontais moi ? Des licornes et puis quoi encore ? Des papillons et des fées qui pissaient des paillettes aussi ?

Je levais les yeux au ciel, et attendis patiemment.

— Voilà, c'est fini ! s'exclama le médecin fier de lui.

Qu'est-ce qu'il voulait ? Des applaudissements pour avoir réussi à me piquer la veine ? Et puis quoi encore ?

— Je recevrais les résultats demain matin. Je vous appellerai aussitôt que je les aurais reçus. Ça vous va ?

Ce n'était pas comme si j'avais le choix…

— Oui merci, me forçais-je à sourire.

J'avais passé le reste de la journée à tourner en rond dans ma chambre de motel, dans l'attente d'avoir les résultats. Et ce, même si je savais pertinemment que je ne les aurais que le lendemain. Je n'avais pas dormi de la nuit tellement j'étais stressé.

Le lendemain matin, Carl et Will étaient partis tuer l'esprit auquel ils avaient affaire, et j'attendais seule dans ma chambre, quand mon portable sonna. Il était dix heures du matin.

— Allô ? répondis-je aussitôt après m'être littéralement jeté sur le téléphone.

— Mademoiselle Blair ? s'exclamait la voix du médecin dans le téléphone.

— Oui, c'est moi. Vous avez les résultats ?

— Absolument. Mes félicitations mademoiselle Blair. Vous êtes enceinte.

Je regardais la porte de la chambre fixement, comme si l'univers m'engloutissait tout entière.

Enceinte ? Mais comment était-ce possible ? On avait pris toutes nos précautions avec Carl !

— Je vois... chuchotais-je les larmes aux yeux. Je vous remercie...

Je raccrochais sans attendre de réponse du médecin.

J'allais à la fenêtre et regardais les voitures qui passaient, quand une seule chose frappa mon esprit. Il fallait que je m'en aille pour trouver de l'aide auprès d'une femme : Jimmy Melton. Elle serait peut-être mieux placée que Carl et Will pour me dire quoi faire. Si je le disais aux deux frères, il y aurait aussitôt un malaise entre nous que je n'étais pas prête à faire face.

Et puis, s'y connaissaient-ils en matière de bébé ? Arrêteraient-ils la Chasse pour m'aider ? J'en doutais sincèrement.

Je fis mes valises rapidement, et allais à la réception en courant.

— Bonjour. Je souhaiterais régler ma chambre s'il

vous plaît. Et celle de mes amis aussi. Au nom de Gallo-
way et Ulrich.

    — Oui, alors ça fera deux-cent-soixante-quinze dol-
lars, s'il vous plaît.

    Je lui donnais l'argent, et lui demandais du papier.

    — Pourriez-vous donner ceci à l'agent Ulrich, s'il
vous plaît, dès qu'ils rentreront ?

    — Pas de problème.

    J'écrivis rapidement.

« Je suis partie.
J'ai réglé les chambres.
Ne me recherchez pas, je vais bien ne vous en faites pas.
Continuez la Chasse, je reviendrais quand je pourrais.
Je vous adore, Fox. »

    Et je pris la fuite, par le premier bus qui pourrait
m'emmener à Denton.

CHAPITRE QUATRE

Fox

— Il y a une boutique pour bébé ici. Tu crois que c'est bon ? m'interroge Will, qui me sort de ma rêverie.

Je cligne des yeux et regarde l'endroit qu'il m'indique.

— Oui, c'est parfait.

— On y va alors.

Will se gare sur le parking, coupe le moteur et va sortir James de la voiture.

— Tu crois que je peux le porter ? me demande-t-il en regardant son neveu avec adoration.

Je me tourne vers lui et je vois regarder son neveu avec adoration.

Je ne peux m'empêcher de sourire en coin, comme s'il connaissait James depuis sa naissance. Comme si je ne m'étais jamais absenté et qu'il avait été présent à mon accouchement.

— Fais-toi plaisir.

On pourrait croire que tout va bien, dans le meilleur des mondes. Mais je sens que toute cette joie et cette manière douce qu'a Will de se comporter avec moi, cache quelque chose.

On entre dans le magasin et on prend un chariot pour y poser le siège de James. Je vais faire chauffer ma carte bleue, je crois. Je fais un stock de couches, de lait, d'eau, et j'achète une table à langer, des draps de bain et du gel douche. Comme James va bientôt passer aux purées, je prends des couverts et des assiettes pour lui, et une nouvelle sucette pour dormir. Je prends trois tenues et des pyjamas, et vais en caisse, suivie de Will qui joue avec James en le faisant rire.

— Ce n'est pas tous les jours que je vois le papa accompagner la maman et le bébé dans ce genre de boutique ! nous confie la caissière tout sourire face au spectacle qu'offrent mon fils et son oncle.

— Je ne suis pas le papa, je suis le tonton. C'est mon frère le papa et il… travaille, sourit Will mal à l'aise.

Je grimace une mimique qui se veut être un sourire et range les courses dans le charriot à mesure que la vendeuse les scanne.

— En tout cas, ce petit garçon est bien entouré. Mon fils a un papa constamment sur la route — il est camionneur — et il n'a pas d'oncle ni de tante.

— Oui, je reconnais qu'il ne manquera pas d'attention, reconnais-je en souriant. Votre fils ne voit pas trop souvent son papa ?

— Non. Mais il l'appelle tous les soirs ! s'empresse-t-elle de répondre. Il aime son fils.

— Je n'en doutais pas, lui assuré-je. Mon père était souvent sur la route et pourtant je ne manquais de rien. Il était présent pour moi dès que ça n'allait pas et il m'appelait également tous les soirs pour que je lui raconte ma journée. C'est le travail qui veut ça. Rien à voir avec les sentiments.

La caissière soupir de soulagement en hochant la tête l'air de mon avis et m'annonce le montant de mes achats. Je sors ma carte de crédit et paye rapidement sous le regard attendrit de la femme qui observe Will chatouiller James qui rit de bonheur.

Lorsque le ticket est imprimé, elle s'empresse de me le tendre et nous sourit une dernière fois de toutes ses dents.

— Merci pour votre achat et en vous souhaitant une très bonne journée, nous souhaite la caissière.

— Merci. Très bonne journée à vous aussi.

Je m'empresse de prendre mon fils et Will me récupère le chariot.

— Au revoir, dit-il à la femme qui rosit en lui souriant avant de se préoccuper du client suivant.

— Désolé. Je n'imaginais pas qu'elle penserait que je suis le père, s'excuse Will tandis qu'on quitte le magasin.

— T'en fais pas pour ça. Ce sont des choses qui arrivent. L'erreur est humaine, lui assuré-je. Ce n'était pas donné tout ça !

— Ouais, c'est cher d'élever un bébé ! s'exclame Will en rangeant tout dans le coffre de ma voiture.

Je pose James dans son siège, et lui donne sa sucette. Puis je monte dans la voiture en attendant Will qui est allé ramener le caddie.

Lorsqu'il monte dans la voiture, je suis décidé à obtenir des réponses. Je l'observe et il le sent. Il a l'air mal à l'aise.

— Qui a-t-il ?

— Je sais que vous me cachez quelque chose, ton frère et toi. Je te rappelle que je suis une Oracle. J'ai bien remarqué que Carl avait changé.

— Tu as remarqué, soupire Will.

J'acquiesce d'un hochement de tête.

— Je crois que la malédiction de Judas le change. Il n'aurait jamais dû être en possession de la Dague du Destin. Ce qu'il y a c'est qu'on ne sait pas ce qu'il se passe. Il doit tuer Abaddon et ensuite ce sera le tour de Gideon.

— Attends. Gideon ? Qui c'est, lui ? lui demandé-je surprise.

— Tu n'es pas au courant ?

— Visiblement, non… marmonné-je.

— Gideon était l'homme de main de Dieu. Il a été banni du Paradis pour avoir aidé Lucifer dans sa croisade contre son père. Et maintenant il essaye de prendre la place de Dieu. Il y a une véritable guerre qui est en train d'éclater parmi les Anges. Ceux qui sont du côté de Gideon, et ceux qui veulent le libre-arbitre. Pour se venger, il a banni à son tour du Paradis tous les Anges qui se sont rebellés contre lui. Azriel essaye de les retrouver pour les mettre en sûreté.

— Bannis du Paradis ?

— Oui. Des centaines d'Anges sont tombés tout comme Lucifer autrefois, et se sont brûlés les ailes avant de créer des cratères un peu partout dans le monde.

Je hausse les sourcils de surprise.

— Tu veux dire que la pluie de météorite qu'il y a eu partout dans le monde…

— C'étaient les Anges.

Je n'en reviens pas. Je me rappelle ça. Ça faisait la une des journaux locaux dans le monde entier. C'était sur toutes les chaînes. De nombreux croyants s'étaient rassemblés dans les rues pour prier en croyant à la fin du monde. Mais au bout d'un mois, les scientifiques n'ayant aucune explication concernant l'absence des météorites ou de bombes dans les cratères, les journaux sont passés à autre chose et ça a été classé comme un phénomène qui a été « étouffé par le gouvernement ».

— Mais… Et Azriel ? Il va bien ? m'enquis-je aussitôt. Et pourquoi a-t-il fallu que ce soit Carl qui porte cette marque ?

— Oui Azriel va bien. Il a dû voler la Grace d'un Ange qui était du côté de Gideon pour survivre, parce qu'il lui a volé sa Grace pour bannir tous les Anges du Paradis. Quant à la malédiction, c'est Judas qui a désigné Carl. Il l'a jugé capable de la porter. Apparemment si je reprends ses mots, je suis aussi calme que le *Dalaï Lama*[1]… Mais Carl lui, bout de rage de l'intérieur.

---

[1] *La lignée des dalaï-lamas est la plus importante lignée de réincarnation postulée dans le bouddhisme tibétain et dans l'histoire du Tibet.*

— Quelles sont les conséquences ? m'inquiété-je. Je veux dire pour Carl… Je connais les légendes. Mais j'imagine que Judas a dû vous dire des choses qui ne sont mentionnées nulle part.

— Il ne peut pas se passer de tuer. J'ai comme l'impression que c'est la marque qui le contrôle, plus qu'il ne la contrôle lui-même.

Je fronce les sourcils en soupirant. Je ne sais pas ce qui arrive à Carl. Mais j'espère parvenir à le comprendre afin de pouvoir lui venir en aide au moindre besoin.

Will

Les jours se succèdent, sans que mon frère ne fasse son apparition.

Quatre en tout.

On aurait pu trouver ça inquiétant si Carl ne m'envoyait pas de messages tous les soirs pour signaler que tout allait bien. Il m'a même demandé des nouvelles de James et Fox.

Je ne sais pas comment il vit la chose. Ni même Fox. Ils se sont bien trouvé ces deux-là.

Fox reste dans la pièce principale à s'occuper de James, bien qu'elle préfère rester dans sa chambre, dès qu'elle en a l'occasion. Mais elle reste avec moi pour me tenir compagnie. Je trouve ça adorable de sa part.

— Fox, il faut que je m'absente un peu, soupiré-je en rangeant quelques affaires dans mon sac.

Elle lève la tête vers moi, tandis que James est assis au sol sur un tapis épais et joue avec quelques jouets.

— On m'a contacté pour un esprit, me justifié-je. Je n'en aurais pas pour longtemps. Tu penses que tu vas pouvoir tenir ?

Elle sourit d'un air amusé.

— Je pense que je vais pouvoir survivre. J'ai un bébé pour me tenir compagnie et occuper toutes mes journées. Tu peux y aller.

J'adresse un sourire à mon tour. Je me sens rassuré qu'elle ait autant d'assurance, mais je n'aime pas la laisser seule. Même si elle ne l'est pas complètement.

— D'accord. Mais s'il y a quoi que ce soit, tu as mon numéro de portable, celui de Carl et d'Azriel sur la table de la cuisine.

— Merci papa ! Et l'argent des pizzas est dans le pot au-dessus du frigo. On n'invite pas de petits copains et on ferme bien toutes les portes et fenêtres avant d'aller au lit. Et je n'oublie pas de me brosser les dents avant d'aller au lit, listé-je d'un air ironique.

Il plisse les yeux avec un air moqueur.

— C'étaient les règles que t'imposaient ton père ?

— Je crois que je n'obéissais pas à celle concernant les invités, éludé-je d'un haussement d'épaules.

Il rit d'un air plus détendu.

— Ne t'en fais pas. Vas-y. Ça risque d'empirer sinon.

Je n'ai pas le choix. Mais je n'aime pas la laisser seule avec un bébé.

— Bon, j'ai compris. Je m'en vais. Mais promets-moi que si tu as un souci, tu nous contactes.

— Oui. Je te le jure, soupire-t-elle en levant les yeux au ciel en souriant.

Je plisse les yeux et prends mon sac pour quitter la planque d'un pas incertain. Il est vrai qu'elle m'a quelque peu détendu avec son commentaire moqueur, mais je ne suis pas rassuré pour autant. Je crains qu'une fois que rentrerons, elle ne soit plus là.

Une fois sur la route, je décide de prévenir mon frère.

— Willy ? Qui a-t-il ?

— J'ai dû quitter la planque pour une affaire à quelques kilomètres. Je n'en aurais pas pour longtemps, lui annoncé-je en conduisant.

— Attends. Quoi ? s'alarme mon frère dans le téléphone,

en colère. Tu l'as laissé seule ? Elle a un bébé, elle est en danger, et tu la laisses seule ?

Je soupire en regardant dans mon rétroviseur pour surveiller ma route.

— Je te signale que c'est une grande fille et que notre planque est sécurisée. Je dois y aller… Si elle a un problème, elle a le numéro d'Azriel ou les nôtres.

Je raccroche, et range mon portable dans la poche de ma veste. Au fond de moi, j'espère qu'il ne se passe rien à la casemate qui puisse mettre la vie de Fox et James en danger. Je ne me le pardonnerai jamais, autrement.

Fox

Je tourne en rond dans la casemate.

James dort à point fermé dans son lit, dans la chambre.

Pour passer le temps les premières heures, j'ai rangé un peu les papiers que Carl et Will ont laissés s'entasser sur des tables, et j'ai fait le tri dans les dossiers.

Je suis fière de moi.

C'est fou de qu'ils sont bordéliques ces deux-là. Je ne les ai pas connus comme ça, lorsque je Chassais avec eux. A croire que ce nouveau confort leur a donné de mauvaises habitudes.

J'ai également passé le balai, et rangé la cuisine. Pourtant, je ne suis pas le genre de femme à rester au foyer à faire le ménage et à prendre soin des enfants. En l'occurrence un enfant. Mais pas des moindres.

Je lis tranquillement un dossier passionnant sur les Génies Maléfiques, quand j'entends un bruit pas loin de moi. Impossible que ce soit un des frères Walher, ils sont tous les deux sur une enquête chacun de leur côté.

J'abandonne ma lecture et cherche mon flingue, mais je ne le trouve pas. Je me rappelle alors que je l'ai oublié dans la cuisine. Qu'elle idiote je suis !

Je me laisse glisser le long de ma chaise et marche à quatre pattes sous la table. J'ai une arme de secours dans mon sac à main, dans la chambre du bébé. Si je fais bien attention, j'ai une chance de l'atteindre sans me faire remarquer.

Cependant, rien ne se passe comme je l'ai prévu. Mon pied glisse sur le sol froid, et heurte le pied d'une chaise. Je grimace en me maudissant intérieurement, et entends des chuchotements.

— Elle est forcément ici. Tu vas de ce côté, et moi je vais par-là.

Je sens que je ne vais pas tarder à être encerclée. Et à en juger par les bruits de pas, ils sont deux.

Un des inconnus quitte la pièce et j'entends les bruits de ses pas s'éloigner. Mais l'autre est toujours là. Et c'est inquiétant. Je n'ai pas le choix. Je dois l'affronter, pour que je puisse protéger mon fils.

Je me déplace lentement, et me glisse le long de la table, en essayant de me montrer discrète.

— Où es-tu, Oracle… ? murmure une voix, l'air joueuse.

Je me mords la lèvre inférieure en me levant et me précipite vers l'inconnu qui dégaine une arme en argent. Je tente le tout pour le tout, et me jette sur lui pour le tuer.

Il me frappe pour me repousser, et perds l'arme qui tombe bruyamment sur le sol. Seulement, il ne sait pas que je rends toujours les coups que l'on me donne.

Je frappe l'inconnu au visage, et cours vers l'arme. Il se jette sur moi à son tour, et je perds l'équilibre avant de m'étaler de tout mon long sur le sol. Ma tête heurte fortement la surface dure et j'entends des sons de cloche dans ma tête. Je sens aussi mon sang couler le long de ma tempe et à en juger par la quantité qui commence à couler sur le sol, je viens de m'ouvrir l'arcade sourcilière.

Je jette mon pied droit dans tous les sens pour frapper mon agresseur et rampe jusqu'au poignard que je parviens à saisir et à brandir du mieux que je peux. Mon agresseur se jette sur moi, et s'empale sur sa propre arme. Ses yeux étincellent d'une lumière vive et blanche. Des ailes blanches apparaissent dans son dos et prennent feu avant que son corps s'affale lourdement sur le mien.

— Merveilleux… grogné-je.

— Gamael ? appelle une voix à quelques mètres de moi.

Je fais rouler le corps sur le côté et me relève tant bien que mal, quand j'entends un coup de feu. La balle heurte le mur à dix centimètres de mon visage.

Je sursaute en regardant l'impact dans le mur, choquée. J'aurais pu y passer…

Je cours vers la cuisine pour échapper au tireur et pour récupérer mon arme à feu. Mais en m'engageant dans un couloir, je heurte le mur en face pour prendre le virage sur la droite. Un craquement retentit, et s'en suit une douleur qui irradie dans mon épaule et le long de mon bras. Je retiens avec peine un cri de souffrance et continue ma course qui débouche enfin dans la cuisine.

Heureusement, il y a mon arme et mon téléphone. Il faut vraiment que je me souvienne l'endroit où je les laisse.

J'attrape mon flingue et le téléphone, et compose le premier numéro qui me vient à l'esprit : celui de Carl. Je me cache derrière la table et chuchote quand Carl décroche.

— Fox ? fait la voix de Carl, l'air préoccupé. Je suis sur le point d'attraper un loup-garou, là. C'est urgent ?

— Carl, il faut que tu viennes ! le supplié-je à voix basse, en sentant mes larmes me monter aux yeux.

Je commence à avoir une boule au fond de ma gorge, et je fais appel à tout mon self-control pour garder la voix basse alors que je n'ai qu'une envie, c'est hurler pour lui montrer l'urgence de la situation.

— Que se passe-t-il ? s'enquiert-t-il aussitôt.

— Il y a des… je ne sais pas ce que c'est. Je crois que ce sont des Anges. J'ai réussi à en tuer un, mais l'autre me traque !

— Où est James ? me demande Carl, l'air tendu. Es-tu blessée ?

— James dort, mais si ce… cette chose continue à tirer des coups de feu, il va le réveiller, chuchoté-je en jetant des coups d'oeil vers la porte. Je me suis ouvert au-dessus de l'oeil, et je crois que je me suis démis l'épaule, mais rien de grave. Mais il est entre James et moi.

Un coup de feu retentit tout à coups, et s'en suit le cri de mon fils. Mon sang ne fait qu'un tour dans mes veines.

— James… soufflé-je en laissant tomber mon portable par terre.

Je me relève d'un bond sans réfléchir, et me précipite dans

le couloir pour rejoindre mon fils qui crie à s'en déchirer l'âme. Mon cœur bat à tout rompre dans ma poitrine en imaginant le danger qu'encourt mon fils.

Je trouve l'inconnu qui marche dans le couloir en direction de ma chambre. Je tire vers lui en le manquant, pour attirer son attention.

L'effet est immédiat.

Il se tourne vers moi et court pour m'attraper. Je tire au hasard pour le ralentir et le touche au bras. Il s'arrête, et je peux continuer mon chemin vers ma chambre. Je pose l'arme par terre et attrape mon fils en tentant de le calmer.

— Chut James, supplié-je en le serrant contre moi, en le berçant pour le rassurer. Je suis là, mon cœur. Chut…

Les pas se rapprochent lentement.

Mon angoisse s'accroît au fur et à mesure.

Puis des cris retentissent, et des pas se précipitent en courant et Carl apparaît à la porte.

— Fox ! s'exclame-t-il en courant vers moi.

Je suis à genoux par terre et serre James, complètement affolée, en me balançant d'avant en arrière. Carl se laisse tomber genoux à terre et nous serre dans ses bras.

— Dieu merci, vous n'avez rien, chuchote-il en soupirant

de soulagement.

— Carl… murmuré-je la voix brisée par un sanglot.

— C'est fini. Ne t'en fais pas Fox. C'est fini.

Je soupire à mon tour, et me mets à pleurer pour relâcher toute ma frustration.

— Qu'est-ce que tu fais là ? lui demandé-je en le regardant. Tu étais loin.

— Azriel est venu me chercher après que je l'ai appelé. Il m'a emmené ici directement.

Je soupire, soulagée de l'intervention rapide de Carl et Azriel, mais mes sens restent en alertes. Je sais que je n'en ai pas finie de cette histoire.

CHAPITRE CINQ

Fox

Will rentre, aussitôt sa mission terminée. Il a reçu l'appel de Carl, en colère, qui l'accusait de m'avoir mise en danger. J'ai passé des heures entières à rassurer Carl et lui faire comprendre que Will n'était en rien responsable de cette histoire. Mais Carl reste campé sur ses positions, il en veut à son frère et sa mauvaise humeur contamine tout le monde. Même James est grognon. Et pourtant, il lui en faut beaucoup pour l'être.

Sent-il la mauvaise humeur de son père ? Ou est-ce parce que je suis tout le temps tendu, moi aussi ?

— Laisses-moi te guérir Fox, me prie Azriel. Je sais que je t'embête depuis des heures avec ça. Mais si tu veux t'occuper de James correctement, il faut que tu sois au mieux de tes capacités. Et ce n'est pas le cas avec une blessure aussi importante que celle que tu as.

— Heu… Je… D'accord, s'il te plaît… accepté-je finalement.

Je me tourne vers Azriel et le laisse faire pendant que Carl prend James dans ses bras.

Tout à coup, la douleur s'envole.

— Et voilà, c'est fini ! s'exclame Azriel

— Est-ce que tu as entendu quelque chose pendant qu'ils t'attaquaient ? m'interroge Will.

Carl le tue du regard.

Je soupire devant autant d'animosité, mais n'interviens pas.

— Je crois que j'en ai entendu un appeler l'autre Gamael… réfléchis-je en fronçant les sourcils.

— Tu as dit Gamael ? s'alarme aussitôt Azriel, qui fronce les sourcils.

Je regarde Will et Carl sans comprendre ce qui l'inquiète.

— Heu… C'est ce que j'ai dit oui.

— Qui a-t-il Azriel ? demande Carl qui fronce les sourcils.

— Gamael ne fait jamais de mal à personne, en général… Mais je connais Gideon. Il est possible qu'il ait fait subir un lavage de cerveau à Gamael. Le problème, c'est que Gamael n'était pas du côté de Gideon. Il avait été banni du Paradis.

Carl se lève en soupirant, donne James à son frère et attrape ses sacs.

— Où vas-tu ? m'étonné-je en haussant les sourcils.

— J'ai trouvé une affaire à Blackwell au Texas. Apparemment ils auraient trouvé des corps mutilés où il manquerait le cœur aux victimes. Je pencherais pour des loups-garous… Encore…

— Attendez-moi là ! ordonné-je à Will et Azriel.

Je me lève à mon tour et le suis. Je n'en reviens pas qu'il parte brusquement alors que je viens de me faire attaquer. Est-ce que c'est en rapport avec sa marque ?

— Je peux savoir ce que tu fais ? me demande Carl en fronçant les sourcils.

— Je te suis… réponds-je en lui souriant comme si de rien n'était.

— Je ne crois pas non, ricane Carl amusé. Toi tu restes ici.

Je hausse les sourcils et le regarde d'un air provocateur.

— Je peux savoir, pourquoi ?

— Il faut quelqu'un pour garder James. Toi seule sait y faire avec les enfants.

Je me tourne vers Will qui tient James dans ses bras et lui

fait des grimaces. Celui-ci rit.

— Je ne crois pas qu'il galère à s'en occuper, souris-je.

— Et que se passera-t-il si Will a besoin de quelque chose pour James ?

— Tu es sérieux là ? m'exclamé-je en le fusillant du regard. Azriel, tu nous accompagnes ?

Azriel nous regarde chacun notre tour pour voir si c'est une question piège, et confirme sa présence d'un hochement de tête.

— Parfait ! Au moindre besoin, je demanderais à Azriel de m'emmener ici.

— Ça fait longtemps que tu n'as pas Chassé.

— Peut-être mais je reste encore un Chasseur, me défends-je. Je t'en prie, Carl. J'ai besoin de m'aérer l'esprit. Et je crois que Will sait y faire avec James. Laisse-moi t'accompagner.

— Willy ? l'interpelle son frère en le regardant d'un air suppliant.

— Je crois que Fox a raison. Je te rappelle que je me suis déjà occupé d'un bébé loup-garou. Et puis rares sont les Anges qui essayent de s'en prendre à moi.

Je lui chuchote un remerciement du bout des lèvres, et me tourne vers Carl en souriant.

— Parfait… Alors viens avec moi, râle le Chasseur en prenant mon sac.

On a toujours un sac de prêt au cas où il faille partir en urgence. Je vais embrasser James rapidement, et rejoins Carl en courant après avoir remercié une nouvelle fois Will.

— J'ai quelque chose à faire. Partez devant, je vous rejoindrais, nous avertit Azriel.

— Pas de soucis. Au pire tu sais où nous trouver, acquiesce l'aîné des Chasseurs.

Au bout d'une demi-heure de route dans un silence pesant, je décide de crever l'abcès.

— Je peux savoir ce qu'il se passe Carl ?

— Comment ça ? prétend celui-ci, les yeux toujours fixés sur la route.

Je le vois bien qu'il essaye d'éviter le sujet en prétendant de ne pas savoir de quoi je parle. Les jointures de ses phalanges sont blanches, tellement il est crispé.

— Je parle du fait que tu m'évites.

— Je ne t'évites pas.

— Essayes avec plus de convictions pour voir ? Je te signale que tu t'es donné du mal à me trouver toutes les excuses du monde pour que je ne t'accompagne pas.

— Fox, tu t'es trouvé en mauvaise posture tout à l'heure. Tu as failli te faire tuer et James aussi ! Je voulais que tu restes là-bas pour que tu te reposes.

— Je te signale que je suis en danger de mort depuis que je suis une Oracle, Carl. Et c'est pire depuis que je suis tombé enceinte du fils du grand Carl Walher. James risque sa vie depuis sa naissance parce qu'il est le fils d'un Chasseur et d'une Oracle. Et le monde continue de tourner ! Alors autant nous y faire.

— Tu es une mère de famille maintenant, plus un Chasseur ! s'exclame Carl agacé.

Je hausse les sourcils, surprise. Je n'en reviens pas de l'entendre dire une chose pareille, d'autant que son père tout comme le mien étaient Chasseurs et pères de famille.

— Non mais j'hallucine… chuchoté-je. Tu n'as pas dit ça …

— Fox, je suis désolé. Ce n'est…

— Fiches-moi la paix ! grondé-je. Le deuxième passager de cette voiture n'est plus enclin à parler… Arrêtes-toi, je veux descendre.

— Certainement pas. Nous sommes au milieu de nulle part.

— MAINTENANT ! m'égosillé-je, folle de rage.

Carl lève les yeux au ciel, tandis que je tourne la tête en soupirant pour reprendre mon calme. Il se gare sur le bas-côté de la route.

Je descends en claquant la porte. Je l'entends faire de même, et courir pour me rejoindre.

— Fox… insiste-t-il en me contournant pour poser ses mains sur mes épaules.

— Je te signale que James, ton fils, n'est pas venu au monde par opération du Saint-Esprit, l'engueulé-je en m'arrêtant pour lui faire face.

— Ça n'engage que toi de le dire, déclare Carl, tac au tac.

Mon souffle se coupe sous le choc et ma main claque sur sa joue sous la puissance de ma gifle. J'en ai des fourmis dans les paumes, à cause de la violence.

Il contracte le muscle de sa mâchoire, la joue rougie.

Mes larmes me montent aux yeux. Je sens mon cœur se briser. Je n'en reviens pas de lui avoir demandé de l'aide. J'aurais dû me débrouiller toute seule quand j'en avais encore l'occasion. Je n'aurais jamais dû lui dire qu'il était père. J'aurais dû rester en retrait de lui.

— Ne t'en fais Carl Walher, chuchoté-je en laissant couler

mes larmes sur mes joues. Tu ne me verras plus jamais et tu ne connaîtras pas l'homme que deviendra ce petit garçon qu'il n'engage que moi de dire qu'il est ton fils.

Je recule de quelques pas pour m'éloigner de Carl et lève les yeux vers le ciel en espérant être entendue.

— Azriel ?

Carl fronce les sourcils, avant de soupirer d'un air las.

— Fox…

— Azriel !

— Je suis là… déclare celui-ci en apparaissant derrière moi.

Je me tourne vers lui pour lui faire face.

— Ramènes-moi à la casemate s'il te plaît, soufflé-je à cours de voix.

— Restes ! me supplie Carl.

— Azriel, s'il te plaît, insisté-je en regardant Carl dans les yeux. C'est la dernière fois que nous nous voyons tous les deux. La dernière fois que tu as vu ton fils.

— Tiens mon bras, soupire l'Ange.

Je passe mon bras autour du sien et ferme les yeux le temps qu'il me conduise à la casemate dans un bruissement d'ailes.

— Fox ? s'étonne Will, qui fronce les sourcils en se levant. Que fais-tu ici ?

J'ouvre les yeux et me tourne vers l'Ange qui me regarde avec un air désolé.

— Merci pour la balade, Azriel.

— Je t'en prie. J'y retourne.

Je regarde l'Ange disparaître, et marche d'un pas rapide vers ma chambre, la vue brouillée par les larmes que j'essaye de dissimuler à Will.

— Fox que se passe-t-il ? m'interroge l'homme en me suivant rapidement. Attends, James dort.

— Parfait, déclaré-je. Comme ça il ne sera pas perturbé par notre départ d'ici.

— Votre départ ? Tu t'en vas ? Que s'est-il passé ?

J'entre dans la chambre rapidement, en restant silencieuse et attrape des sacs sur l'armoire pour y fourrer mes affaires sans prendre soin de les garder pliés.

— Fox, chuchote Will en m'empêchant de continuer. C'est pas vrai… tu pleures ?

Je lâche mes affaires en soupirant et contourne mon lit pour me laisser tomber par terre face à la porte. J'enroule mes bras autour de mes genoux et y enfouis ma tête.

— Qu'est-ce qu'il s'est passé ? insiste Will en s'installant à côté de moi.

— Je l'ai giflé… avoué-je en essuyant mes joues du revers de la main.

— Mon frère ? s'étonne Will. Je n'en reviens pas. Tu as réussi à lever la main sur Carl ?

Je me détends et hausse les épaules en regardant mes genoux qui sont à présent étendues par terre.

— Qu'est-ce qu'il t'a dit ? m'interroge l'oncle de mon fils en soupirant.

— Il a sous-entendu que ma place dorénavant était auprès de James parce que maintenant j'étais une maman. Et quand je lui ai rappelé qu'il était le père de James, il a déclaré que ça ne tenait qu'à moi de dire ça.

Will soupira et passa son bras autour de mon épaule, et me ramène contre lui où je laisse mes larmes se déverser sur mes joues.

CHAPITRE SIX

Fox

Au bout d'une heure, je rejoins Will avec mes sacs dans mes mains. J'ai passé tout ce temps à remballer mes affaires, une fois qu'il a quitté la chambre. Je ne veux pas rester. Et tant pis si cela veut dire qu'il faut que je me cache à nouveau. Mais je ne me sens pas d'humeur à affronter Carl.

— Où tu vas ? s'étonne Will en tournant les yeux vers moi. Je croyais que tu t'étais calmé et que ça t'était passé.

Il pose son arme qu'il est en train de nettoyer, et me rejoint.

— Je te l'ai dit, Will. Je m'en vais. Voir Carl… c'est au-dessus de mes forces. Alors s'il te plaît, ne m'en empêches pas.

— Je t'en prie. Restes ici. Pour votre sécurité. Tu es une proie alléchante pour les Anges et les démons.

Je ne sais pas si je dois me sentir flatté ou bien effrayée.

Alléchante… Cette description, venant de Will, me met mal à l'aise. Jamais je ne me serais qualifiée d'alléchante, jusqu'à ce qu'il emploie ce qualificatif.

Je vais charger ma voiture avant de prendre James pour le mettre dans le véhicule. Je ferme la portière une fois qu'il est installé, et me tourne vers Will qui a l'air triste et préoccupé.

— N'y a-t-il rien que je puisse dire ou faire pour te convaincre de rester, me supplie-t-il. Je ne veux pas que toi ou le bébé courriez me moindre danger.

Je souris, attendrie par ses paroles et lui caresse la joue. J'ai vraiment misé sur le mauvais frère. Pourquoi a-t-il fallu que je tombe amoureuse du Bad-boy ?

— Je suis vraiment désolée Will. Cette fois-ci je ne pars pas en douce, parce que j'ai compris que je tenais trop à vous pour recommencer une chose pareille. Mais je ne peux pas rester.

Il me prend dans ses bras et me serre contre lui. Je hausse les sourcils de surprise.

Une boule se forme dans ma gorge. Je m'en veux de partir une nouvelle fois, alors qu'il fait tout pour que je me sente à ma place bien que je les aie laissés tomber une fois.

— Ne te mets pas en danger inutilement Fox. Et fais-le-moi savoir, une fois que tu t'es établie quelque part. Envoie-moi un message tous les jours pour me le dire si tu es en danger. Et même si tu ne l'es pas, écris-moi. Tu m'as compris ?

— Je te le promets Will. Je t'en prie, laisses-moi partir avant qu'il ne se décide à revenir.

— Ça voudrait dire qu'il regrette ce qu'il t'a dit.

— Ça voudrait signifier tellement de choses… chuchoté-je en m'écartant de lui pour marcher jusqu'à ma portière.

Je m'enferme dans l'habitacle et ouvre la fenêtre de ma portière.

— Fox, pitié. Restes ici. Si ce n'est pas pour lui, fais-le pour moi.

Cette demande semble signifier tellement de chose, que la boule qui me serre la gorge se fait plus douloureuse. Je suis partagée entre l'envie de rester pour lui, et de partir pour ne plus souffrir. Mais je me fais violence.

Décidément, je ne suis pas tombé amoureuse du bon frère.

— Je te demande pardon Will, soufflé-je avant de détourner le regard de lui.

Tandis que les portes du garage s'ouvrent, je démarre et quitte la casemate sans me retourner.

Je m'arrête dans un Motel, à une heure de la casemate des Walher. Je suis assez proche pour les retrouver en cas de danger, et assez loin pour qu'ils ne se doutent pas que je suis là. Ils doivent penser que j'ai déjà avalé des kilomètres, à cette heure-ci. Mais pas du tout.

J'ai pris un sac pour moi, le sac à langer de James, et j'ai réservé une chambre pour m'y établir pendant quelques temps. J'enverrai un message à Will, une fois que j'aurais déballé mes affaires.

Lorsque j'entre dans la chambre après avoir fait quelques courses, la lumière ne fonctionne pas alors que le soleil se couche à l'horizon. Je peux tout de même prendre le temps de poser les sacs et aller à l'office pour demander de réparer ça.

Je pose mes affaires et James sur le lit, quand j'entends des pas derrière moi. Dans un certain sens, je me sens soulagée qu'ils m'aient retrouvé. Ça veut dire que je suis assez importante à ses yeux, pour qu'il regrette mon départ.

— Carl comment as-tu su que…

— Je suis désolé mon trésor mais je ne suis pas lui, m'informe un homme tout de noir vêtu, sourire aux lèvres.

— Docker, chuchoté-je surprise, avant de réaliser le danger auquel nous sommes exposés.

Je m'apprête à réagir, quand je reçois un grand coup à l'arrière de la tête. Je grimace de douleur et m'effondre par terre. Ma tête heurte le sol et je me sens partir.

Will

— Willy ! s'exclame la voix de mon frère depuis l'entrée de la casemate.

Je note qu'il n'a pas pris la peine de revenir en voiture. Je serais étonné si je n'étais pas aussi abattu par le départ de Fox.

Je suis toujours dans le garage, adossé à un pilier, et je regarde la porte par laquelle Fox est passée quarante-cinq minutes plus tôt. Je passe toutes les dix minutes pour voir si elle est revenue. Et à chaque fois, je rencontre le vide et le silence pesant de son absence.

— Willy ! répète mon frère, plus proche cette fois-ci. Oh non… Où est Fox ?

— Partie… marmonné-je froidement. Elle a préférée se barrer.

— Et merde… grogne mon frère. Azriel !

— Où est Fox ? nous questionne celui-ci en apparaissant.

— Partie. Mon frère n'a pas été capable de la retenir.

Je me lève et le saisis par le col sous la colère.

— Je te signale qu'elle est partie par ta faute ! Tu as insinué que tu n'étais pas le père. Et à cause de toi, elle a pleuré et a préférée partir pour ne plus te voir ! Alors je te conseille de fermer ta grande gueule et de tout faire pour qu'elle revienne ! Elle est en danger dehors ! Et c'est à cause de toi !

Mon frère me regarde à la fois abasourdi et en colère. Un silence s'installe entre nous tous, le temps que je le lâche. Il réajuste le col de son blouson et se tourne vers l'ange.

— Azriel tu peux la retrouver s'il te plaît ? l'implore-t-il alors.

— Elle n'est pas loin d'ici. À une heure en voiture approximativement. Mais nous y serons plus vite en nous téléportant.

Je regarde mon frère de travers et me tourne vers Azriel.

— Allons-y alors ! déclare mon frère.

— Accrochez-vous, nous avertit l'Ange en posant ses mains sur nos épaules.

Nous' ouvrons nos yeux dans une pièce plongée dans le noir. Carl va allumer, mais l'interrupteur de fonctionne pas.

— La lumière est HS, nous informe-t-il en attrapant une lampe torche à sa ceinture.

Il l'allume, et éclaire la pièce.

— Toutes les affaires de Fox sont ici… constaté-je en regardant les sacs. Et il y a un sac de courses encore frais. Mais je vois nulle part les affaires de James.

Je commence à avoir un très mauvais pressentiment.

— Willy regarde ! me demande mon frère qui a orienté le faisceau de la lampe vers le sol.

Je me tourne vers ce qu'il me montre, et m'accroupis pour voir une tache brunâtre sur la moquette. Carl frotte son indexe dans la tâche, et regarde de plus près. La tâche brunâtre est en fait rouge, et il s'agit de sang.

— Will, Carl ! nous appelle Azriel, affolé, près de la fenêtre.

Nous nous levons et le rejoignons à la fenêtre où il se tient, et nous montre une plume noire sur le rebord de la fenêtre.

— Des démons… murmure Carl, blanc comme un linge. Il faut les retrouver. Je m'en voudrais toute ma vie s'il leur arrive quoi que ce soit.

Je pense exactement la même chose. Je culpabilise de ne pas avoir su la retenir. Fox…

Que Diable vous est-il arrivé ?

Fox

Je ne sais plus quel jour on est. J'ai perdu la notion du temps, enfermée dans cette chambre dépourvue de fenêtre. Les seules sources de lumière sont ces bougies qui éclairent ces murs en pierres sombres et lugubres.

James est avec moi. Heureusement, parce que sinon je serais devenue folle. On m'apporte les repas, mais jamais à heures régulières. Et je ne sais toujours pas pourquoi Docker nous a capturé. Et si Carl et Will ne me retrouvaient jamais ? Parce que je me doute bien que Azriel ne sait pas où je suis. Même s'il m'a retrouvé quand j'ai été kidnappé par mon ex démoniaque…

Un homme barbu et vêtu de noir avec une cravate rouge, entre dans la pièce. Je n'ai aucun mal à reconnaître que c'est Docker.

Je me lève d'un bond, et m'approche de lui à grands pas.

— Pourquoi suis-je ici ? l'engueulé-je sans ménagement.

Au diable les banalités d'usages ! Ais-je dit « Au diable » ? Oops alors ! Ça m'a complètement échappé…

— Bonjour, trésor. C'est comme ça que fonctionnent les politesses.

— Un démon qui réclame des politesses… C'est paradoxal ! Pourquoi suis-je ici ?

Docker fait signe à un de ses deux larbins qui l'accompagnent, de nous laisser seuls tandis que l'autre s'active à poser un plateau de nourriture sur une table basse devant le lit, et deux tenues.

— Pour continuer les politesses, je t'ai fait apporter ton repas et celui de James. Et j'ai également pris la liberté de t'apporter des vêtements pour que vous vous changiez.

Je fronce les sourcils, perplexe. C'est quoi ce délire ?

— Pourquoi faire ? Vous n'êtes pas sensé tout faire pour que je vive un calvaire ?

— Pas tout de suite voyons ! s'amuse le démon. Pour le moment j'aimerais en savoir plus sur l'enfant de Carl.

Je retiens ma respiration, étonnée qu'il soit au courant.

— Ça fait quelques temps que je vous observe toi et James.

Je sens un frisson glacé remonter le long de mon échine.

— Je ne sais pas si je dois me sentir flattée… Attendez… C'est vous qui avez envoyé ces démons ? m'énervé-je à nouveau.

— Une regrettable tentative de rébellion. Mais sois sans craintes pour les survivants. Je les ai fait tuer pour donner un exemple à tous ceux qui tenteraient à l'avenir de me désobéir à l'avenir.

— Qu'elle aubaine qu'il y ait eu une rébellion. Voilà qui est accommodant pour un Roi, de pouvoir rappeler à ses bons sujets qui est leur souverain.

Docker sourit d'un air narquois.

— Qu'est-ce que je fais ici ? le questionné-je, impatiente d'en finir avec cette conversation.

— Vois-tu, je sais à quel point vous êtes importants pour Carl. Je ne parle pas du grand babouin pour qui *tu* es importante aussi. Mais Carl portant cette malédiction de Judas… Il ne tardera pas à y succomber et à devenir un démon. Mais je doute que tu cesses d'exister à ses yeux.

Il se met à faire les cent pas devant moi, bras croisés dans son dos.

— Alors je me suis dit que j'allais vous garder tous les deux pour faire chanter Carl afin de l'avoir à mes côtés. Si les troupes ennemies voient que je suis protégé par le grand Carl Walher nouvellement devenu un démon…

Je me mets à rire, amusée à mon tour, bien que la situation ne prête aucune place à l'humour. C'est plus fort que moi. C'est nerveux. Se servir de James et moi pour faire chanter Carl ? Et puis quoi encore ?

— Vous vous êtes très mal renseigné, Docker. Si j'étais aussi loin d'eux, c'est parce que j'ai eu une violente dispute avec Carl qui nous a fait couper les ponts. Alors je doute avoir encore une quelconque importance à ses yeux.

A ma grande surprise, c'est au tour du Roi des Enfers d'émettre un grand rire tonitruant qui m'inquiète pour je ne sais quelle raison.

Mon cœur fait une chute libre dans ma cage thoracique, et je serre les poings pour contenir la peur qui commence à s'installer de plus en plus en moi.

— Crois-tu vraiment n'avoir aucune importance pour Carl ?

Je fronce les sourcils en retenant mon souffle.

— À l'heure où nous discutons tous les deux, ton très dévoué ex remue Ciel et Terre pour vous retrouver ton fils et toi. Il a chargé son petit angelot de fouiller les moindres re-coins de la planète pour te retrouver. Nous ne sommes pas idiots. Il ne fait aucun doute que nous semons nos plumes sur notre passage. Nous savons très bien qu'il a compris que tu es avec nous.

Je hausse les sourcils, surprise, et je me sens gagnée par une bouffée d'espoir.

— Ce n'est plus qu'une question de temps pour qu'il nous retrouve. Mais dans un cas comme dans l'autre, je ne me fais aucune inquiétude quant à ma survie.

— Que voulez-vous dire ? soufflé-je en sentant mon es-poir retomber comme un soufflé.

— Soit votre disparition l'a tellement mis en colère et il est devenu un démon, soit il vous retrouve et en affrontant les démons qui le sépareront de vous le rendra démoniaque. Je suis presque certains qu'il n'aura pas terminé de les affronter qu'il rejoindra mes rangs.

Le Roi des Enfers émet un léger rire qui me glace le sang.

— Ça risque d'être plus amusant que je ne le croyais.

Il ordonne silencieusement à son larbin de le suivre, et s'ar-rête dans son geste quand il s'apprête à quitter la pièce où nous nous trouvons. Il se tourne vers moi en souriant en coin.

— Profites bien de ce séjour, Fox Blair.

Lorsqu'il ferme la porte derrière lui, je me rends tout à coup compte que le larbin tient quelque chose dans ses bras. Et ce n'est autre que mon fils. Se rendant probablement compte qu'il n'est plus près de moi, James se met aussitôt pleurer en hurlant. Comme à chaque fois qu'il a peur. Et cette peur se répercute en moi. Lui aussi a senti le danger. Les bébés sentent ces choses-là.

— NON ! hurlé-je en me jetant contre la porte pour la tambouriner à coups de poings, après qu'elle s'est refermée avant que je ne l'atteigne. RENDEZ-MOI MON FILS ! JAMES ! RENDEZ-LE-MOI ! NON !

Mes larmes se déversent sur mes joues, tandis que je lutte pour faire céder cette maudite porte.

— RENDEZ-MOI MON FILS ! continué-je de hurler en frappant moins fortement contre la porte à bouts de force.

Je m'adosse à la porte, les mains en sang à force de coups, et me laisse glisser le long de la porte. Je ramène mes jambes contre ma poitrine et les enroules de mes bras pour y enfouir ma tête pour pleurer.

— Rendez-moi mon fils… continué-je de geindre en me balançant de tous les côtés. Pitié…

Je n'arrive pas à me délivrer de ses hurlements. Docker m'avait prévenu : ce serait plus marrant qu'il ne l'aurait cru. Et il prend son pied à me torturer.

CHAPITRE SEPT

Fox

Je ne sais pas combien de temps j'ai passé à hurler, à frapper et à me débattre. Mais c'est insoutenable. J'entends encore mon fils pleurer, mais j'ai vite réalisé que ça ne pouvait pas être lui. James finit toujours par se calmer et s'adapter à la situation. Je commence même à croire s'ils ne sont présents seulement dans ma tête. Les pleurs de bébés résonnent dans cette pièce.

Docker n'est pas revenu depuis qu'il m'a pris mon fils. J'ai à présent un plateau repas une fois par jour pour ne pas mourir de faim — chose que j'ai vite compris lorsque je me suis rendu compte que le temps était interminable entre les livraisons de repas —, mais rien pour faire ma toilette. Je sens que je pue, et mes cheveux sont emmêlés. J'ai l'air d'une vraie loque, en boule sur la pierre froide. Je n'ai même plus de lit, si ce n'est celui de James pour me rappeler que je n'ai plus mon fils auprès de moi.

La porte de ma chambre s'ouvre à la volée, et la lumière m'aveugle. Mes yeux sont gonflés. Je le sens. J'ai beaucoup de mal à les ouvrir. J'ai passé tout mon temps à pleurer.

— Comment vas-tu mon trésor ? me questionne Docker en souriant.

Je plisse les yeux, et distingue mieux son visage à mesure que les secondes s'égrènent. Cette situation l'amuse. Il tire plaisir de ma souffrance. Si j'en avais la force, je lui arracherai les plumes de ses ailes unes par unes, avant de les couper chacune leur tour.

— Où est mon fils ? couiné-je en levant faiblement la tête.

Ma nuque est raide et me déclenche une grimace douloureuse.

— Ne t'en fais pas. Il est entre de bonnes mains. J'aimerais que tu t'habilles, nous avons un invité.

— Pourquoi ? lui demandé-je en fronçant les sourcils. Je vais servir de poupée d'exposition, maintenant ? Je pourrais dire que je fais une descente aux enfers, mais j'y suis déjà. Alors je peux en déduire que je monte en grade… !

— Même affaiblie tu restes sur la défensive, s'amuse le démon. Il se trouve que j'ai un invité qui ne manquera pas de te surprendre, trésor. Maintenant habilles-toi si tu ne veux pas qu'il arrive des problèmes à ton fils.

— Quand sommes-nous ? J'ai l'impression d'avoir perdue la notion du temps. Combien de temps j'ai passé ici ?

— Six mois trésors, sourit Docker. Du moins… six mois en Enfer… Il ne s'est écoulé que six semaines sur Terre.

Je le regarde surprise, et me lève tant bien que mal, tant mes jambes me font souffrir. Je me soutiens au mur avec difficultés. Mes jambes sont faibles. Je n'en reviens pas que ça fasse six mois que je suis enfermé, et que je n'ai pas une seule fois bougée. Je n'y arrivais pas. J'étais folle de chagrin. Et je le suis toujours.

Docker sourit d'un air sarcastique, et laisse passer des démons qui posent une longue robe noire sur le lit.

— J'aimerais aussi que tu te laves. Tu pues et tes cheveux sont en batailles. C'est affreux.

Il me lance un sourire moqueur et quitte la pièce. Je ne peux m'empêcher de penser que mon amour propre en prend un sacré coup, mais ce n'est pas ce qui me préoccupe le plus. Les pleurs ont cessé, et je ne sais pas ce qu'il a pu advenir de mon fils depuis qu'ils me l'ont enlevé.

Je m'approche du lit et remarque une vasque d'eau claire avec une éponge et une brosse.

Je n'ai pas le choix, il faut que je fasse ce qu'il me dit. Avec un peu d'espoir, je reverrais peut-être mon bébé si j'obéis.

Une demi-heure plus tard, je passe les portes d'une grande pièce, escortée par trois démons. Je remarque une grande table dressée, remplie de nourriture en tout genre, et vois mon fils dans un berceau. Même si je dois avouer que je sens mon ventre gargouiller à la vue de toute cette nourriture, je me précipite vers James en faisant abstraction de ma faim. Mais un démon me barre tout à coup le passage, me contraignant à m'immobiliser.

— Laisses-moi passer si tu ne veux pas avoir de problème avec moi ! le menacé-je d'une voix sombre, bien que les gargouillements de mon estomac me rendent moins menaçante.

— Laisses Farrick, ordonne Docker qui semble amusé par la situation.

Le démon s'écarte et me laisse prendre mon fils dans mes bras. Je le serre contre moi, heureuse de le retrouver. Il m'a tellement manqué, et il a tellement changé !

Et dire que je n'ai pas pu fêter ses un an…

Je ne peux m'empêcher de me sentir coupable qu'il ait vécu tout ce temps loin de moi, ou de l'avoir mêlé à ces histoires en n'étant que sa mère.

Ce n'est qu'une fois que j'ai retrouvé James, que je remarque qu'il y a une autre personne dans la pièce. Je tourne les yeux et recule d'un air prudent, quand j'identifie de qui il s'agit. Je ne peux m'empêcher de ressentir un profond soulagement.

— Carl ! m'exclamé-je en me précipitant vers lui. Il t'a capturé ?

Ce dernier n'a aucune réaction lorsque je le serre dans mes bras avec espoir. Je suis alors vite troublée.

« *Que lui arrive-t-il ? Pourquoi ne bouge-t-il pas ? Pourquoi n'est-il pas soulagé de nous retrouver ?* »

— Je ne l'ai pas capturé. Et il n'est pas ici pour te délivrer trésor, m'informe Docker.

Je regarde Carl surprise, et recule de quelques pas en serrant fermement James contre moi pour le protéger et dissuader quiconque je me l'enlever.

Carl m'adresse alors un sourire froid. Presque cruel. Et ses yeux deviennent noirs en même temps qu'une paire d'ailes noires sort tout à coup de son dos, me faisant sursauter.

— Tu es possédé par un démon… réalisé-je en sentant que tout est perdu pour moi. Ce n'est pas possible… ton tatouage…

— Tu fais encore erreur Fox, ricane une nouvelle fois Docker qui commence à me taper sur le système. Il n'est pas possédé par un démon. Il *est* un démon. Comme je te l'ai expliqué la dernière fois que nous nous sommes vus, au bout d'un moment la malédiction de Judas prend entièrement possession de la personne qui la porte et fait d'elle un démon. Je suis d'ailleurs surpris que ça ait prit autant de temps. Son endurance est remarquable. Mais vois le bon côté des choses ! Il a réussi à tuer Abaddon et Gideon. Il a vengé ta famille.

— Le bon côté des choses ? répété-je en me tournant vers Docker. Le père de mon enfant est un démon ! Je t'ordonne de le libérer !

Je ne sais pas de qui des deux je dois me méfier le plus, à présent.

Carl se met à rire d'une voix claire et amusée, et emprunte une voix que je ne lui reconnais pas. Elle est froide et n'a plus rien d'humaine. Elle n'est plus comme celle que j'aimais tant écouter et à laquelle j'ai tant cherché à m'accrocher au cours de ces six derniers mois.

— Elle s'imagine que j'ai besoin d'être libéré… Chérie, si j'avais envie qu'on me libère, j'aurais trouvé une solution pour redevenir humain. Tu me vois faire ça ?

— Carl je t'en prie, il faut te battre. Il ne faut pas te laisser avoir par le démon qui est à l'intérieur de toi ! Tu as un fils, et… et moi ! le supplié-je presque. Il faut que tu me sortes de là. Ce n'est pas un endroit pour James. Il va lui faire du mal !

— Pourquoi te sortirais-je d'ici ? Est-ce que tu sais pourquoi tu es ici, au moins ? s'amuse Carl en regardant autour de nous comme s'il avait un public.

— Parce que ce cinglé de démon m'a capturé !

— Oui, mais pas seulement Fox. C'est en quelque sorte une épreuve finale au test. Il faut encore que je tue quelques démons que Docker et moi avons dans le collimateur, mais dès que j'en aurais terminé avec eux…

Il laisse sa phrase en suspens et s'approche de moi pour n'être qu'à quelques centimètres de mon visage. Sa main se pose sous mon menton et la pulpe de son pouce caresse ma lèvre inférieure tandis qu'il murmure :

— … je reviendrais ici pour vous tuer.

Je réalise le poids de ses paroles à travers l'envie que je ressens de l'embrasser, et sursaute en me dégageant vivement de son emprise.

— TU NE FERAS AUCUN MAL À MON FILS ! hurlé-
je en m'éloignant des deux démons, le plus possible.

Surpris que je me mette à hurler, James se met à pleurer
dans mes bras.

— Je crois que c'est à ça qu'on reconnaît une bonne mère,
s'amuse Carl en se tournant vers Docker. Tu n'es pas d'accord ? Elle fait passer la vie de son enfant avant la sienne.

Depuis quand sont-ils aussi complices tous les deux ?

— Ne t'en fais pas chérie. Je te tuerais avant pour que tu
ne me voies pas tuer notre fils juste après. Tu vois comment
je suis ? Tu ne peux pas dire que je suis cruel avec toi.

Il lève les yeux au ciel comme s'il réfléchissait et se tapote
la lèvre inférieure avec la pulpe de son indexe.

— En fait, je crois que je peux dire sans hésitation que je
suis un père modèle. Je fais en sorte que la mère de mon fils
de souffre pas. Je crois qu'on peut également affirmer que ça
fait de moi le mec idéal.

J'en ai les larmes aux yeux d'entendre Carl parler de cette
manière.

— Carl, je t'en supplie… Reprends tes esprits. Sauve-nous.
Redeviens toi ! Rentrons chez vous.

— Chut ma chérie, murmure Carl amusé en s'approchant de moi pour poser son doigt sur mes lèvres.

Je ne peux pas reculer plus, je suis prisonnière entre lui et le mur. Sa proximité me donne à la fois des frissons de plaisir, mais aussi d'effroi. Je ne le reconnais plus. Il n'y a plus aucune émotion dans son regard à présent vide.

« Pourquoi n'ai-je pas vue que ça allait arriver ? Pourquoi n'ai-je pas eu une vision qui annoncerait que Carl deviendrait à coup sûr un démon ? »

— Tu devrais te calmer, tu effraies notre fils.

Je secoue la tête en refusant intérieurement d'admettre la vérité et me laisse glisser le long du mur en pleurant, tout en tenant fermement contre moi mon petit garçon qui porte le visage de son père.

Will

Je tourne en rond dans notre planque anti-démons, à la re-cherche d'une solution pour que Carl redevienne lui-même. Je n'en reviens toujours pas de ne rien avoir vu arriver. Il faut dire que tout s'est passé tellement vite… ! Peut-être que si je l'avais su plus tôt, j'aurais pu empêcher mon frère de devenir un démon.

Et pour couronner le tout, je ne sais toujours pas où se trouvent Fox et James. Nous avons passé des semaines à re-chercher le moindre indice, et à suivre les pistes que nous trouvions mais qui ne menaient à rien.

Tout ça pour quoi ? Pour que tout cette colère et cette cul-pabilité que mon frère a accumulée le transforment en ce qu'il haït le plus. En ce que chacun de nous redoutions.

Fox me manque terriblement. Je ne sais pas ce qu'elle et James sont devenus, mais j'espère sincèrement qu'ils sont encore en vie. Je donnerai tout ce que j'ai pour les revoir sains et saufs.

Nous n'avons trouvé aucun indice sur leur emplacement, si bien que j'en suis venu à me demander il y a quelques semaines, s'ils étaient encore sur cette Terre.

Au Paradis, ou en Enfer ?

Mais si la théorie du Paradis a pu être écartée parce qu'Azriel y est allé pour vérifier, celle de l'Enfer est invérifiable parce que nous ne pouvons pas y aller sans nous faire remarquer. Nous ignorons même où se trouve l'entrée la plus proche. Parce qu'il se trouve que oui, il y a bien une porte qui conduit tout droit jusqu'en Enfer. Mais elle se déplace sans cesse pour que les Anges ou autres « indésirables » n'envahissent pas les lieux.

— J'ai entendu dire que ton frère faisait le tour du pays avec Docker ! s'écrie Azriel en entrant dans la casemate. Il n'est pas compliqué à retrouver. Lui et le Roi de l'Enfer sèment des cadavres sur leurs passages.

Je me tourne vers lui en soupirant.

Ceci est une des autres choses que je redoutais le plus : que

Carl prenne goût à cette nouvelle vie et se mette à tuer. Même si ce n'est pas la première fois qu'il est amené à tuer, malheureusement.

— Et Fox ? Tu ne la sens toujours pas ? lui demandé-je plein d'espoir.

Azriel s'apprête à répondre, lorsqu'une voix retentit dans mon dos.

— Il aurait du mal à la trouver là où elle se trouve…

Je sursaute de surprise et d'inquiétude en attrapant mon couteau, et l'envoie dans la direction de l'intrus. C'est alors que je fais face à mon frère qui rattrape le couteau par la lame avec une agilité et une aisance déconcertante.

Je n'ai pas d'autre choix que rester sur mes gardes.

Je ne suis pas à l'abris qui lui vienne l'idée de me renvoyer le couteau, et je sais que je n'aurais pas la même habileté que celle de mon frère.

— Tu m'as loupé, s'amuse-t-il en jetant le couteau par terre, plantant la lame dans le béton comme s'il ne s'était agi que de bois. Une chance pour Fox et James.

A ses mots, je ne prends pas la peine de m'attarder sur la soudaine force surdéveloppée de mon frère, et digères ses paroles avec difficulté.

De quoi est-il au courant, au juste ?

— Qu'est-ce que tu sais sur eux ? le questionné-je avec méfiance et un certain intérêt.

— Je sais qu'ils se trouvent dans une chambre… enfermés quelque part en Enfer. En compagnie de Docker.

Il fait les cent pas devant moi en parcourant la pièce du regard, des bras croisés dans le dos. Il ne semble pas du tout inquiet d'être en présence d'un être céleste tel qu'Azriel. Probablement parce qu'il sait que ce dernier ne peut rien faire contre lui sans prendre le risque de se faire tuer…

— Qu'est-ce qui nous dit que ce n'est pas un piège que tu essayes de tendre à Will ? l'interroge l'Ange tout aussi méfiant que moi.

Etonné de ne pas y avoir pensé tout de suite, j'alterne mon regard entre Azriel et Carl qui se jaugent du regard.

Azriel coule un regard dans ma direction, inquiet de devoir agir en cas d'attaque surprise. Quant à moi, je ne sais pas si je dois rester sur mes gardes, ou n'avoir aucune inquiétude à me faire. Le Carl que je connais, mon frère, ne me ferait aucun mal. Il donnerait même se vie pour me sauver. Tous les Démons assez malins pour élaborer une stratégie le savent. Mais ce Carl-là, pourrait être aussi traître que ses nouveaux semblables.

Ses lèvres s'étirent en un sourire en coin, amusé par la question de l'Ange.

— En toute honnêteté…

— Parce que les Démons sont honnêtes ? rétorque aussitôt Azriel. Première nouvelle.

Carl tourne les yeux vers lui, toujours aussi amusé et pas le moins du monde contrarié d'avoir été interrompu, avant de reprendre.

— … vous n'avez aucune garantie. Mais il se trouve que j'en ai marre de l'entendre me supplier de redevenir humain et j'aimerais qu'elle soit en pleine forme pour le jour où je la tuerais. Tu sais comment je suis. J'aime bien qu'il y ait un peu d'action avant de terminer par un meurtre. Et puis je suis du genre sentimental. J'ai envie de régler les histoires en famille.

Il marque une pause qui se veut probablement théâtrale, afin de profiter de l'impact que chacun de ses mots pourraient avoir sur nous.

— Alors… j'ai une proposition à vous faire, reprend-il d'une voix mesurée.

Je plisse les yeux, de plus en plus méfiant. Je n'aime pas

traiter avec les Démons en temps normal. Mais je me demande si finalement ce n'est pas une mauvaise idée d'essayer de négocier avec lui pour tenter de sauver Fox. Si elle était près de moi, j'aurais plus de facilité à assurer leur sécurité, que si elle restait en Enfer.

— Qu'est-ce que tu proposes ?

— Tu vas négocier avec lui ? s'étonne aussitôt Azriel en tournant les yeux vers moi, sourcils froncés.

— Je veux seulement entendre ce qu'il a à proposer pour le moment. Pour le reste on avisera.

Azriel se tait aussitôt et soupire d'un air contrarié. Lui non plus n'aime pas négocier avec les Démons. Et peu importe s'il s'agit de son meilleur ami, il n'est plus humain à ses yeux.

— Tout ce que je te propose, c'est que tu bouges ton cul en Enfer et que tu joues les Princes Charmants en allant au secours de la demoiselle. Je vous indiquerai par où entrer. C'est aussi simple que ça. Mais saches cependant une chose.

— Qu'est-ce que c'est ?

— Tu auras beau essayer de la protéger, sache que je la traquerai au moment venu pour la tuer.

Je ne comprends plus rien maintenant.

« *Lui qui est fou d'elle, veut maintenant la tuer ? Mais où est donc passé mon frère ? Est-il possible que mes espoirs soient vains et qu'il ait disparu ?* »

— Alors vas la sauver. Fais-toi passer pour le héros ou le Prince Charmant… Peu importe.

Je m'apprête à répliquer, mais il me coupe la parole comme si je l'ennuyais.

— J'aurais bien voulu continuer à bavarder ou évoquer la manière dont je viderais Fox de son sang jusqu'à la dernière goutte, mais j'ai un démon à tuer. Alors je vous dis à la prochaine…

Sur ces mots, il disparaît devant mes yeux en laissant s'envoler quelques plumes noires autour de lui, me laissant cloué sur place, pétrifié par ses paroles.

Je n'en reviens pas qu'il irait jusqu'à tuer la femme qu'il aime et son propre fils. Tout ça pour nous convaincre qu'il est vraiment devenu un Démon.

— Tu le crois ? me questionne enfin Azriel, après être resté silencieux, comme s'il essayait d'assimiler lui aussi cette rencontre.

Je fronce les sourcils en secouant la tête, les lèvres pincées, les yeux fixés sur l'endroit où se trouvait mon frère l'instant d'avant.

— Franchement… je t'avoue que je l'ignore. Mais compte tenu du projet qu'il a pour elle, on peut supposer qu'il nous dit la vérité.

Fox

Me revoilà enfermée dans la même pièce où j'ai passé ces six derniers mois de ma vie.

Mais un détail a changé. Cette fois je ne suis pas seule. Je dois au moins ça à Carl. Peut-être a-t-il jugé que je coopèrerais mieux si j'avais mon fils auprès de moi, ou a-t-il jugé que ce serait moins cruel de me le laisser.

Je l'ignore.

Mais dans un cas comme dans l'autre, je lui dois la présence de mon bébé dans mes bras. Il m'a tellement manqué pendant ces semaines interminables… !

Je serre James contre moi, profitant de sa chaleur et du temps que je pourrais manquer si jamais Docker ou Carl changeaient d'avis. Je me sens quelque peu rassurée de l'avoir dans mes bras.

Je n'en reviens toujours pas que Carl soit devenu un Démon. Moi qui pensais que tout ça finirait bien… Je me suis évidemment trompée. J'aurais pourtant dû le voir venir puisque Judas lui-même avait trahit son propre ami en devenant un Démon et l'avait fait tuer.

Je prends une grande inspiration en faisant les cent pas dans la pièce. Maintenant que j'ai mon fils auprès de moi, il va falloir que je trouve un moyen de quitter cet endroit. Je pourrais appâter un Démon avant de me cacher dans l'entrée et l'assommer une fois qu'il a ouvert la porte pour quitter la pièce. Mais je ne pense pas que je pourrais quitter l'Enfer, puisque les couloirs ressemblent à un labyrinthe dans fin.

Du moins, c'est ce qu'on en dit.

Mais puisqu'aucune personne n'a réussi à s'échapper de l'Enfer pour en témoigner, ça va être dur de lui donner raison ou tort. Tout ce que je peux faire, c'est me servir de cette supposition pour ne pas commettre d'erreur.

Alors il faut que je pense à autre chose. Comme un plan B. Et tant qu'à y être, puisque j'ai affaire à des Démons qui auront vite-fait de repérer ma fuite, je vais devoir réfléchir à un plan pour chaque lettre de l'alphabet si je veux pouvoir en sortir vivante.

Tandis que je me penche sur la question en analysant chaque détail de la pièce dans laquelle je suis enfermée, j'entends tout à coup des bruits de l'autre côté de la porte.

Comme des hurlements et des tambourinements.

Ça se rapproche lentement de moi, et je sais que je pourrais ne pas faire vieux os, lorsque j'entends quelque chose heurter l'autre côté de la porte comme si quelqu'un y avait été projeté ? Je me mets alors à trembler. Ce n'est pas digne d'un Chasseurs, mais j'ai conscience que ma fin est peut-être là et que mon fils est aussi en danger. Et c'est surtout pour lui que je m'inquiète.

Est-ce que c'est Carl ? Est-ce qu'il vient pour moi ? A-t-il changé d'avis et préfère me tuer maintenant ?

Je ne comprends pas pourquoi il tient tant à vouloir ma mort. Je ne suis plus rien pour lui, puisqu'il a choisi de devenir le mal incarné. Et s'il est inquiet que je cherche à le rendre à nouveau humain, autant qu'il sache que la sécurité de mon fils passe avant tout. Alors s'il fallait que j'abandonne cette idée pour garantir la sécurité de mon bébé, même si j'aime Carl, il est hors de question que je risque la vie de James.

— Fox ? m'appelle une voix de l'autre côté de la porte.

Mon cœur ratte un battement. Je crois rêver. Ce n'est pas

possible.

— Fox ! répète la voix qui m'est familière.

Je n'en reviens pas. C'est Will ! Il est venu me chercher.

Une bouffée d'espoir naît subitement en moi, et un profond soulagement me gagne enfin. Je croyais ne jamais l'entendre à nouveau.

Je me précipite vers la porte et la tambourine du poing en tenant James à un bras, fermement contre moi.

— Will ! m'écrié-je en sentant l'émotion m'étreindre la gorge. Will je suis ici !

— Azriel, elle est là ! annonce alors Will dont le soulagement trahit sa propre voix. On l'a retrouvé !

Lorsque la porte s'ouvre enfin, je m'effondre presque dans ses bras. Je ne saurais dire quel sentiment est le plus fort parmi la palette qui s'impose à moi. Mais deux se démarquent. Je me sens tellement soulagée de le voir. Et tellement heureuse aussi…

— Fox… soupire Will en me serrant contre lui. Si tu savais combien je suis soulagé de t'avoir retrouvé.

Je ferme les yeux et me laisse aller dans ses bras en hochant la tête avec empressement. Il n'a pas idée de combien je le suis aussi.

Je me mets aussitôt à pleurer de soulagement. Je ne sais pas si j'aurais supporté de rester plus longtemps dans cet endroit.

— Will… chuchoté-je en reniflant.

— Shht. Je suis là. C'est fini, je suis là maintenant.

Je m'épuise en me laissant aller de toutes les larmes de mon corps. Je suis désespérée. Je ne sais pas combien de temps je reste là dans ses bras, mais c'est libérateur. J'ignore ce que j'aurais fait s'il ne m'avait pas retrouvée. Pourtant, je ne peux m'empêcher d'espérer que c'est grâce à Carl que je dois cette délivrance. Lui seul, savait où je me trouvais.

CHAPITRE HUIT

Fox

Une fois à la casemate, Will me conduit dans une nouvelle chambre en me fournissant une réponse à la question silencieuse que je me pose.

— Si Carl veut te tuer, il n'aura pas d'autre choix que d'aller dans ton ancienne chambre en priorité. Et ensuite il fera le tour de ce refuge pour vous avoir toi et James. Mais ne t'en fais pas. Il n'arrivera pas à te tuer.

Je hoche la tête silencieusement, avant de remarquer avec surprise qu'il ne manque rien de nos affaires.

— Tout est installé ? Tu savais que je reviendrais ?

— Bien sûr que oui. Je n'ai jamais douté du fait qu'on te retrouverait. Ne t'en fais pas.

— Will ? intervient la voix d'Azriel qui s'approche de nous.

Je sursaute surprise et me tourne vers lui avant de forcer

un sourire. Je crois qu'il va me falloir un temps d'adaptation pour me sentir à nouveau en sécurité.

Remarquant mon inquiétude, Azriel se tourne vers moi en fronçant les sourcils.

— Excuses-moi. Je ne voulais pas te faire peur.

— Ce n'est rien ne t'en fais pas, soupiré-je ne lui souriant pour le rassurer.

Il me rend mon sourire, aussi forcé que le miens, et se tourne vers Will.

— Je peux te parler ?

Mon beau-frère hoche la tête à l'adresse de l'Ange avant de m'adresser un sourire qui se veut rassurant.

— Installes-toi. Je reviens avec un sandwich au thon comme tu aimes et un biberon pour James.

— Mais toutes mes affaires sont encore au Motel ! protesté-je, perdue.

— Non. J'ai tout ramené ici lorsqu'on a découvert que tu avais été kidnappée. Installe-toi tranquillement, je reviens vite.

J'acquiesce silencieusement et vais m'allonger avec James dans mes bras. Je n'arrive plus à me détacher de lui. Il m'a trop manqué quand Docker me l'a enlevé.

Lui en revanche, dort paisiblement. Il a tellement pleuré

quand ils l'ont séparé de moi, que je suis surprise par son calme. Peut-être a-t-il senti ou compris qu'il était enfin en sécurité ?

— Tu peux te reposer si tu veux, me dit Will d'une voix douce pour ne pas m'effrayer.

Soulagée, je tourne la tête vers lui et lui adresse un sourire. Je suis étonnée, je ne l'ai pas entendu revenir.

— Je le sais. Mais je crains que si je ferme les yeux, je me retrouve à nouveau en Enfer et qu'en fait tout ça ne soit qu'un rêve.

Will pose l'assiette de sandwichs sur le matelas devant moi, et vient prendre James pour lui donner le biberon en m'adressant un sourire rassurant.

Hésitante, je le laisse faire. Je sais qu'il ne risque rien avec Will. Et je sais que grâce à ça, j'ai la preuve que même si je ferme les yeux, rien de tout ça n'est un rêve.

— Ça t'ennuie que je m'installe à côté de toi hésite-t-il.

Je ne peux m'empêcher de sourire en coin.

Un sentiment de soulagement s'empare de moi et je hoche la tête sans hésitation.

— Non ça ne m'ennuie pas. Je t'avoue que j'ai passé tellement de temps seule, que je crains la solitude en elle-même à présent. En toute honnêteté, ta présence me rassure.

Il m'adresse un sourire compréhensif, s'installe avec James dans ses bras, et le réveille en douceur pour lui donner le biberon.

Ce dernier remue doucement, ouvre les yeux et accepte le biberon en buvant goulûment. Je ne peux m'empêcher de le surveiller du coin de l'oeil, tout en mangeant mes sandwichs comme une affamée.

— Tu es en sécurité ici. Tu le sais ? me questionne Will, qui a remarqué mon agitation.

Je hoche la tête silencieusement.

— Qu'est-ce qu'ils t'ont fait ?

J'avale ma bouchée et le regarde en coin, hésitante. Mais je me dis que si je ne lui en parle pas, il ne pourra rien faire pour m'aider à aller mieux. Et j'ai besoin d'aller mieux. Surtout après ce que je viens de traverser.

— Combien de temps ai-je disparue ?

— Six semaines en tout. Nous n'avons pas cessé de te chercher.

Je hoche la tête en forçant un sourire. Je dois avouer que cette idée me procure du soulagement. Ils n'ont pas perdu espoir de me retrouver. Pourtant, je ne peux m'empêcher de me sentir surprise en entendant le temps que j'ai passé dans cet endroit maudit.

— En Enfer, le temps ne s'écoule pas de la même manière... Le temps semble beaucoup plus long. Mais je crois que tu l'avais compris en voyant James...

Le Chasseur hoche la tête en regardant son neveu avec attention.

— Oui. Je crois que j'avais compris.

— J'y ai été enfermée pendant six mois, je reprends en posant mon sandwich dans l'assiette. Ils m'ont enlevé James et l'ont fait pleurer pendant tout ce temps. Je n'avais pas le droit de le voir et j'étais à bout d'entendre ses cris et ses larmes. Peut-être qu'en fait il ne pleurait pas du tout et qu'ils me faisaient entendre tout ça pour que je devienne folle.

Je souris nerveusement et croise les bras comme pour me protéger.

— Je crois que je préfère me dire ça.

— C'est possible que ce soit ça. Mais tu as tenu le coup. Tu es plus forte qu'eux. Et tu es libre maintenant.

Je hoche la tête et essaye de ravaler cette boule au fond de ma gorge, qui me fait mal.

— Carl a tué Abaddon, soupiré-je. Je n'ai plus de raison de

me battre maintenant. Normalement je ne devrais plus avoir besoin de fuir non plus. Masi faut croire que je me suis trompé. Un Démon en remplace un autre en définitive.

— Ne t'en fais pas pour ça non plus. Repose-toi, c'est tout ce que je te demande. Nous trouverons une solution plus tard. D'accord ?

Je hoche la tête en soupirant. Je n'ai pas trop le choix de toute manière.

— Ne penses qu'à James et toi.

Je hoche une nouvelle fois la tête, en regardant mes jambes. Ma vue se trouble.

— Will, tu ne m'abandonnes pas, hein ?

Il reste silencieux, et soupire.

— Je ne t'abandonne pas, mais je vais devoir m'absenter.

— Alors je viens avec toi, réagis-je aussitôt en me tournant vers lui.

Il est hors de question que je reste seule à nouveau.

— Certainement pas. Tu as James et ça pourrait être dangereux.

— Imagines que Carl revienne pendant ton absence.

— Il y a Azriel.

— Will... murmuré-je d'une voix désespérée.

Il soupire et se tourne vers moi. Ses yeux s'écarquillent de surprise quand il remarque que j'ai les larmes aux yeux. Et je me doute même que la peur se lit sur mon visage. Une peur que Carl ait provoquée en moi, et qui m'étreint toujours plus.

— Fox, toi ou James pourriez être blessés. Tu t'en rends compte ?

Je hoche la tête, laissant rouler une larme sur une de mes joues.

Bien sûr que je m'en rends compte. Mais j'ai peur de rester seule une nouvelle fois. Six mois, c'était vraiment trop long. Même lorsque je me suis enfuie après avoir découvert que j'étais enceinte, je n'ai jamais ressenti une telle solitude et une telle angoisse.

— J'en ai conscience, chuchoté-je. Mais je ne pourrais pas rester enfermée plus longtemps. Je suis peut-être libre de me déplacer, mais le danger planera quand même sur moi. Alors que je reste ici ou avec toi, ça ne changera rien pour moi.

Will ne dit rien. Il semble réfléchir et paraît hésitant.

Mais au bout de quelques secondes qui me paraissent interminables, il finit par soupirer d'un air las.

— D'accord. Mais il faudra absolument que tu m'obéisses. Tu as compris ? Quoi que je te demande, tu le feras.

— C'est promis ! accepté-je d'une voix empressée.

Je lui adresse un sourire faible et reprend mon sandwich que je me force à terminer. Je sais que j'ai perdue du poids. Je le vois à l'état de mes poignets. Je vois les os tendre ma peau presque translucide, et mes vêtements devenus trop larges. Mais je suis soulagée qu'il ait accepté de ne pas me laisser seule.

Will

Je reste à côté de Fox et regarde James boire son biberon, en me regardant dans les yeux. La jeune maman a fini de manger et s'est endormi la tête sur mon épaule. Je sens que je vais galérer quand je vais me lever de ce matelas. Je suis cependant soulagé de l'avoir retrouvée, même si ce n'est pas vraiment le cas, techniquement.

C'est mon frère qui nous a fourni les indications pour trouver l'entrée de la porte des Enfers, qui nous a montré le chemin exact pour arriver à l'endroit où Fox était retenue captive. Ça me coûte de le reconnaître, mais nous n'y serions jamais parvenus dans son aide.

C'est pour cela que je ne dois pas baisser les bras.

Je sais qu'il y a toujours du bon en Carl. Même si au premier abord on penserait qu'il a complètement laissé tomber sa nature humaine.

Je soupire et laisse aller ma tête contre le mur derrière moi. Je dois avouer que je m'en veux d'avoir accepté de faire venir Fox avec moi, lors de ma traque de Carl pour le ramener à la raison. Si on s'affronte tous les deux, il risque de s'en prendre à elle et James plus tôt que prévu. Et je m'en voudrais davantage si je perdais l'un des deux ou les deux.

— Will ? chuchote Azriel en face de moi.

Je lève la tête et plisse les yeux pour mieux distinguer sa silhouette qui se découpe dans la lumière du couloir.

Il m'observe, les bras croisés, avec un air désapprobateur peignant les traits de son visage. Je sais bien à quoi il peut penser. Ce n'est pas difficile à comprendre. Cependant, je décide de faire comme si de rien n'était.

— Alors tu as trouvé quelque chose qui pourrait m'aider ? l'interrogé-je à voix basse pour ne pas réveiller Fox et James qui dorment à point fermé.

— Pas grand choses. Ils ont la bougeotte. Ils s'arrêtent notamment dans les lieux de cultes sataniques, et tuent tous les démons qui ont prêtés allégeance à Abaddon.

Je soupire en hochant la tête distraitement.

— C'est déjà une bonne piste. Merci Azriel. Et je crains

que tu doives m'accompagner, d'ailleurs.

L'Ange fronce les sourcils, l'air perdu.

— Tu ne veux plus que je surveille Fox ?

— Ce n'est malheureusement plus au programme. Elle m'a fait promettre de la laisser m'accompagner.

— Et tu ne pouvais pas lui dire non ? me reproche-t-il.

Il a raison, j'aurais pu… Mais je me voyais mal lui imposer de rester enfermé alors que c'est clairement ce qu'a fait Docker au cours de ces six derniers mois qui se sont écoulés en Enfer. Si pour nous ça a été long, pour elle c'était carrément une éternité. Et me servir du fait qu'elle est mère pour la contraindre à rester, aurait été injuste. Je ne suis pas mon frère. Je n'aurais pas supporter de la blesser.

— J'aurais pu. Mais non seulement je ne sais pas lui dire non après tout ce qu'elle a vécue, mais en plus elle avait des arguments qui se tenaient.

— Je vois. Et tu n'as pas su lui résister.

Je soupire et détourne le regard.

Il a raison, je n'ai pas su lui résister.

— Will… Tu ne serais pas en train de bomber amoureux de ta belle-sœur, par hasard ?

Je hausse les sourcils de surprise, et les fronce presque aussitôt en me rendant compte que Fox pourrait se réveiller à n'importe quel moment et surprendre cette conversation.

— Moins fort, tu veux ? Tu ne voudrais quand même pas qu'elle entende ça, si ? Tu ne trouves pas qu'elle n'a pas eu assez de soucis à gérer comme ça ?

Je me demande pourquoi je parle sur un ton conspirateur. Je me sens presque coupable de ressentir toutes ces choses pour elle, alors qu'elle est la petite amie de mon grand frère.

— Tu sais que Carl est fou d'elle et qu'il ne lui ferait aucun mal s'il était dans son état normal.

— Oui je le sais bien, mais il ne l'est pas. Il n'est pas là pour prendre soin de James ou pour consoler Fox. C'est moi qui prends soin d'elle. J'ai toujours pris soin de taire mes sentiments pour elle en prétextant qu'elle était ma meilleure amie, mais j'en ai marre. J'aimerai bien être égoïste de temps en temps.

Azriel plisse les yeux et s'approche de quelques pas, avant de se pencher en avant et s'appuyer contre le fond du lit.

— Tu crois que ça lui ferait du bien que tu sois égoïste alors que le père de son fils veut leur mort ? Tu ne crois pas que si Carl venait à le découvrir avec l'état dans laquelle il est,

148

il n'aurait pas encore plus envie de précipiter la mort de ta prétendue meilleure amie juste pour te détruire toi ?

Je déglutis. Je n'avais pas réfléchi à ce détail. Est-ce que Carl s'en prendrait vraiment à elle pour m'atteindre, moi ? J'espère que non. Est-ce que ça m'empêchera d'éprouver tous ces sentiments pour elle ? Non, j'en doute sincèrement. Mais je ne ferais rien non plus qui la mette encore plus en danger.

Mais il est hors de question que je laisse tomber alors que je pourrais avoir la chance que mon frère repousse en voulant rester un démon. Je ferai donc en sorte de glisser quelques allusions pour qu'elle devine mes sentiments, mais sans lui dire les choses exactement. Comme ça il n'y aura pas de problème et Azriel ne me fera pas de nouveaux sermons. J'ai l'impression de me faire engueuler par mon père, lorsque je faisais une connerie.

Je soupire, faussement désolé.

— Tu as raison. Je ne ferais rien. Ne t'en fais pas.

Ce dernier plisse les yeux un instant, avant de soupirer l'air convaincu.

— D'accord. Je te laisse, j'ai à faire. Ne fais pas de conneries pendant mon absence.

Peut-être pas si convaincu que ça en fin de compte…

— Ne t'en fais pas, répété-je en soupirant. Je ne ferais pas le con.

Azriel hoche la tête et quitte la chambre à grands pas.

Je tourne la tête vers Fox qui dort encore paisiblement contre mon épaule et lui embrasse le sommet du crâne. Celle-ci remue en soupirant et passe son bras autour du mien qui tient James, et pose l'autre sur son ventre. Je respire calmement en essayant de contrôler les battements de mon cœur.

« *Qu'est-ce que je fabrique ? Je ne dois pas faire ça. Azriel a raison. Ce n'est pas correct.* »

James remue dans mes bras, me ramenant à la réalité.

Celle où je ne suis que le meilleur ami de sa mère, et seulement son beau-frère.

Celle où je ne suis que l'oncle de James, et non le père.

— Chut… Là… Fais dodo, chuchoté-je à James en le berçant. Je suis là.

Il soupire les yeux fermés, et se rendort aussitôt.

Je fredonne une berceuse que j'ai encore dans la tête depuis la mort de maman et finis par m'endormir à mon tour.

Il est dix-neuf heures lorsque je me réveille. Je suis allongé sur le lit de Fox, et James dort entre nous deux. La jeune femme a un bras au-dessus de son fils, comme pour lui servir de barrière, et tient ma chemise dans le creux de son poing.

J'ignore comment je vais faire pour bouger, si elle me tient de cette manière. Et si Azriel voyait ça, il ne serait pas très fier de moi. J'en suis certain.

Il faut que je prenne un peu de distance pour avoir les idées claires. Et ce n'est certainement pas dans cette chambre à la place de Carl, que j'y parviendrai.

En douceur pour en pas la réveiller, je fais en sorte qu'elle me lâche la chemise et essaye de me glisser en-dehors du lit. Je n'ai pas cessé de la surveiller.

Elle fronce les sourcils et gémit avant de poser son bras sur James et le ramener contre elle. Une fois que j'ai enfin réussi, je pose des oreillers sur le bord du lit pour que James ne tombe pas, et quitte la chambre pour m'occuper, comme faire quelque chose à manger en attendant qu'elle se réveille.

CHAPITRE NEUF

Fox

Lorsque je me réveille, je m'aperçois que James dort à côté de moi les bras levés contre sa tête. Je souris en remarquant qu'il ressemble beaucoup à son père. Pas la position dans laquelle il dort, même si ça lui arrive de dormir avec les bras au-dessus de sa tête en les cachant sous l'oreiller.

Je ne saurais dire ce qui me pousse à penser que Carl et James se ressemblent. J'imagine que c'est parce qu'il est son père...

Je tourne les yeux et remarque que Will n'est plus là, remplacé par des oreillers, probablement pour que James ne tombe pas du lit. Je me demande où il a bien pu passer, et s'il n'a pas préféré attendre que je dorme pour partir à la recherche de Carl tout seul.

Non, je sais qu'il est du genre à tenir ses promesses. Il n'est pas comme ça.

Je me lève, prends James dans mes bras pour le mettre dans son lit, et pars à la recherche de Will avec mon babyphone en main. C'est dans la cuisine que je le trouve, en train de râler contre l'eau trop chaude dans le biberon. Je ne peux m'empêcher de rire doucement en attirant son attention.

Surprit, il se tourne et m'adresse un sourire nerveux.

— Je n'arrive pas à comprendre comment on fait pour savoir quand le lait est bon. Pour le donner à James, je veux dire…

— Ce n'est pas le petit doigt qu'il faut tremper dans l'eau, expliqué-je en m'approchant de lui lentement. C'est le creux du poignet qui sert de thermomètre. Attends, je vais te montrer.

Je termine de m'approcher de mon ex-beau-frère et lui prends délicatement le biberon des mains. Je le pose à côté de nous, attrape sa main et tourne le poignet vers le haut avant de laisser tomber une goutte d'eau dessus.

Il sursaute et me regarde avec surprise.

— Mais c'est bouillant ! Comment tu as fait ça ?

Je pince les lèvres pour ne pas me moquer de lui. Il faut avouer que c'est à la fois amusant et touchant de le regarder jouer aux tontons parfaits.

— Ce n'est pas sorcier. Le creux du poignet est l'endroit le plus sensible de la peau à cause du fait qu'elle est plus fine. Alors c'est là qu'il faut prendre la température de l'eau.

Je vide l'eau du biberon, et le remplis à nouveau.

— Je ne comprends pas comment marche le chauffe biberon. J'aurais dû le refaire au micro-onde, mais je voulais essayer.

— Il y a un dosage à respecter. Regarde. Le dosage d'eau à mettre dans le chauffe-biberon, varie selon le dosage d'eau dans le biberon. Tout est écrit juste là.

Je me tourne vers lui en lui montrant une étiquette collée juste à l'arrière du chauffe-biberon, mais il affiche un air perdu en se grattant la tête.

— Ne t'en fais pas je vais le faire, le rassuré-je en continuant ce que je fais. Mais je te donne un bon point pour l'effort.

— Merci.

Il pousse un profond soupir de soulagement et me regarde, faire les bras croisés. J'ai l'habitude de répéter ces gestes, encore et encore, à longueur de journée. C'est donc facile et rapide.

— Au fait Will. Je te remercie d'avoir accepté de me laisser t'accompagner. Même si… même si je ne t'ai pas trop laissé le choix.

— C'est vrai que tu ne m'as pas laissé le choix. Mais je serais finalement plus rassuré si tu m'accompagnais.

Je lui souris et pose le biberon dans le chauffe-biberon avant de patienter.

— Comment te sens-tu ? me questionne mon beau-frère en plissant les yeux d'un air inquiet.

— Je vais bien.

— Tu en es sûre ?

Le voyant du chauffe-biberon s'éteint une fois qu'il est prêt, et j'en profite pour sortir le biberon avant de regarder le comptoir.

Non, ça ne va pas. Je ne veux pas que Carl soit un démon. Je ne veux pas qu'il tue son fils. Et je ne veux pas non plus qu'il s'en prenne à moi. Je ne sais pas quoi aire, à vrai dire. Je suis perdue.

Non, je ne vais pas bien, parce que je n'ai jamais cessé d'aimer Carl. Et que maintenant, malgré le fait que je le recherche, je ne peux m'empêcher de le fuir également. Je l'aime et il me fait peur. Je l'aime et…

— Fox ?

Je sursaute et me tourne vers Will.

— Tu trembles, me fait-t-il remarquer avec in air inquiet. Dis-moi ce qu'il se passe, s'il te plaît.

— Ce n'est rien, soupiré-je en détournant le regard. C'est juste que je ne me doutais pas que ma vie prendrait de telles proportions. Il y a deux ans, je ne me préoccupais seulement de mon avenir. Mais maintenant, je me dis que je n'en ai peut-être pas… Et c'est sans parler de celui de mon fils.

Will soupire et m'attire dans ses bras. Je le laisse me réconforter. Ce genre de contact m'avait vraiment manqué pendant ces six mois. Pendant cette dernière année, je devrais dire. Je croyais que je ne partagerai plus jamais de contact comme ça. Mais étonnamment, je me surprends à espérer que ce ne soit pas la dernière fois que ce genre de chose arrive.

— Ne t'en fais pas. Il n'arrivera rien. Ni à toi, ni à James. Azriel et moi ferons tout pour vous protéger.

Je secoue vivement la tête. Je ne veux pas qu'il risque sa vie pour me protéger. Carl a dû se faire maudire par Judas en personne, et il est à présent un Démon. Il est hors de question qu'il arrive quoi que ce soit à Will en plus de ça.

— Non. Il faut que tu te concentres sur ton frère. Il est ta priorité. Il doit l'être.

— Et tu l'es aussi.

Plus je secoue la tête pour lui dire non, plus il me sert fort contre lui. Je ne sais pas si je dois insister juste pour me sentir en sécurité, ou si je dois cesser parce que je ne pense pas que ce soit une bonne idée d'être dans les bras de Will. Je connais Carl, il est jaloux. Et je ne veux pas qu'il y ait de différent entre les deux frères parce que j'ai besoin d'être réconfortée.

— Tu es aussi ma priorité, murmure-t-il à mon oreille. Et James également.

Je retiens mon souffle, surprise. C'est la première fois depuis que je me retrouve seule après les avoir laissé tomber, que l'on me fait passer en priorité.

Il s'écarte et me tient par les épaules en me regardant dans les yeux. J'ai envie de pleurer. Je crois que je vais pleurer.

— Et puis si je ne t'aide pas, je risquerais de me faire tuer par mon frère quand il redeviendra lui-même.

Je ris nerveusement, et me mets tout à coup à pleurer. J'en ai besoin, c'est libérateur. Je crois que je me suis donné du mal pour ne pas céder jusqu'à maintenant. Alors le fait de me laisser aller, me fait le plus grand bien.

J'entends Will soupirer doucement et il me reprend dans ses bras. J'entends son cœur qui bat rapidement. Ça doit le frustrer de ne pas arriver à me consoler. Et je ne peux m'empêcher de m'en vouloir de lui causer autant de soucis.

— Je suis désolée. Je m'apitoie sur mon sort alors que toi... toi tu t'inquiètes pour ton frère.

— Ne t'en fais pas, m'assure le Chasseur avec empressement. Continue de me parler de tes soucis si ça te fait du bien de t'exprimer. Tu es importante à mes yeux. Tu le sais bien.

Je ne relève pas. Il veut peut-être dire ça, dans la mesure où je suis la mère de son neveu et sa propre belle-sœur. Ou ex-belle-sœur ? Je ne sais pas comment je dois me qualifier, je dois le reconnaître.

Je regarde Will dans les yeux en reculant ma tête de sa poitrine. Il semble vraiment pensif, mais il ne détourne pas son regard du mien.

— Qui a-t-il ? Quelque chose ne va pas ?

Il me fixe un instant, puis soupire avant de me lâcher en forçant un sourire.

— Non, il n'y a rien du tout.

Il commence à s'éloigner de moi et je le regarde faire sans comprendre ce qui lui prend.

— Attends ! l'appelé-je en attrapant son poignet. Qui a-t-il ? Tu sais très bien que toi aussi tu peux tout me dire.

Il se tourne vers moi, et regarde ma main sur son poignet. Je le lâche aussitôt, mal à l'aise. Je crois que je suis allé trop loin.

Il soupire et détourne le regard en fronçant légèrement les sourcils.

— Il n'y a rien. Ne t'en fais pas.

— Je suis certaine que si. Tu fronces les sourcils. S'il n'y avait rien, tu ne le ferais pas.

Il reste silencieux, mais il semble surpris que je l'aie remarqué. Ou peut-être que je me fais des idées…

— Je te rappelle que j'ai passé du temps avec vous. J'ai eu le temps d'apprendre à vous connaître. Même si j'ai passé ces derniers mois loin de vous.

Je vois un léger sourire se former au coin de ses lèvres.

— J'oublie parfois que tu es perspicace. Je dois avouer que ça me fait du bien que quelqu'un le remarque. Mon frère aurait probablement fait comme si de rien n'était jusqu'à ce que ça aille mieux… Mais pas toi.

— C'est parce que beaucoup de choses se sont produits entre mon départ et mon retour.

— Oui, j'en ai l'impression. Je reviens, j'ai des trucs à préparer avant notre départ.

Je hoche la tête. Il quitte la pièce et je le regarde faire, sans rien dire. Mais que se passe-t-il au juste ?

Une fois de retour dans ma chambre, je regarde James remuer dans son lit. Il roule sur le côté et se rendort aussitôt. En souriant, je pose le biberon sur le bureau et m'assois sur mon lit en face du lit de James.

— Je t'aime tellement mon petit garçon… chuchoté-je en caressant ses cheveux. Je te protégerais du monde et de l'horreur qui nous entoure.

James fronce les sourcils et ouvre les yeux avant de se tourner vers moi.

— Coucou, toi ! chuchoté-je, souriante. Tu as faim ?

Je me lève pour récupérer le biberon sur le bureau et lui rapporte. Il le saisit dans ses deux petites mains et le tient fermement avant de mettre la tétine dans sa bouche. Je cale un coussin entre son ventre et le biberon, et le laisse boire goulument.

On frappe à la porte de la chambre, et je sursaute. Will se tient dans l'entrée et m'adresse une moue navrée.

— Je suis désolé, je ne voulais pas te faire peur.

Je secoue la tête et hausse les épaules.

— Ce n'est rien.

— Tu es prête ?

— Pas tout à fait, avoué-je. James boit son biberon et ensuite nous pourrons partir. Tu peux lui jeter un œil, s'il te plaît ? Je vais préparer mes affaires.

— Heu… Oui bien-sûr.

Je le remercie tandis qu'il entre dans la chambre d'un pas hésitant, et pose sa valise au pied de mon lit pour jeter un œil à James.

Je me lève et attrape mes affaires rapidement, que je fourre dans un de mes sacs à la va-vite.

— C'est fou ce qu'il ressemble à Carl, murmure Will.

— Oui… C'est fou… murmuré-je distraitement en rangeant mes vêtements dans mon sac.

— Qui a-t-il ?

— Rien. C'est juste que je crains que nous perdions Carl.

Will soupire et se tourne vers moi.

— Nous ne le perdrons pas. Carl est fort. Il a toujours réussi à s'en sortir quelles que soient nos épreuves.

Je hoche la tête sans dire un mot. J'aimerais vraiment le croire. Mais à en juger par le comportement de Carl la dernière fois que je l'ai vu, j'en viens à me demander s'il n'aime pas cette situation. Après tout, il avait l'air amusé de ce qui lui était arrivé…

✱ ✱ ✱ ✱ ✱

Voilà maintenant une heure que je suis caché dans un motel à attendre le retour de Will. D'après Azriel, Carl est ici depuis quelques heures maintenant. Il se serait arrêté dans un club libertin apparemment. Rien que ça… même si je dois avouer que ça correspond quelque peu à sa version humaine.

Will est parti confirmer la présence de son frère, mais ne voulait pas que je prenne le risque de me montrer pour le moment. Il craignait que je me fasse une nouvelle fois enlever par Docker. Et si jamais Carl me voyait, Will craignait qu'il décide d'abréger le temps qu'il me reste avant qu'il ne tente de me tuer.

Je soupir d'impatience, attendant qu'un des deux hommes revienne. Exceptionnellement, ils m'ont laissé toute seule, jugeant probablement que je ne risquais rien du tout.

Tout à coup, Azriel apparaît dans la chambre, me faisant sursauter de surprise. Je ne m'attendais pas à ce qu'il fasse irruption dans la pièce de cette manière. Plutôt qu'il passe par la porte.

— Will est toujours dehors ? me questionne-t-il, l'air inquiet.

— Oui, pourquoi ?

— J'ai un mauvais pressentiment.

Je fronce les sourcils en me levant lentement. Maintenant qu'il le dit, moi aussi je commence à m'inquiéter. Il aurait dû m'appeler depuis un petit moment, quelle que soit la nouvelle. Bonne ou mauvaise. Je ne m'en étais pas rendue compte jusqu'à maintenant, trop occupée à prendre soin de James.

— Azriel, tu peux me garder James s'il te plaît ? Je vais chercher Will.

L'Ange fronce les sourcils sans comprendre, avant de baisser les yeux vers mon fils qui tourne ses yeux vers lui en lui adressant un grand sourire. Puis il tend un de ses jouets à Azriel dans l'espoir qu'il le prenne.

— Oh... Heu... Oui.

Il semble hésitant, mais il s'agenouille devant lui pour prendre le jouet que lui tend mon fils.

— Ne t'en fais pas, lui assuré-je. Il a mangé, il est propre et il joue sur le tapis. S'il s'endort, tu n'as qu'à le laisser là et lui mettre sa couverture. Il ne risque pas d'aller bien loin, mais surveilles qu'il ne touche rien de dangereux et mets-lui les dessins animés si tu veux le garder calme. En cas de besoin, deux biberons attendent dans le frigo.

Je me lève rapidement et attrape mon arme rangée dans mon sac à langer, avant de me tourner vers James d'un air hésitant. C'est la première fois que je vais me séparer de lui depuis que nous avons été libérés grâce à Will et Azriel.

— Je vais gérer Fox. Vas-y, me rassure Azriel d'une voix déterminée qui me convainc.

Je hoche la tête en soupirant, m'approche de mon fils pour l'embrasser sur le front, et quitte la chambre après avoir rangé mon arme à la ceinture de mon jean, cachée par ma veste en cuir.

Je longe les rues pour trouver le club en question, dont Will et Azriel m'ont parlés avant qu'ils ne quittent la chambre de motel. Autant commencer par-là, puisque je ne sais pas par où commencer. Je ne sais même pas où il peut bien être.

Lorsque je trouve enfin le bâtiment, je le contourne, passe par l'arrière après avoir poussé un portillon en bois, et vois l'arme de Will qui gît par terre. Je me précipite vers elle, et la ramasse avant de la détailler en fronçant les sourcils.

Qu'est-ce qui a bien pu se passer, pour qu'il en vienne à

laisser son arme au sol dans une ruelle ?

J'ai un très mauvais pressentiment. Il s'est passé quelque chose. J'en suis certaine.

Je me relève et regarde aux alentours dans l'espoir d'obtenir un quelconque indice qui puisse me saute aux yeux, quand je reçois un coup à l'arrière de la tête avant de m'effondrer sur le sol bouillant à cause du soleil.

CHAPITRE DIX

Fox

Je me réveille avec un mal de tête horrible en grimaçant et m'apprête à me frotter l'arrière de mon crâne, quand je me rends compte que mes mains sont ligotées.

Je fronce les sourcils et commence à me débattre.

C'est bien ma veine… Je viens à peine de sortir d'une séquestration de six mois en Enfer, pour me retrouver attachée à une chaise, je ne sais où.

— Eh merde ! râlé-je en serrant les dents, avant de me débattre de plus belle.

— J'ai essayé, mais c'est sans succès… m'annonce la voix de Will à ma droite.

Je me tourne vers Will et le vois attaché à une chaise, lui aussi.

Je ne peux m'empêcher de me sentir soulagée qu'il soit ici,

plutôt que dans un endroit où je ne risquais pas de le retrouver.

— Alors c'est donc là que tu étais, soupiré-je en tournant les yeux vers lui.

Il acquiesce de la tête en soupirant d'un air agacé, avant de froncer les sourcils de réprobation.

— Que fais-tu ici ? J'avais ordonné à Azriel de ne te laisser sortir de la chambre sous aucun prétexte.

— Eh bien… à la base je te cherchais. Tu es introuvable depuis des heures. Azriel lui-même était inquiet. Mais je vois que ce n'est plus nécessaire. Qui m'a emmené ici ? Carl ?

Il secoue la tête et soupire.

— C'est un type qui prétend que Carl a massacré sa femme.

— Il y a deux semaines, Carl Walher a bien tué ma femme ! intervient une voix derrière moi. Il a laissé mon fils. Sans sa mère.

Je sursaute et un homme me contourne pour nous faire face. Il semble aussi grand que Carl, et porte une tenue dans le style militaire. La totale… Treillis, marcel presque trop serré et mettant en valeur sa musculature qui semble entretenue. Le moins que l'on puisse dire, c'est qu'il ne doit pas avoir de mal à soulever de la fonte. Ses cheveux sont blond foncé et coiffés en brosse comme le père de mon fils. Mais un détail me frappe : son corps présente des cicatrices à quelques endroits découverts de son corps.

— C'est pour cela qu'il doit mourir. Comment dit-on déjà ? Le sang appelle le sang ?

Je regarde l'homme, paniquée. De quoi parle-t-il ? Il doit y avoir erreur sur la personne. Carl ne peut pas avoir fait une chose pareille.

— Je suis désolé, murmure Will à l'adresse de l'homme.

Je me tourne vers lui en fronçant les sourcils. Il est fou ou quoi ?

— Pas moi ! m'emporté-je. Je te signale que je suis attachée à une chaise et j'ai aussi un fils qui attend que je rentre à la maison.

— Je te signale que toi aussi tu as cherché à venger la mort de ta famille, me reproche Will d'une voix cassante.

Je hausse les sourcils de surprise, et pince les lèvres d'un air boudeur.

Qu'est-ce qui lui prend de me parler de cette manière ? Comment peut-il me comparer à lui, alors que je n'ai jamais kidnappé qui que ce soit, contrairement à cet homme ?

— Je ne cherche pas ta pitié Will, reprend l'inconnu en

tournant les yeux vers lui. Tout ce que je veux, c'est ton frère. Tout ce que tu as à faire, c'est me dire où il se trouve et je vous laisserai la vie sauve. A tous les deux.

— Hors de question. Ne compte pas là-dessus.

— Tu savais que Carl à mit vos têtes à prix ? Je veux dire, celles d'un certain Azriel, et toi aussi Will.

J'ai l'impression d'être invisible et d'assister à la scène, impuissante. J'aimerais vraiment dire quelque chose, mais savoir que le père de mon enfant à mit la tête de son meilleur ami et son propre frère à prix me perturbe quelque peu.

— Quant à toi, ajoute-t-il en tournant la tête vers moi, il tient pour le moment à te garder en vie. Il m'a menacé de m'éventrer si jamais je touchais à un seul de tes cheveux. Je comprends aisément qu'il tient à toi.

Je déglutis.

Will semble accuser le coup.

— Écoutes… soupire-t-il enfin, tandis que l'inconnu tourne autour de lui. Je… je crois que tu ne comprends pas. Carl n'est plus lui-même. Il est différent.

— Ouais… marmonne l'homme en levant les yeux au ciel.

— Je ne sais pas qui tu es, mais…

— Je m'appelle Jasper, l'interrompt l'inconnu.

Jasper fait face à Will et se plie en se penchant en avant, pour être à sa hauteur.

— Écoute-moi bien Will. Toutes les nuits, lorsque je ferme les yeux, je ne vois que le regard vide de ma femme. Son sang qui imprègne la moquette blanche du salon, avec sa gorge tranchée d'une oreille à l'autre. Voilà ce que je vois toutes les nuits.

Will le regarde tristement, et je ne peux m'empêcher de ressentir la même chose. Je revois Docker, une mare de sang, ma famille, et mon père qui se fait trancher la gorge sous mes yeux.

Will soupire et Jasper lui tape l'épaule comme si c'était son pote. J'ai envie de bondir de ma chaise, pour lui faire regretter ce geste. Il n'a pas le droit de demander à Will de choisir entre son frère et sa propre vie. Il n'a pas le droit de l'obliger à trahir son propre sang. C'est injuste.

Jasper se redresse et tourne lentement autour du Chasseur en soupirant.

— Je sais que c'est compliqué, puisqu'il est ta seule famille. Mais rappelle-toi que en me demandant de te tuer, il t'a trahi. Alors rien ne t'oblige à le protéger. Tu es libre de lui rendre la pareille.

— Will ! Je t'en prie, ne l'écoutes pas ! m'exclamé-je. Tu sais que Carl n'est pas dans son état normal. Autrement, c'est lui qu'il aurait tué plutôt que mettre vos têtes à Azriel et toi à prix.

Jasper soupire et se penche en avant, à l'oreille de Will.

— Tu n'as aucune raison de le protéger. Alors aide-moi, murmure Jasper d'une voix assez fort, en ignorant mon intervention. Parle. Sauve la vie de cette femme juste à côté de toi. Epargne à son gamin la souffrance de devenir orphelin comme c'est le cas pour ton frère et toi. Comme c'est le cas pour mon fils.

— Je te signale que *cette femme* comme tu le dis si bien, est juste ici, lui reproché-je avant de me débattre sur ma chaise, pour essayer de desserrer les liens.

Je regarde Will en secouant la tête horrifiée, et il prend une inspiration avant de répondre :

— Je suis sincèrement désolé pour ta femme. Je suis certain qu'il faisait ça parce qu'il avait des raisons. Je… je ne sais vraiment pas comment te dire ça… Tu es en train sur jouer à un jeu dont tu ne connais pas les règles. On est entourés de monstres.

— Ben voyons… Tu crois que je l'ignore ? grogne Jasper

en se redressant pour lui tourner le dos.

Il s'éloigne de quelques pas et se retourne vers Will en haussant la voix.

— Onze septembre deux-mille-un. New-York ! J'ai été en première loge pour évacuer les débris lorsque les Tours Jumelles ont été détruites ! J'ai vu ces milliers de morts écrasés par les décombres. Ça ne pouvait être que l'œuvre du mal en personne. J'y ai trouvé le corps de mes propres parents.

Les larmes me montent aux yeux. Je réalise qu'il est aussi détruit que moi, mais à sa manière. Au lieu de n'avoir vu que quelques cadavres comme moi, il en a vu des milliers. Je n'en reviens pas qu'il ait dû subir tout ça.

— J'ai dû annoncer à mon frère qu'ils étaient morts et qu'il n'y aurait pas de cercueil ouvert parce que les corps ne ressemblaient plus qu'à de la purée.

— Je ne te parle pas de ce genre de monstre ! réplique Will qui tente de garder son calme. A côté de ceux que j'évoque, les tiens sont bonnes enfants.

Agacé, Jasper se lève d'un bond en grognant de colère et d'agacement.

— Cesse de me parler de monstre ! J'en ai suffisamment croisé pour savoir ce quoi je parle. Je ne suis pas naïf !

— Je te parle de Démons ! D'Anges ! s'emporte Will pour lui faire entendre raison. Ceux qui sont tirés des textes religieux avec des ailes. Je te parle de l'Enfer et du Paradis ! Mais pas seulement. De Loups-Garous aussi ! De Vampires ! De Fantômes ! De véritable monstres sortis tout droit de tes pires cauchemars.

J'aimerai dire à Will de se taire. Lui dire qu'il est inutile d'essayer de le convaincre parce que les hommes comme lui ne croient pas à ce genre de chose. Mais je suis trop effrayée et choquée pour réagir. J'ai été retenue captive pendant six mois, et voilà que dès que je suis libérée, je me retrouve attachée à une chaise à cause d'une vendetta contre Carl.

— Puisque tu veux des preuves, il y en a dans mon sac, lui annonce Will tandis que Jasper sourit nerveusement à court de mots. Vas-y ! Fouille dedans.

Jasper se retourne en direction du sac, et Will l'encourage en hochant la tête d'un air insistant.

— Regardes ce qu'il y a à l'intérieur. Tu verras que je ne te raconte pas de conneries.

Il s'approche du sac et saisit une gourde avec une croix dessus.

— Laisse-moi deviner. Eau bénite ?

Will hoche la tête lentement, d'un air soulagé.

— Ou de la vodka, se moque Jasper.

— Je t'assure que c'est de l'eau bénite.

— Rien que ça… s'esclaffe Jasper en posant la gourde à côté du sac, sur la table en bois en face de nous. Et c'est sensé tuer quoi au juste ? Des loups-garous ?

— Des Vampires, crétin, soupiré-je en levant les yeux au ciel. Tout le monde sait ça…

— Vous êtes complètement fêlés.

— Nous ne sommes pas cinglés ! réplique Will, froidement. Tu crois que nous n'avons pas autre chose à faire ? Je te signale que tu nous menace de mort ! Alors on a autre chose à faire que raconter des mensonges.

— Écoutes, soupire Jasper, ennuyé, avant d'attraper son propre sac. C'est ce qu'on appellerait une impasse… Parce que je t'avouerai que tous les menteurs disent la même chose.

— Nous ne sommes pas des menteurs ! m'exclamé-je enfin.

— Fox, tais-toi ! m'ordonne Will.

Je hausse les sourcils, surprise qu'il me parle ainsi. C'est la deuxième fois qu'il me parle d'une voix aussi sèche ne à peine une demi-heure.

Jasper sort des gants de son sac et continue comme si nous n'étions pas intervenus.

— Je vais devoir faire preuve de plus de… persuasions.

Il enfile ses gants et sort un marteau dans son sac en souriant froidement.

— J'ai acheté ceci dans un magasin qui vend de l'armement militaire. J'ai acheté des couteaux et je me suis dit que j'allais pouvoir m'amuser à te soutirer des réponses. Quitte à user de la torture…

Je retiens mon souffle, inquiète.

— La torture ? m'écrié-je. Vous n'avez pas le droit de faire ça ! C'est illégal !

— TUER MA FEMME AUSSI !

Je sursaute et retiens mon souffle.

— Laissez-la partir. Elle n'a rien à voir dans l'histoire ! s'exclame Will en me désignant. Elle a un enfant. Il a besoin de sa mère !

— Enfant, qui n'est autre que le fils de Carl Walher.

Je le regarde horrifiée. Il est au courant depuis le début… Il savait qui il frappait et kidnappait. Il savait que je n'étais pas seulement une amie de Carl.

— Vous croyez que je ne le savais pas ? s'esclaffe Jasper

amusé. Tout le monde sait que Carl Walher a un fils. Ce n'est plus un secret. Et si Carl est le père, ça veut dire que toi, Fox, tu es la mère.

— Si tu touches à un seul cheveu de mon fils, je peux te garantir que Carl sera le cadet de tes soucis, le menacé-je les dent serrés, en tremblant de peur.

Il rit, amusé, avant de prendre une grande inspiration en se frottant le visage avec une de ses mains.

— Je sens que je vais bien m'amuser…

* * * * *

Ça fait des heures maintenant que je regarde avec effroi et dégoût, Jasper frapper Will sous mes protestations. Il tient à présent Will à la gorge à bout de main, et lui tient le bras de l'autre. Will essaye de résister, mais je vois qu'il souffre. Je vois qu'il n'arrive pas à se défendre correctement. Et je ne peux rien faire pour lui venir en aide.

— Arrêtez, supplié-je d'une voix désespérée en me débattant comme je peux pour desserrer mes liens qui résistent malgré moi.

Tout à coup, j'entends un craquement qui me calme net, et je me fige tandis que Will hurle de douleur.

— Vas te faire foutre, espèce d'enfoiré. ! s'exclame mon beau-frère après avoir repris son souffle.

Jasper reprend son calme, et murmure.

— Très bien… sourit-il en répétant ces mots. Très bien… Je crois qu'il est temps de mettre les petits plats dans les grands. Ça tombe bien, je commençais à m'impatienter.

Il relâche Will qui se laisse aller lourdement contre le dossier de sa chaise, et s'éloigne de lui en nous tournant le dos.

— Will… murmuré-je en pleurant.

— Ça va aller ne t'en fais pas, me sourit-il avec difficulté, le visage en sueur et quelque peu tuméfié par les coups.

Jasper revient vers nous avec le marteau, et nous sourit froidement. J'en viens à me dire que ce n'est pas Carl le monstre, mais cet homme qui prend plaisir à torturer le Chasseur qui n'a rien fait dans cette histoire à part protéger son frère, sa belle-sœur et leurs fils.

— Non ! Arrêtez ! supplié-je à l'adresse de Jasper. Je vous en supplie, arrêtez !

— Ta belle-sœur a l'air de beaucoup tenir à toi, s'esclaffe Jasper en me regardant avec amusement.

Il s'approche de Will et pose le marteau sur une de ses mains.

— Pitié ! Jasper, arrêtez ! pleuré-je en me débattant comme une folle. Ne faites pas ça !

Pourquoi cette foutue chaise ne cède pas, alors que je lutte dans tous les sens pour m'en libérer.

— Trois, deux… compte à rebours Jasper avant d'être interrompu par la sonnerie de son téléphone.

Je me tais brusquement, surprise par cette interruption presque divine, et soupir de soulagement en pleurant de plus belle.

— On peut dire que tu as le cul béni, s'esclaffe Jasper en enlevant ses gants.

Il sort le téléphone de sa poche en soupirant, avant de s'éloigner de nous pour prendre l'appel qu'il vient de recevoir.

— Oui maman ? répond-il en prenant une voix claire et détachée, comme s'il n'était pas en train de torturer Will un instant plus tôt. Ouais ne t'inquiètes pas. Tout va bien.

Will reprend son souffle et remarque quelque chose au sol. Quelque chose que j'ai moi-même remarqué quand c'est tombé de la poche de Jasper lorsqu'il a attrapé son téléphone. Un jeu de deux clefs.

— Hé ! Salut fiston ! continue Jasper en oubliant notre présence.

Il sort de la maison en ruine dans laquelle nous sommes retenus captifs, et nous laisse seuls. C'est notre seule chance de tenter quelque chose pour nous sortir de ce guêpier dans laquelle Carl nous a probablement entraîné.

Will se balance sur la chaise et retient un cri de douleur quand celle-ci bascule sur le côté. Il attrape les clefs dans ses mains, et se charge d'en insérer une dans les menottes le plus rapidement possible en jetant des coup d'oeil en direction de la porte. La manœuvre prend plusieurs longues secondes, et je suis soulagée qu'il n'y en ait que trois, parce que j'ai l'impression que ça dure une éternité.

Une fois qu'il s'est occupé de lui, il s'agenouille devant moi et défait mes propres menottes.

— Ne t'en fais pas, c'est presque terminé, me rassure Will en chuchotant.

— Non, tu es blessé ! Il t'a torturé ! pleuré-je doucement, les yeux gonflés par les larmes.

— Je m'en remettrais. Rassure-toi. Ce qu'il faut maintenant, c'est que nous sortions de là.

Je hoche la tête, trop heureuse de quitter cet endroit, et me lève du mieux que je peux à cause du temps que je suis restée installée dans la même position.

Une fois éloignés de la baraque en ruine le plus vite qu'on ait pu, Will attrape son téléphone et compose le numéro de Azriel. Nous longeons la seule route que nous ayons trouvés, pour mettre un maximum de distance entre Jasper et nous. Il ne nous reste plus qu'à espérer que cet homme ne nous tombe pas dessus en cherchant à nous rattraper.

— Azriel, il faut que tu viennes à La Crosse. C'est dans le Wisconsin. Le plus vite possible. Déposes James chez Jimmy Melton en lui disant que Fox lui demande de le protéger. … Oui, Docker et Carl sont ici. Il faut qu'on remonte la piste… Ouais… Heu… Pas tant que ça en fait !

Je regarde autour de nous, nerveusement, attendant qu'il mette fin à cette conversation. Quelques secondes plus tard, il raccroche et tourne la tête vers moi.

— Azriel dépose ton fils, et il arrive.

Je m'apprête à répondre, quand je remarque une voiture garée devant une vielle maison.

— Will ! Regarde ! chuchoté-je en fixant la voiture, comme si elle allait disparaître tout à coup.

— Pourquoi tu chuchotes tout à coup ? s'étonne-t-il en fronçant les sourcils.

— Je ne sais pas, murmuré-je avant de rire nerveusement.

— Viens avec moi, me demande-t-il en m'attrapant par la main pour que je le suive.

Je le suis en hochant la tête silencieusement, et on s'approche de la voiture avant de la voler.

CHAPITRE ONZE

Fox

Après avoir emmené Will à l'hôpital pour soigner sa main cassée — en prétextant que nous nous sommes fait attaquer et après que Will a eu une petite conversation avec Docker — , nous nous rendons dans le club libertin où Azriel nous annoncé avoir tracé un appel d'un des numéros appartenant à Carl.

Après avoir fait une halte dans une chambre pour nous changer, nous nous présentons habillés en tenue du FBI, et interrogeons le patron du bar en lui montrant la photo de Carl.

— Ah oui… C'est bien ce gars… confirme le propriétaire en rendant la photo à Will. Il s'en est pris à une de mes danseuses et a envoyé à l'autre bout du club un de mes gars. Mon videur est intervenu et mais ce type l'a envoyé voler dans les bouteilles derrière le bar. J'ai appelé les fics, mais le temps qu'ils arrivent, cet enfoiré était déjà parti.

Il marque une pause en fronçant les sourcils et désigne le bras en bandoulière de Will.

— Il vous a blessé à vous aussi ?

— Oh ! Non, rien à voir. C'était seulement un suspect récalcitrant.

— Ah merde… marmonne l'homme, l'air de comprendre la situation.

Une conversation se tient entre les deux hommes, si bien que j'ai l'air de servir de pièce de décors.

— Ouais… soupire Will. Si vous le revoyez… Appelez-moi, d'accord ? N'intervenez surtout pas. Cet homme est extrêmement dangereux. Ça fait un moment qu'on essaye de lui mettre la main dessus.

Will lui tend sa carte du FBI au nom de Ted Garvery, que le patron du bar accepte sans broncher avant de la détailler.

— Ça roule, accepte-t-il enfin. Je ne suis pas du genre à fuir, mais il est hors de question que je prenne le risque de me faire fracasser la gueule par ce type. Le videur faisait deux fois ma taille…

— Merci, sourit Will avant de s'éloigner de l'homme.

Boudeuse de ne pas avoir pu interagir, je tourne le dos au

propriétaire et suis Will avant de monter dans la voiture en claquant la porte.

— Qui a-t-il ? s'inquiète le Chasseur, en fronçant les sourcils.

— J'ai l'impression de ne pas avoir existé ! expliqué-je, agacée. Regarde, Jasper ! Il faisait pratiquement comme si je n'existais pas. Et voilà que le patron de la boîte vient de faire pareil !

— Tu aurais préféré qu'ils te remarquent ? L'un aurait pu te torturer, et l'autre dirige une boîte de strip-tease.

Je rougis violemment, mais me renfrogne tout de même.

Il n'a pas tort. N'importe qui serait soulagé de ne pas avoir été au centre de l'attention des deux hommes. Je ne sais pas ce qui me prend. Est-ce parce que la seule chose qui attire l'attention de l'homme que j'aime, c'est le temps qui me reste à vivre ou probablement la manière dont il va me tuer ?

— Ce que je veux dire c'est que depuis que je suis devenue maman, je n'ai plus l'impression d'être un Chasseur mais une maman gâteaux. Et pour couronner le tout voilà que je suis considérée, soit comme la demoiselle en détresse, soit comme un meuble…

Je soupire tristement et regarde mes mains en me tortillant

les doigts entre eux. Je dois avouer que je me sens bête de me sentir comme ça.

— Je te comprends Fox. Sincèrement. Mais songes un instant que tu reprennes la Chasse à proprement parler. Que ferais-tu de James ? Tu vas le mettre dans une école et tu vas Chasser comme faisait mon père ? Tu peux me croire, ce n'était pas marrant du tout. Nous étions seuls et étions surveillés par des baby-sitters continuellement. Toi, tu as eu la chance d'avoir eu une mère pour s'occuper de toi pendant que ton père allait Chasser.

Je hoche la tête distraitement, en haussant les épaules.

— Tout ce que je veux, c'est me sentir vivante comme autrefois.

Il soupire à son tour en se tournant vers moi et me caresse la joue de sa main libre.

Un silence s'installe entre nous. Un silence à la fois agréable et frustrant. J'ignore à quoi il pense et je dois avouer que j'aimerais le savoir. Mais je ne sais pas si lui demander serait une bonne idée.

Comme pour mettre fin à cette torture, le téléphone de Will sonne dans la poche de sa veste.

Il l'attrape et décroche après m'avoir annoncé qu'il s'agissait d'Azriel.

— Oui ?

Will fronce les sourcils et tourne les yeux vers moi avant de soupirer.

— Tu en es sûr ?

Je fronce les sourcils à mon tour, me questionnant sur motif de l'appel de notre ami.

— D'accord. J'en parle à Fox et on y va. Je te remercie.

Will raccroche en soupirant et se tourne vers moi.

— Azriel a trouvé quelque chose d'intéressant.

— Qu'est-ce que c'est ?

— Une chambre de motel qui appartiendrait à Carl.

Je ne sais pas quoi dire. Il a donc un endroit où il vit ?

— On devrait y aller, murmure-t-il enfin avant de se détourner et démarrer la voiture.

Je hoche la tête et pince les lèvres en tournant le regard vers l'extérieur. Je dois avouer que je ne sais pas si je suis contente ou non de mettre les pieds dans la chambre de motel de Carl. Et si je tombais sur quelque chose que je ne voulais pas voir ?

C'est en soupirant que nous quittons une chambre de motel qui est supposé appartenir à Carl.

Rien.

Nous n'avons rien trouvé.

Mais je dois avouer que je ne suis pas surprise. Après tout, je ne suis pas surprise puisque Carl a appris à faire le ménage derrière lui pour que les autorités ne trouvent aucune trace du passage des Chasseur après leur intervention.

Nous nous apprêtons à retourner dans la camionnette, quand une voix nous interpelle dans notre dos.

— Salut Chérie. Je t'ai manqué ?

Nous nous retournons en même temps, et faisons face à Docker.

Instinctivement, Will sort son pistolet anti-démon — avec des balles en argent et eau bénite —, et s'interpose entre le démon et moi en tenant fermement l'arme prêt à tirer.

— Tu n'as pas idée… grogne Will en s'approchant de Docker.

Je tente d'attraper la veste de Will pour le retenir, mais il se dégage en remuant son épaule.

— Tu es là pour Carl, poursuit Docker en enfouissant ses mains dans les poches de son costume. Et je peux te le livrer si tu le veux.

J'observe Docker, surprise par sa proposition. Pourquoi voudrait-il faire une chose pareille ? Je pensais qu'ils étaient culs et chemises ces deux-là, depuis que Carl est devenu un démon.

— Quoi ? s'étonne Will à son tour, exprimant le fond de ma pensée.

— Il y a deux semaines, cet abruti a tué une femme qui avait passé un marché avec moi. À la suite de quoi, il a tué deux de mes démons qui ont essayé de me le signaler. Et maintenant, il s'est mis en tête de devenir le nouveau Roi de l'Enfer. Il est hors de question que je me laisse détrôner par un Chasseur boutonneux.

Je secoue la tête en comprenant où il veut en venir. C'est tellement pathétique de la part du Roi de l'Enfer, que c'en est carrément risible.

— Tu as peur, je me trompe ? me moqué-je en haussant un sourcil.

— Où est-il ? s'exclame Will.

— Je veux d'abord ma récompense.

Il lance un coup d'oeil vers moi, amusé. Je redoute le pire.

— Ce n'est pas elle que je veux. Rassure-toi. Tout ce que

je veux, c'est l'arme qui a la capacité de me tuer.

— Vous voulez la Dague du Destin ? m'étonné-je.

— Très bien... marmonne Will en ne lâchant pas le Démon des yeux. Je ne vais quand même pas prendre de risques. Fox, laisse-nous discuter entre nous s'il te plaît. Va te mettre ne sûreté.

— D'accord, accepté-je, trop heureuse de m'éloigner de lui.

Je décide alors de me diriger vers le bar le plus proche d'un pas rapide. Je sais que là-bas, Docker ne tentera rien contre moi. Il y a du monde. Pas mal de témoins. Je pense que je ne risque rien en attendant Will dans cet endroit. Et je pense même que je vais me prendre quelque chose à boire pour me détendre un peu.

J'entre dans le bâtiment et tourne le dos au bar, quand je vois Carl assit devant une batterie qui trône sur la scène. Je hausse les sourcils de surprise et mon souffle se coupe. Il est tel que la dernière fois que je l'ai vu. Mais dans un certain sens, je souhaiterais qu'il ait changé. Alors c'est là qu'il passe son temps ? Dans un bar miteux à jouer d'un instrument ? Ce qui veut donc dire que la chambre de motel que nous avons visité était probablement bien celle de Carl...

— Tenez ! s'exclame le barman en posant une bière sur le bar.

Je tourne la tête vers lui en fronçant les sourcils, perdue.

— Oh… mais je n'ai rien commandé.

— Vu la tête que tu fais, tu en as besoin.

J'opine en silence. Je ne peux pas le contredire sur ce point. Voir Carl dans le seul endroit où j'imaginais que je serais en sécurité, m'a quelque peu secouée.

— Je vous remercie, soupiré-je en me tournant pour prendre la bière.

Je bois une gorgée, et soupire.

— Dure journée ?

— Vous n'avez pas idée…

— Dans ce cas, c'est cadeau de la maison.

Je lui adresse un sourire reconnaissant.

— Merci.

Il me sourit, et s'éloigne pour retourner à ses occupations. Je me mords la lèvre inférieure et me retourne vers la batterie que Carl continue de percuter.

Je prends une grande inspiration et m'avance vers lui avant de m'installer sur le fauteuil, juste à côté de Carl.

Il s'arrête de jouer et se tourne vers moi à la fois surpris et amusé.

— Soit tu es suicidaire, soit tu as quelque chose à prouver.

— Peut-être un peu des deux, avoué-je en haussant les épaules avec nonchalance. Tu sais comment je suis. Je sais que tu n'en as plus rien à faire de moi, mais moi j'ai besoin de toi. Tu me manques.

Il soupire et attrape ma main avant de la tirer vers lui.

Je me lève et m'installe sur ses genoux, comme il m'oblige à le faire, en silence. Du bout de l'index, il caresse le dos de ma main en me regardant dans les yeux. J'ai des frissons le long de mon bras, et retiens ma respiration. Cette sensation est agréable. Elle me rappelle le lui d'autrefois. Cet aspect de Carl me manque tant.

— Est-ce que ça, ça te manque ? ronronne Carl, en approchant son visage du mien.

— Oui… soufflé-je, tout l'air que j'ai dans les poumons.

« Ciel ! ce qu'il me fait de l'effet ! »

Il approche ses lèvres des miennes et s'arrête à quelques centimètres en me regardant dans les yeux.

— Est-ce que tu as besoin de ça, aussi ? chuchote-t-il.

— Oui, Carl…

Il sourit alors et son regard devient d'un noir démoniaque.

Un de ces noirs abyssal et froid, qui nous glace le sang et aspire toute sensation de bien-être qui pourrait nous habiter.

— Dans ce cas, tapes-toi mon frère, crache-t-il d'une voix dure.

Je recule sous la surprise et le dévisage tandis qu'il tend la main pour attraper son verre de whisky.

Je le devance et vide le contenu du verre à son visage, les larmes aux yeux avant de me lever. Je fais quelques pas en direction des marches qui descendent de la scène où nous nous trouvons, et me ravise avant de me tourner vers lui. Je ne suis pas surprise de le voir me dévisager.

— Tu sais ce qui est con dans cette histoire ? fulminé-je.

— Je sens que tu vas te faire un plaisir à me le dire… ironise-t-il en levant les yeux au ciel.

— J'étais prête à ignorer le fait que tu sois un démon, juste pour être avec toi. Parce que je t'aime. Et aussi insensé que tu as l'air de le penser, je sais que malgré toi tu m'aimes aussi. C'est ce qui te pousse à agir comme ça avec moi et à vouloir me tuer. Parce que je suis ta dernière étape dans la perte complète de ton humanité. Mais je ne te ferais pas ce plaisir !

— Tu sais que je pourrais te tuer ? Là, maintenant ? me demande Carl calmement, en souriant amusé.

— Je le sais, mais tu ne le feras pas. Tu n'auras aucun plaisir de le faire, parce que…

Je m'approche de lui, et me penche au-dessus de lui — en prenant appui sur ses genoux — pour être à quelques centimètres de son visage comme il l'a fait quelques minutes plus tôt.

— … parce que je te demande de me tuer, murmuré-je en le regardant dans les yeux.

Il sourit en coin. Manifestement, ma demande semble l'amuser.

— Et si tu te trompais et que j'exauçais ton vœu dans l'instant ?

Je remarque que sa main droite tient la dague à la lame dorée, et l'attrape pour porter la lame du couteau sur ma gorge en la penchant sur le côté pour mieux l'exposer. La lame appuie sur ma peau, refroidissant la zone où elle fait pression.

— J'attends ! déclaré-je froidement.

Il se lève lentement, m'obligeant à accompagner son mouvement, jusqu'à ce que je me sois redressée à mon tour, et me fait face en ôtant le couteau de ma gorge tout en entaillant ma peau légèrement.

Je sursaute de surprise, mais ne quitte pas Carl des yeux.

Ne cille pas. Je sens un léger filet chaud couler de ma plaie, laissant échapper des picotements douloureux.

Carl me sourit, puis se penche sur ma gorge avant de passer sa langue sur l'entaille. Mon ventre se noue, et je ferme les yeux un bref instant. Ce geste est à la fois effrayant et affreusement excitant. Affreusement torride.

Je déglutis et attends le moment où va me tuer. Mais au lieu de ça, il saisit l'arrière de ma tête et m'embrasse sauvagement en insérant sa langue de force dans ma bouche. Je sens le goût de mon propre sang lorsque sa langue danse avec la mienne.

Je hausse les sourcils de surprise et retiens mon souffle. Je m'accroche à sa chemise rouge, et le laisse faire. J'ai le tournis, parce que je n'ai toujours pas repris mon souffle, mais je m'en moque.

Je veux Carl.

Quel qu'en soit le prix.

Il me relâche brusquement en souriant, puis son air redevient à la fois froid et impassible. Carl redevient ce démon qui me fait froid dans le dos.

— Maintenant que tu as eu ce… beau souvenir pour te tenir compagnie, je te suggère de dégager avant que je t'éventre.

Je sursaute de surprise, la gorge nouée, et m'éloigne de lui pour qu'il ne voit pas que je m'apprête pleurer. Je me sens à la fois euphorique par ce baiser qui m'a retournée, mais aussi nauséeuse à cause de la menace que je sens bien réelle. Je ne cherche pas à discuter plus longtemps, comprenant qu'il a atteint les limites de sa patience, et fais demi-tour avant de descendre les escaliers en courant pour quitter le bar précipitamment.

Une fois dehors, je me heurte à Will qui me retient par un des bras en me détaillant avec inquiétude. Il me secoue en me demandant de me calmer et me contraint à le regarder dans les yeux.

— Qu'est-ce qui se passe ?

— Ce n'est plus Carl, balbutié-je en tentant de retenir mes larmes. Je ne le reconnais pas. Pendant un instant… un bref instant j'y ai crue. Mais je me suis trompé…

Je pose mes yeux sur la porte du bâtiment qui cache la présence de Carl, et essaye de reprendre mon souffle.

— Tu t'es blessée ? remarque le Chasseur dont l'inquiétude semble grandir.

Je pose ma main sur l'entaille que Carl m'a faite parce que

je l'y ai poussé, et déglutis en me rappelant ce que m'avait fait éprouver mon ex démoniaque en posant sa langue dessus.

— D'accord… soupire Will, comprenant mon silence. Je vais le voir. Retourne à la voiture.

— Mais Docker…

— Ne t'en fais pas pour lui. Il m'a garanti qu'il ne te ferait aucun mal. Nous avons un accord. Toi ou la dague. Il a eu la dague.

— D'accord, chuchoté-je avant de m'éloigner en courant.

Will

Après m'être assuré que Fox s'est bien éloigné, j'entre dans le bar et aperçois Carl se mettre à jouer de la batterie postée sur la scène. Je suis étonné, moi qui croyais qu'il ne savait pas jouer d'instruments. Mais ce n'est pas comme si nous n'avions pas chacun des occupations bien distinctes. Si ça se trouve, il a appris à en jouer en passant tout son temps à écumer les bars. C'était un de ses passe-temps favoris avant qu'il ne rencontre Fox. Alors pourquoi pas ?

En remarquant ma présence, Carl cesse aussitôt de jouer, avant de se lever et ranger sa dague à sa ceinture.

— Salut, Will. Toujours en vie à ce que je vois.

Il lève les yeux vers moi en me lançant un regard où s'entremêlent l'amusement et le défis. Je me conne du mal pour ne pas repenser aux paroles que vient de me dire Fox, qui semblait bouleversée.

Ce n'est pas possible.

Il ne peut pas avoir cessé d'être lui.

Je ne veux pas y croire.

Carl descend les marches de la scène et me passe à côté sans me prêter une attention particulière. Je suis même surpris qu'il ne tente pas quoi que ce soit, puisqu'il a l'avantage sur moi maintenant qu'il a une fore surhumaine démoniaque.

— Dis Garett, et si tu prenais ta pause maintenant ? suggère Carl à l'adresse d'un homme qui frotte des verres propres derrière le comptoir. Mon frère et moi aimerions nous entretenir en… privé.

Il tend plusieurs billets que ce dernier accepte, et arrête dans la seconde ses occupations avant de s'éloigner de nous, nous laissant seuls dans le bar. Après s'être assuré que Garett a bien quitté les lieux, il se tourne vers moi et regarde mon bras plâtré.

— Qui t'a fait ça ?

Je souris sans joie en secouant la tête comme ça n'avait pas grande importance.

— Tu veux vraiment le savoir ?

— Pas tellement.

— Je dois ça au type qui a répondu à la mise à prix que tu as posé sur ma tête, je m'entête quand même à répondre.

— Tu savais que tu devais arrêter de me chercher. Mais tu n'en as fait qu'à ta tête. Il a donc fallu que je prenne une décision radicale.

— Tu es mon frère ! Comme si j'allais abandonner. Je te signale que si les rôles avaient été inversés, tu aurais fait comme moi.

Il avale le contenu de son verre en me dévisageant longuement.

— Tu crois ça ? A ta place, je me serais barré avec ta copine.

Je fronce les sourcils en méditant sur ses paroles. Le comprendrait-il, dans ce cas, si je faisais la même chose ?

— Ah au fait ! Si je t'ai retrouvé c'est parce que Docker t'a vendu.

Contrairement à ce que je m'attendais, il s'esclaffe en attrapant son couteau et regarde la lame d'un air distrait. Il pose ensuite la pointe de la lame sur le bout de son doigt, et la fait tourner jusqu'à ce qu'elle rentre légèrement dans sa peau. Du sang se met lentement à couler le long de la lame, sous son regard presque hypnotisé.

— En même temps, je ne suis pas surprit. Il n'a pas aimé que je lui annonce que je voulais devenir le Roi de l'Enfer. Je dois reconnaître qu'il n'a pas été très content quand j'ai foutu en l'air un de ses contrats. Mais que veux-tu ? Il a fait son temps ! Il est grand temps qu'il cède sa place à la jeunesse.

Mon frère s'approche de moi, et je dois le dissuader de faire une connerie.

— Carl, attends une seconde ! Ne fais pas de connerie. On sait comment soigner les démons, tu te souviens ?

— Tu m'as pris pour un bleu ? Du latin, un peu de bave au coin des lèvres, une grande giclée de vomi et des insultes dans toutes les langues que je connais… Oui ça me rappelle vaguement quelques choses. Mais ce n'est pas la peine. Tu te doutes bien que si j'avais voulu reproduire la scène de l'*Exorciste*[1], j'aurais fait appel à toi depuis un moment déjà. Mais je suis très bien comme ça. Ne faut pas t'en faire.

Il marque malheureusement un point. Il faut que je trouve une explication qui le fasse changer d'avis. Il sait ce que donnent les exorcismes, pour l'avoir réalisé sur bon nombre de démons. Qui aurait envie de se faire torturer de la sorte ? Ne

---

[1] *Film de 1973 réalisé par Wiliam Friedkin et adapté du roman « The Exorcist » de William Peter Blatty paru en 1971.*

serait-ce que l'eau bénite, elle agit comme de l'acide pour les créatures démoniaques. Alors imaginez si on leur en injecte dans le sang…

— C'était la faute de Judas. C'est lui qui a fait de toi ce que tu es. Tu sais que tu n'es pas ce genre de personne, Carl. Tu vaux mieux que ça.

Carl me regarde en coin en contournant le bar, avant de prendre une bouteille de whisky sur une étagère.

— Non, me contredit mon frère en se servant un verre. Il se trouve que ça venait de moi. Depuis le début. Il n'y a qu'à voir Judas qui n'a pas hésité à trahir son meilleur ami et qui l'a fait tuer. Tu n'as pas l'impression que l'histoire se répète ?

— Ok… Peu importe ! répliqué-je en tentant de garder mon calme, en m'approchant de lui. De toute façon on va remédier à ça.

Mon frère revient vers moi, s'accoude au bar avec son verre en main et me regarde avec amusement.

— C'est ce que tu crois ? Parce que ce dont j'ai envie là, tout de suite, c'est de t'arracher la gorge avec les dents et te brûler vif sur place pour que tu comprennes que je n'ai pas envie de subir un exorcisme. Pour que tu comprennes enfin que j'aime ce que je suis.

Je sens que sa menace est réelle. Je dois rester prudent.

— Je me sens libre. Pas de règles à respecter, ni personne pour rendre des comptes. Je ne suis plus obligé de suivre les ordres moralisateurs. Plus de *Ce n'est pas bien*, mais seulement du *Au diable les convenances*. Je mène la belle vie. Tu devrais en profiter, je te donne la chance de faire demi-tour tout comme je l'ai fait avec Fox il n'y a pas moins de quatre minutes. Tu peux me croire, tu devrais la saisir.

Je soupire en hochant la tête, mais je ne suis pas d'accord avec lui. Je ne renoncerais jamais à mon frère. Je sais au fond de moi qu'il ne m'aurait jamais laissé tomber. Il ne l'a jamais fait, et pourtant il aurait pu à de nombreuses reprises.

— Hors de question. Je ne ferais pas demi-tour.

— C'est un dilemme… soupire Carl, faussement embêté. Parce que vois-tu, il n'est pas question que je te suive. Ne compte pas là-dessus. Alors… Qu'est-ce que tu vas faire ? Hein ? Me tuer ?

Il joue avec moi. C'est une évidence. Mais je ne lui ferais pas ce plaisir. Je ne me laisserais pas berner.

— Tu sais très bien que non.

— Pourquoi pas ? me provoque Carl. Après tout au lieu d'exorciser un démon, j'ai tué une innocente.

— J'en ai rien à faire, déclaré-je en m'approchant de mon frère. Il n'y a rien que je ne puisse faire pour toi.

Carl boit la seule gorgée que son verre contient, et se met à rire le posant. Il attrape la bouteille de whisky et se resserre un verre.

— Il n'y a rien que je ne puisse faire pour toi… répète-t-il sur un ton moqueur. Tu te crois sans une de ces séries pour ados à trois francs six sous ? Je n'ai jamais autant ri de toute ma vie…

Je soupire et attrape la paire de menottes forgée à l'eau bénite comme les balles de mon flingue, que j'ai rangé dans la poche arrière de mon jean et les regarde.

— Tu penses que tu vas arriver à m'avoir avec ça ? Je ne suis pas possédé, se moque mon frère.

Je lève les yeux vers Carl.

— C'est comme qui dirait le moment de vérité… marmonné-je.

D'un pas prudent je m'approche de lui, quand l'alarme se met à sonner dans l'enceinte du bar. Les sprinklers se déclenchent, inondant le parquet de l'établissement.

Je tourne les yeux, et vois quelqu'un filer hors de l'établissement. Ce doit être le responsable du déclenchement des sprinklers.

Je me protège comme je peux et essaye de me rapprocher de mon frère qui pose son verre en soupirant d'agacement, avant de prendre la bouteille pour boire une gorgée directement au goulot. Dans un sens, je suis soulagé que Fox attende dans la voiture.

Je tousse en essayant de ne pas inspirer d'eau, et lâche les menottes avant de tituber. Je ne vois presque rien, et mon plâtre est en train de prendre l'eau. C'est vraiment ma veine…

Du mieux que je peux, je cours vers la sortie de secours, et me jette presque sur la porte. Je vois alors le responsable de l'alarme incendie me faire face.

Jasper, qui m'a suivi depuis La Crosse.

Je tombe au sol en essayant de reprendre mon souffle et commence à me redresser. Mais Jasper m'assène un coup de poing, et l'arrière de mon crâne heurte violemment le bitume.

CHAPITRE DOUZE

Fox

Dix minutes que j'attends dans la voiture, mais pas une trace de Will et Carl. Je commence à me demander ce qu'ils fabriquent. J'en viens à me demander si Will n'a pas eu un problème avec son frère en tentant de le ramener…

Je commence à ouvrir la portière de la voiture, et remarque Jasper se garer sur le parking devant le bar. Aussitôt je me planque en m'allongeant sur la banquette pour qu'il ne me voit pas.

« *Que fait-il ici ? Nous a-t-il suivi ?* »

Je me relève, juste assez pour observer ce que fait Jasper et le vois sortir de sa voiture avant de se diriger vers une des fenêtres du bar. Il s'adosse à côté de celle-ci et se penche légèrement pour regarder à l'intérieur. Je fronce les sourcils en le regardant faire.

— Qu'est-ce qu'il a en tête ? murmuré-je pour moi-même.

Quelques secondes plus tard, il s'éloigne de la fenêtre et entre mais seulement pour rester dans le corridor du bar. Il tend son bras vers le plafond et ressort aussitôt après, tandis que l'alarme incendie sonne. En courant, il contourne le bar pour passer à l'arrière.

Je sors de la voiture et me précipite vers le bar en suivant l'homme discrètement. La sortie de secours s'ouvre brusquement et Will apparaît en se frottant les yeux, les vêtements trempés. Jasper donne alors un coup de poing à Will.

— Will ! m'écrié-je en me précipitant vers lui.

Je lève les yeux vers Jasper en serrant la mâchoire.

— Ne t'approches pas ! grondé-je en le tuant du regard.

Des bruits de pas se font entendre, non loin de nous, et Jasper attrape son arme qu'il pointe dans la direction opposée. Je me concentre alors sur Will.

— Will, réveille-toi ! supplié-je, en le secouant.

— J'en reviens pas ! s'exclame Jasper joyeusement. Je t'ai enfin en face de moi.

— Heu… On s'est déjà vu quelque part ? demande la voix de Carl.

Je me fige, et me tourne vers les deux hommes qui se font

face. Je dois avouer que je suis impressionnée de me retrouver devant ces deux hommes qui en imposent. A côté d'eux, je ne ferais pas le poids s'ils décidaient de faire alliance.

— Je t'ai eu au téléphone. Je t'ai dit que je tenais ton frère et que j'allais le tuer si tu ne te rendais pas.

À mon grand soulagement, Will remue et ouvre les yeux. Je me tourne vers lui et lui fais signe de se taire. Je l'aide à se relever discrètement et nous déplace pour rester à bonne distance des deux hommes.

— Ah oui ! C'est toi qui devais le dessouder. Et quoi ? Tu as surestimé tes capacités ?

Malgré le fait qu'il ne soit plus lui-même, je reconnais cet air moqueur que Carl utilise à chaque fois qu'il fait face à l'ennemi. Il aime bien utiliser le sarcasme pour les pousser dans leurs retranchements. Lorsqu'ils sont en colère, ils font souvent des faux pas. Et c'est sur ça que compte Carl.

— Je me suis dit que j'allais laisser ta copine et ton frère me mener à toi, plutôt que perdre mon temps à les torturer. Et maintenant je te tiens. Carl Walher.

Je tourne les yeux vers Will qui soupire. Je n'en reviens pas que les clefs n'était qu'un leurre, et manifestement Will aussi semble surprit et agacé de s'être fait mener en bateau.

— Génial, sourit Carl qui semble amusé. J'ignorais qu'autant de monde voulait me voir. J'en ai de la chance.

— Tu te rappelles de moi ? lui demande Jasper en tournant en rond avec Carl.

— Naturellement ! Un visage comme le tiens ne s'oublie pas ! Pfff…

Je vois bien à la grimace qu'il fait, qu'il se paye sa tête. Essaye-t-il de lui faire perdre patience ?

— Junction City dans le Kansas. C'était il y a deux semaines.

— Je suis supposé savoir de quoi tu parles ? le questionne Carl le regard dénué d'émotion.

— Cette nuit-là, tu as égorgé une femme qui s'appelait Félicia Terrence. Ma femme.

— Ah… Très bien… déclare Carl, l'air d'en avoir rien à faire.

— Très bien ? répète Carl sans comprendre. C'est tout ce que tu as à dire ?

— A quoi tu t'attendais ? Je ne vais pas te dire que non ce n'est pas moi ! J'ai tué tellement de gens que je n'arrive plus du tout à suivre. Si je devais me rappeler de tous leurs noms, je deviendrais un monument aux morts. La seule chose que je peux te dire, c'est que ce n'est sûrement pas la dernière.

— Je t'ai vu… grogne Jasper en s'approchant de Carl. Je rentrais chez moi ! Tu m'as adressé un sourire avant de me dire que j'avais intérêt à me tenir tranquille.

Jasper prend une grande inspiration, et reprends plus calmement.

— Tu n'as pas idée du temps que j'ai passé à effectuer des recherches sur toi. Du temps que j'ai passé à te traquer et à apprendre ta vie par cœur. Toutes les nuits je rêvais de ce moment, où je te ferais enfin face.

— Et tu t'es dit que tu allais m'achever en m'assommant de ton discours pompeux ? Tu n'as pas mieux en réserve ?

— Je vais te tuer.

— Je suis certains que tu n'es pas le seul. Fais la queue.

— Je vais te massacrer… grogne Jasper entre les dents, en sortant un couteau de sa ceinture.

— Puisque tu as décidé de prononcer les mots doux… Je t'en prie, le défie alors Carl en souriant en coin. Viens goûter à ton sang.

Je vois bien que cette option qui s'offre à lui, lui plaît. Mettre une raclée à cet homme alors que le combat n'est pas égal, est du tout cuit pour lui. Jasper n'a aucune chance contre

Carl.

— Je vais me faire un plaisir de te massacrer, déclare-t-il avant d'attaquer.

Carl pare l'attaque dirigé vers son bas-ventre en bondissant en arrière et Jasper attaque aussitôt en levant le bras pour éloigner son ennemi avant d'attaquer une nouvelle fois. Seulement, Carl lui attrape le bras et lui fais opérer un demi-tour avant de le lâcher comme s'il s'agissait d'un lépreux. Jasper reprend aussitôt une position d'attaque, et jauge Carl du regard tandis que celui-ci sourit d'un air narquois.

Je tourne les yeux vers l'homme qui s'apprête à attaquer une nouvelle fois, mais je bondis sur mes jambes pour me précipiter vers Carl afin de le protéger.

— Non ! m'exclamé-je.

— Fox, reviens ! m'appelle Will, qui n'a pas réussi à me retenir.

Jasper attaque une nouvelle fois, mais Carl me pousse sur le côté comme si je n'étais qu'un vulgaire mannequin de chiffon, et évite encore son bras en s'arrangeant pour que Jasper soit dos à lui et lui fait lâcher son arme avant de le relâcher.

Je m'étale de tout mon flanc sur le sol en heurtant mon coude au bitume, et sens une pointe de côté. Je grimace et me retourne pour reculer vers Will. Seulement je suis figée par la scène violente qui se déroule sous mes yeux, sans que je ne puisse rien y faire.

Jasper revient à la charge et Carl lui assène un coup dans le sternum pour le faire reculer. Jasper cri de douleur et de frustration en se massant la zone endolorie. Carl sourit d'un air provocateur avec sadisme. Il aime cette situation. Il s'en délecte.

Jasper, désarmé et privé de son couteau, décide d'en venir au poing et provoque Carl dans un corps à corps qui le stoppe. Il bloque son coup de pied que lui assène l'homme avant d'attraper la cheville, le forçant à se retourner dos à lui.

Carl se saisit alors de son arme.

Jasper se redresse pour reprendre son souffle, et fait face à Carl qui vide le chargeur avant de le balancer plus loin.

— Tu sais, je pensais vraiment que tu essaierais de me tuer. Mais tu es là, à battre l'air en agitant pieds et mains… mais je ne te vois pas me blesser.

Il adresse à Jasper une moue moqueuse l'air de dire « dommage », ou « c'est triste ». Jasper fléchit ses jambes et se met en position de combat, tandis que Carl s'approche de lui calmement, en souriant.

— J'espère que tu ne vas pas me ménager sur ce second round…

— Cette fois je vais te montrer de quoi je suis capable.

Carl rit alors, amusé.

— Je ne demande que ça ! le défi-t-il à nouveau d'un air moqueur. J'ai hâte de voir ce que tu peux faire…

Jasper charge d'un coup de pied que Carl bloque avec son propre pied, et bloque par la même occasion le coup de poing gauche que lui assène Jasper. Aussitôt, Carl arrive à stopper le genou de Jasper, qui se dirige vers son ventre. Tout est si rapide, que j'ai moi-même du mal à suivre leurs mouvements.

Ma tête commence à tourner et je me sens à bout de force. Mon point de côté est vraiment douloureux. Si bien que j'en viens à me demander si je ne me suis pas froissé ou déchirée un muscle en tombant.

Carl repousse Jasper de la même manière que la première attaque. Jasper cri de colère et Carl rit alors, mettant son assaillant plus hors de lui qu'il ne l'est. Jasper commence à perdre son sang-froid, et je sais que ce n'est pas à son avantage. Il charge à nouveau en donnant un coup de poing qui s'en suit d'un coup de pied, mais Carl le saisit par la taille et se sert de sa jambe pour faire perdre l'équilibre à Jasper. Ce dernier tombe à terre, sur le ventre, en toussant. Il semble essoufflé.

Carl le lâche et réajuste le col de sa chemise en regardant l'homme d'un air satisfait. Jasper tousse tandis que mon ex démoniaque lui tourne autour tel un requin.

— Tu t'imaginais quoi en venant ici ? Hein ? Tu pensais que tu pouvais déballer ton speech en espérant me faire verser ma larme et que j'allais t'implorer ta pitié en priant pour que tu l'acceptes ? rit Carl en écartant les bras d'un geste théâtral, avant de se plier devant Jasper pour s'approcher de lui. Tu viens m'emmerder avec l'histoire de ta petite femme qui avait conclu un marcher avec le Diable pour que tu tombes amoureux d'elle, et tu pensais que j'allais regretter ? Tout ce que j'ai fait, c'est te rendre service mon pote.

Jasper lève les yeux vers lui, la rage dans le regard. Et balance son bras vers Carl qui reçoit un coup qui le fait reculer de quelques pas. Je vois alors briller dans la main de Jasper, un couteau.

— Carl ! crié-je effrayée.

Jasper se relève alors, et porte un nouveau coup à Carl, mais cette fois il ne se fait pas avoir et bloque l'attaque en lui tournant le bras sur le côté dans un craquement suivi d'un hurlement, avant de saisir Jasper par la gorge. Jasper lui attrape l'épaule de sa main libre, dans l'espoir de le repousser, mais en vain. Carl devient alors froid et mauvais.

— Tu ne sais pas dans quoi tu t'es embarqué en prenant la décision de me traquer, murmure Carl en le regardant dans les yeux.

— Carl, ne fais pas ça, le supplié-je. Il est innocent !

— Aucune… poursuit Carl en m'ignorant, avec un sourire mauvais.

— Qu'est-ce que t'es, putain ? lui demande alors Jasper, comprenant que Carl n'est pas un humain.

Carl sourit alors et avoue :

— Ce que je suis ? Rien de moins que le futur Roi de l'Enfer.

Il cligne alors des paupières et fait apparaître ses yeux noirs. Je les vois d'ici, briller sur sa peau. Ces yeux qui m'ont fait fuir de chez moi pour trouver de l'aide auprès de cet homme, devenu à présent ce que je traque et tue.

Il donne alors un coup de tête à Jasper qui recule, déstabilisé, mais il n'a pas décidé de s'arrêter là. Il donne une suite de coup de poing au visage de l'homme, puis un coup de genoux dans le ventre avant de le saisir à la taille et de l'envoyer dans une veille voiture toute cabossée qui traine dans la ruelle.

Jasper pousse un cri de douleur, et tombe au sol sur le dos avant de se retourner sur le ventre pour tenter de se relever. Mais Carl n'entend pas le laisser faire, puisqu'il saisit le bras de Jasper à l'opposé de lui, le tourne pour le relever et le plaquer contre la voiture, et lui donner une suite de coup de poing en le tenant par le col.

Je sursaute de surprise en voyant la violence des coups déferler sur l'homme. Jasper ne se défend plus. Il a l'air d'abandonner la partie.

Je me relève tant bien que mal à cause de la douleur et accours vers Carl pour l'arrêter.

— Carl ! Je t'en prie, arrêtes.

Je lui attrape le bras qui cogne Jasper, mais il se dégage brusquement, puis il sort sa dague et la pose sous la gorge de l'homme comme je me l'étais fait pour moi, plus tôt.

Je recule de quelques pas en appuyant sur l'endroit qui me fait souffrir depuis ma première chute, et comprends alors l'origine de mon point de côté lorsque je sens un liquide chaud couler sur mes doigts.

Je baisse les yeux vers ma main et la vois recouverte de

sang. Mes jambes lâchent.

— Merde… soufflé-je, affolée.

J'ai dû me faire ça en m'interposant entre Carl et Jasper, juste avant que Carl me pousse au sol. Mais alors… il l'a fait pour me protéger ?

Je lève les yeux vers Carl, et m'allonge sur le dos pour prendre de grandes inspirations pour calmer la douleur qui se répand maintenant à travers tout mon corps. Je lève les yeux au ciel, je ne vois rien d'autre. Juste cette immensité bleue où des Êtres Célestes me contemplent probablement en se délectant de ma souffrance. Puis mon regard part à la recherche de Will qu'il ne trouve pas. Je ne sais pas où il est passé. Autrement, il ne me laisserait pas là, gisant dans mon propre sang, sans réagir.

— Fais-le si tu as le cran ! s'exclame Jasper qui a vite occulté ma présence, tout comme Carl. Fais-le !

— Non ! dit simplement Carl avant de relâcher Jasper en s'éloignant de quelques pas. Tu ne vaux pas la peine que je me souille de ton sang. Pourtant, ça ne m'aurait pas déplu de le goûter. Mais je préfère que tu vives avec le fait que tu n'auras pas réussi à venger la mort de ta femme. Mais si tu reviens, sache que je te dépècerai vivant.

Jasper se laisse glisser le long de la voiture en fermant les yeux et je l'imite, jusqu'à ce que j'entende Carl crier de douleur.

Inquiète pour lui, je les rouvre et vois Will l'asperger d'eau bénite. J'entends le cliquetis des menottes, puis Will hurler.

— Stop Carl ! C'est fini maintenant. Je te ramène chez nous.

Will se lève et emporte son frère avec lui en me laissant toute seule en compagnie de Jasper qui semble inconscient. Puis il revient et me prend dans ses bras pour me conduire jusqu'à la voiture.

— Allez Fox. Tiens bon. Je suis là.

— Je n'aurais peut-être pas dû m'interposer…

— Tu as raison. Tu n'aurais jamais dû, me reproche-t-il d'une voix à la fois brusque et douce.

Près de la voiture, je remarque que Carl est attaché à l'intérieur. Will m'aide à m'installer à l'arrière du véhicule, en m'allongeant sur la banquette, tandis que je gémis de douleur en grimaçant.

— Ça va aller, il faut que tu tiennes bon.

— Peut-être que ça vaudrait mieux si je lâchais prise… grimacé-je en serrant la mâchoire.

— Dis pas de connerie ! Tu penses à James dans l'histoire ? James...

Non, je ne l'ai pas oublié.

Mais il est dans ces histoires à cause de moi. Si je n'avais pas été une Oracle et si Carl n'avait pas été son père, il ne serait pas en danger. Mais d'un autre côté, il ne serait pas de ce monde et cette pensée m'est encore plus insupportable.

— Reposes-toi, mais restes en vie. C'est tout ce que je te demande pour l'instant.

Je hoche la tête en fermant les yeux, et Will sort de la voiture en claquant la portière.

— Pourquoi tu ne l'as pas laissé me tuer ? demandé-je à Carl avant d'ouvrir les yeux pour guetter la moindre réaction chez lui.

— Parce que je n'aime pas qu'un être inférieur me protège. Et comme je te l'ai dit, il n'y a que moi qui ai le droit de te tuer.

— Je crains que tes efforts ne soient vains, ris-je d'un air moqueur avant de grimacer de douleur.

Je le vois remuer sur le cuir de son siège pour se tourner vers moi, face à la portière, et fronce les sourcils.

— Comment ça ? Qu'est-ce que tu veux dire ?

— Je veux dire que si Will ne retrouve pas rapidement Azriel pour me guérir, je mourrais avant la fin de la journée. Et ni toi, ni moi, ne pourrons l'empêcher.

Il frappe la portière en grognant.

Je sens une goutte de sueur froide rouler sur mon front. Je me sens de plus en plus faible à présent.

— Carl… Je veux que tu me fasses une promesse.

— Et pourquoi devrais-je t'en faire une ? grogne-t-il d'une voix sombre. Je ne te dois rien.

— Parce que bien que tu sois un démon, tu ne veux pas faire ça.

— Faire quoi ? Promettre quoi ?

Je sens que j'ai piqué sa curiosité. Dans un sens, ce n'est pas si mal. Ça veut dire qu'il n'est pas fermé aux négociations. Il y a peut-être une chance de sauver mon fils.

— De ne pas tuer ton fils, chuchoté-je en grimaçant. Ce n'est encore qu'un bébé.

Carl fronce les sourcils. Je me sens de plus en plus faible, et mes paupières deviennent lourdes.

— D'accord, je te le promets. Mais qu'est-ce qui te fais croire que je vais tenir ma promesse ?

— Parce que tu l'as toi-même déjà dit… murmuré-je. Tu

n'as qu'une parole.

Ma vue se brouille peu à peu, et je me sens lentement happée vers les ténèbres. La douleur, tout comme le cuir sur lequel je suis installée, disparaissent progressivement jusqu'à ce que je ne sente plus rien, et tout devient noir peu à peu.

Will

Nous roulons en direction de la casemate pour y installer Carl, et soigner Fox.

Le temps presse.

Azriel nous attend là-bas. Il a été contraint de continuer la route en voiture parce qu'il n'a presque plus de pouvoirs. Je ne me doutais pas qu'il allait aussi mal. Je ne comprends d'ailleurs pas pourquoi il ne m'a rien dit. Et dire que je lui ai demandé de localiser mon frère à plusieurs reprises et également de conduire James en sécurité chez Jimmy… Et il ne s'est pas plaint une seule fois. Je ne peux m'empêcher de me sentir coupable.

Carl regarde silencieusement à travers la vitre de la voiture. Cette ambiance est pesante, mais je dois trouver un sujet de conversation qui l'amènera à se comporter comme mon frère à nouveau.

Il faut qu'il renoue avec ses anciennes habitudes.

Son ancienne personnalité.

Je tourne les yeux dans tous les sens et remarque alors l'état de la voiture. Voiture qu'il chérit de tout son cœur depuis presque toujours. C'est la première fois que je la vois dans cet état depuis qu'il la possède.

— La voiture est vraiment répugnante, je lui fais remarquer en le regardant en coin pour guetter sa réaction.

— Quelle importance ? Ce n'est qu'une voiture après tout…

Je tourne la tête vers lui et le regarde avec surprise en haussant les sourcils.

— Quelle importance ? Alors là, tu es vraiment passé du côté obscur de la force !

Il tourne les yeux vers moi, le regard indifférent. Qui aurait cru qu'il aurait cette réaction en parlant de ce véhicule qu'il chérit tant ?

— T'as vraiment pas idée, murmure-t-il en souriant froidement.

— Tu n'as rien fait pourtant.

Carl me regarde avec intérêt, l'air de me demander plus

d'explications.

— Tu devais lui faire la peau. Mais tu ne l'as pas fait. Tu as fait preuve de pitié avec lui.

Mon frère sourit alors, amusé par mon raisonnement. Je dois avouer que je ne comprends pas ce qui l'amuse autant.

— Tu crois que j'ai fait ça par pitié ? Il était venu pour venger sa femme mais je lui ai cassé la gueule et l'ai privé de cette vendetta. Comment te sentirais-tu à sa place ? se marre-t-il alors.

Je ressens tout à coup un frisson glacé me traverser, et réalise l'horreur de son geste. Il a fait ça pour le torturer psychologiquement. Il a pris plaisir à lui mettre une raclée.

— Ce mec ne se pardonnera jamais de ne pas avoir réussi à venger sa pauvre femme. Je crois même qu'il se flinguera pour ne plus avoir à vivre avec le poids de cette culpabilité.

Il me donne froid dans le dos à cause son indifférence et de sa suffisance. Il n'a même pas pensé au fait que Jasper a un fils.

— Ce n'était pas de la pitié. C'était juste l'acte le plus horrible qui puisse être fait. Et en ce qui vous concerne Fox et toi, je n'en aurais aucune.

Je soupire calmement mais en réalité, je n'en mène pas

large. Je sais que sa menace est réelle. Mais ce qu'il ne sait pas, c'est que je ferais tout pour protéger Fox et le ramener lui. Je me battrais pour ça.

CHAPITRE TREIZE

Will

Il est tard lorsque je rentre au refuge après avoir fait bénir de l'eau par un prêtre, pour l'exorcisme. Une fois fait, j'ai emporté des poches de sang du groupe sanguin de mon frère que j'ai volé à la banque de sang et je les ai rangé dans une boîte médicale — contenant de la glace —, avant de rentrer.

J'entre dans le cachot que nous avons aménagé il y a un an, qui retient mon grand frère captif. Les barreaux sont recouverts d'argent et d'eau bénite. Les prêtres étant de connivence avec les Chasseurs, il nous a suffi de demander à l'un d'eux de bénir les barreaux.

Mon frère est enfermé à l'intérieur et est attaché aux barreaux de son lit. Et autour du lit se trouve un cercle peint, mélangé à du sel et de l'eau bénite.

Mon frère lève les yeux vers moi, et me tue du regard.

Je m'approche du rebord de l'évier prévu pour qu'il puisse se laver, et pose ma boîte remplie de bouteilles d'eau bénite.

— Franchement… ? intervient Carl en haussant les sourcils d'un air amusé.

— Tu sais comment je suis, raillé-je même si j'ai envie de hurler. Les bonnes vieilles méthodes ont toujours fait leurs preuves.

— Ce n'est pas parce que tu es capable de m'exorciser que je vais me laisser faire. Je ne veux pas être guéri. J'aime trop cette puissance qui coule dans mes veines. Si tu me laissais faire, tu pourrais être comme moi. Nous pourrions assiéger ce monde.

Je sors une seringue. Il est grand temps que j'en finisse. Je n'ai pas envie de perdre mon temps à écouter ses conneries.

— Ça ne m'intéresse pas d'assiéger ce monde. Notre devoir c'est de le protéger.

— Protéger ce monde… soupire mon frère en levant les yeux au ciel. Si tu me laisses partir, j'oublierai ce que tu essayes de faire et je te laisserai Fox, ajoute-t-il. Tu pourras devenir son nouveau mec et la protéger.

Je dévisse la bouteille d'eau bénite, essayant d'ignorer ce qu'il me dit. Je sais qu'il ne le pense pas. Je sais que ce n'est pas lui qui parle. Jamais il ne me ferait une telle suggestion.

— Dans le fond... en quoi ça te concerne maintenant ?

Je me tourne vers lui. J'ai envie de lui dire qu'il veut tuer Fox et que c'est ce qui me pose un problème. Mais ça n'aiderait en rien dans l'histoire.

— En quoi ça me concerne ?

Je soupire et jette de l'eau bénite sur mon frère qui grogne de douleur.

— Exorcizamus te, spiritus immunde...[1]

— Tu te crois malin ? Tu crois que je vais te laisser faire ?

J'ignore sa remarque et lui tourne le dos pour poser la fiole d'eau bénite.

— Dans tes rêves ! continue Carl, qui commence à se tendre. J'aurais dû en finir dès le début avec toi et tes conneries de vouloir m'embarquer sur le chemin de la rédemption.

— J'avais compris que tu voulais me tuer et que tu ne voulais pas être sauvé, répliqué-je en remplissant la seringue d'eau bénite. ... quisquis es, satanica potestas, inferni hostis incursio, legionis, occurrens vel diabolica secta,[2] ...

— Des injections d'eau bénite ? Carrément ? Tu ne sais

---

[1] *Traduction Latin : Nous t'exorcisons, esprit immonde...*
[2] *Traduction Latin : ... qui que tu sois : puissance satanique, invasion de l'ennemi infernal, légion, réunion ou secte diabolique, ...*

même pas si ça va fonctionner. Je te signale que je ne suis pas un type qui a été possédé ! Je suis un démon à part entière.

Je regarde la seringue en m'assurant qu'il n'y ait pas de bulle d'air, et me retourne.

— Tu parles de la malédiction de Judas ?

— Tu vas galérer ! s'amuse Carl. Je me demande même si je n'ai pas été choisi pour devenir le nouveau Roi de l'Enfer. Remarque, avec le débile qui s'y trouve, ce sera du gâteau de le remplacer.

— Tiens bon… marmonné-je en m'approchant de mon frère.

— Willy…

Je me fige en l'entendant m'appeler ainsi. Autrefois je détestais quand il m'appelait comme ça, mais avec le temps je me suis fait une raison et je me suis surpris à aimer qu'il me donne ce surnom. Il me donne le sentiment de tenir à moi, comme moi je tiens à mon grand-frère.

— Tu sais que j'ai horreur de jouer au docteur, me sourit Carl. Sauf peut-être si c'est Fox qui vient jouer avec moi.

Je hoche la tête tristement, en essayant d'ignorer l'allusion salace.

— Et moi tu sais bien que j'ai horreur des démons.

Je m'approche de mon frère dont les yeux changent brusquement, en grognant. Je lui jette de l'eau bénite au visage, le faisant grogner de douleur en le brûlant, et profite de ce moment pour lui planter la seringue dans le bras.

— … in Nomine et Virtute Domini nostri Jesu Christi, avelli et eici de Ecclesia de Deo, …[1]

Il respire bruyamment, et regarde en direction de la sortie.

Je m'approche de lui et enlève ma ceinture en cuir avant de la plier pour la glisser entre les dents de mon frère.

— Mords le plus fort possible. Ça ne va pas être une partie de plaisir, lui annoncé-je pour le mettre en garde, en reculant pour m'éloigner de la cage. Tu vas souffrir le martyr.

Carl lève les yeux vers moi en souriant du regard. Je ne doute pas que la seule chose à laquelle il pense, c'est de faire le listing de toutes les manières qu'il choisirait de me torturer avant de me tuer.

— … animabus ad imaginem Dei creatis, et a Divino Agni Redemptore pretioso Sanguine redemptis.[2]

---

[1] *Traduction Latin : … au Nom et par la Puissance de Notre Seigneur Jésus-Christ +, sois arraché et chassé de l'Église de Dieu, …*
[2] *Traduction Latin : … des âmes créées à l'image de Dieu et rachetées par le Précieux Sang du Divin Agneau Rédempteur…*

Puis son expression change, et il fronce les sourcils en baissant les yeux sur le sol. Il se crispe sur le lit.

Je suis soulagé de voir que les liens sont efficaces.

Il grogne de douleur tandis que l'eau bénite parcourt ses veines. Il lève les yeux vers moi en me fusillant du regard.

Quant à moi, je n'en mène pas large. Je suis inquiet pour mon frère et je m'en veux de lui infliger cette souffrance. Mais je n'ai pas le choix.

* * * * *

Je vais à la cuisine et prépare deux sandwichs, dont un que j'ai l'intention d'apporter à Fox.

— Will ? m'appelle sa voix dans mon dos.

Je me retourne vivement en posant le couteau dont je me sers pour étaler la mayonnaise, et lui fais face. Elle se tient à l'entrée de la cuisine et me regarde, en pyjama. Enfin… quand je dis pyjama, elle porte un mini short et une de mes chemises à carreaux par-dessus un de ses débardeurs noirs. Ses cheveux sont en bataille, mais ça la rend carrément sexy.

Je déglutis péniblement. Je ne sais pas si c'était une bonne idée de lui donner une de mes chemises. Puis me souviens qu'elle est convalescente et qu'elle est la copine de mon frère.

— Que fais-tu ici ? lui demandé-je en essayant de me concentrer sur autre choses que ses jambes nues, laissant apparaître un tatouage Viking sur chacune de ses cuisses. Je dois avouer que ça la rend encore plus sexy.

— J'avais besoin de me dégourdir les jambes. J'ai vu que j'avais des points de suture. J'en déduis que Azriel n'est toujours pas là…

— Non, mais je l'ai eu au téléphone tout à l'heure. Il est en route pour récupérer James.

— Je me demande si ce n'est pas mieux que je le laisse à Jimmy le temps que Carl redevienne lui-même. Même s'il prétend qu'il n'a qu'une parole, je ne sais pas si Carl démoniaque tiendra la promesse qu'il m'a faite.

Je fronce les sourcils sans comprendre.

De quoi parle-t-elle ?

— Comment ça ? Qu'elle promesse ?

— Je lui ai fait promettre que s'il vient à me tuer, de ne pas tuer notre fils.

Je soupire et m'adosse au buffet de la cuisine en m'essuyant les mains avec un torchon. Elle a fait passer la sécurité de son fils avant la sienne. Elle s'est assurée qu'il serait en sécurité.

— Tu es sûre de toi ?

— Je n'ai pas le choix. Mais quelque chose me dit que Carl ne lui ferait aucun mal.

Je m'approche d'elle en croisant les bras.

— Tu crois qu'il le tuera ? me demande-t-elle d'une voix hésitante.

— Non. Et je sais qu'il ne te tuera pas non plus.

Elle sourit amèrement en détournant le regard.

— Et si je le laissais faire pour sauver James ?

Je hausse les sourcils en me demande si elle est sérieuse.

— Je ne veux pas que tu fasses ça ! m'exclamé-je en la saisissant par les épaules. Ce serait vraiment idiot de ta part. Tu crois que le Carl démoniaque en a quelque chose à faire de la promesse qu'il t'a faite ? Tout ce qu'il veut, c'est éliminer toutes les personnes qui retiennent son côté humain. Toi, James, et moi ! Tu crois qu'après en avoir fini avec toi et moi, il va épargner son fils alors que la chose la plus cruelle qu'il puisse faire c'est tuer un enfant, et son fils de surcroît ?

Fox ferme les yeux en secouant la tête, l'air de refuser obstinément d'entendre ce que je lui dis. Parfois elle me rappelle mon têtu de frangin ou presque tous les membres de ma famille. En y réfléchissant bien, elle ressemble à tous les Chasseurs qui ont croisé ma route jusqu'à maintenant. Moi y compris.

— Mais bon sang, Fox ! Ouvre donc les yeux ! grogné-je, agacé. Carl, n'est plus lui-même !

— JE SAIS ! hurle Fox les larmes aux yeux, avant de se dégager pour me tourner les dos.

Je la vois enfouir son visage dans ses mains et renifler.

Je soupire et laisse tomber mes bras le long de mon corps. Je suis peut-être allé trop loin. Elle pleure et c'est ma faute. Je l'ai blessée.

— Je suis désolé.

— Non. C'est moi qui suis désolée, renifle-t-elle. Le pire dans l'histoire, c'est que je sais que tu as raison. Peut-être que je dois me faire une raison et commencer à accepter que Carl ne me revienne plus.

Je me sens coupable qu'elle accepte cette éventualité. Je sais qu'elle tient à lui et qu'elle en souffre plus que je n'aime le penser.

— Viens-là… soupiré-je en l'attirant dans mes bras.

Elle me laisse faire et ferme les yeux. Je remarque alors que sa peau est froide.

— Mais… tu as froid ?

235

— Ce n'est rien. Ne t'en fais pas… soupire-t-elle.

— Pas d'après moi ! m'exclamé-je. Je vais te remettre au lit et t'apporter le sandwich que j'étais en train de te préparer.

Elle hoche la tête en soupirant, et s'éloigne de moi. Je la regarde dans les yeux en silence et me dit que tout aurait été plus facile si elle avait été avec moi, au lieu de mon frère. Au lieu de ça, il a fallu que ce soit mon frère qui lui tape dans l'œil, et moi je ne suis que le meilleur ami qui est là pour ramasser les pots cassés.

Je la conduis à sa chambre et ouvre ses draps pour qu'elle se couche, mais elle reste les bras croisés devant son lit.

— Qui a-t-il ? m'inquiété-je.

— James me manque, soupire-t-elle en regardant ses pieds.

— Je sais.

Je lâche les couvertures et m'approche d'elle.

— C'est vrai qu'il est loin de toi. Mais dis-toi qu'au moins il est en sécurité.

Elle hoche la tête, mais me fuit du regard. Je dois me courber pour le chercher. Elle lève ses yeux vers moi, remplis de larmes. Je fronce les sourcils et réfléchis aux mots que je pourrais lui dire pour mieux la rassurer, mais comme rien ne me vient, je l'embrasse brusquement.

Elle me laisse faire quelques secondes, ses lèvres caressant les miennes. Je sens qu'elle retient son souffle. Puis, comme si elle réalisait ce que nous sommes en train de faire, elle se fige et recule brusquement en mettant une de ses mains sur sa bouche, et l'autre sur ma poitrine pour me tenir à distance. Elle me regarde les yeux écarquillés.

Je suis perdu, et abasourdis par mon geste.

Mais pourquoi j'ai fait ça ?

Ses lèvres... Elles étaient aussi douces que de la soie.

Je comprends pourquoi mon frère était obsédé par l'idée de l'embrasser. Je pense que je vais rester aussi obsédé par les lèvres de Fox, à l'idée qu'elle les pose sur les miennes. Pourquoi lui et pas moi ?

— Je suis désolée, murmure-t-elle avant de partir en courant en quittant la chambre.

— Fox ! l'appelé-je en la rattrapant.

— Non ! S'il te plaît.

Je m'arrête et la laisse longer le couloir et disparaître dans un angle. Je frappe le mur à côté de moi du plat de la main en me maudissant intérieurement, et m'éloigne à grands pas pour rejoindre Carl.

* * * * *

Je plante une nouvelle seringue remplie d'eau bénite dans le bras de mon frère en pensant au baiser que j'ai donné à ma meilleure amie. Je n'en reviens pas moi-même d'avoir fait ça. Et je me sens coupable vis-à-vis de mon frère. J'ai l'impression d'avoir profité de la situation. Du fait qu'il ne soit pas lui-même pour embrasser sa copine.

Celui-ci gémit de douleur à l'injection de l'eau bénit, mais ne fait aucun commentaire. Il essaye de canaliser la douleur en serrant les poings, crispé.

Je recule et respire rapidement en regardant mon frère, sous l'effet de l'adrénaline.

— Si ça se trouve, tu es en train de me tuer… marmonne Carl. Ce n'est pas la première fois que quelqu'un mourrait pendant un exorcisme.

Je me sens d'avantage coupable.

Je me retourne pour jeter la seringue avant d'en préparer une nouvelle.

— Les gens qui meurent pendant un exorcisme sont ceux qui sont trop faibles ou ceux qui ont été mortellement blessés pendant la possession.

— Une balle dans la tête, ça compte ?

Je fronce les sourcils et me tourne vers lui.

— Docker m'aurait prévenu si ça avait été le cas. Il voulait que tu sois exorcisé.

— Ou mort…

Je reste silencieux et soupir.

— Mais je me paye ta tête.

Mon frère lève la tête vers moi, dessinant un sourire sadique sur ses lèvres.

— Les exorcismes ont toujours fait leurs preuves.

— Dis ça aux gens qui en sont morts.

Je reste silencieux et le regarde fixement me demandant si c'est prudent de répondre à sa provocation.

— T'as rien à dire ? s'étonne Carl.

— Tu voudrais… qu'on en parle ? Tu n'es même pas mon frère.

— Bien sûr que si c'est moi ! On a qu'à dire que je suis la dernière mise à jour 2.0… Ou le modèle amélioré.

Je penche la tête sur le côté et le dévisage.

« *Ben voyons…* »

Je soupire en regardant ailleurs et reviens sur mon frère quand il reprend la parole.

— Les Walher... Les serviteurs de Dieu qui protègent la veuve et l'orphelin. Tu crois que nous faisons les choses justes ? Vous ne condamnez pas les meurtriers.

— Si ce sont des créatures surnaturelles, si.

— Mais pas les humains. *Nous* les démons, nous faisons ce qu'il faut. C'est pour ça que nous existons. Pour faire ce que *vous*, les Chasseurs, êtes incapable de faire. Le sale boulot.

— N'inverse pas les rôles, tu veux ? Les mecs comme moi se battent encore pour défendre ce monde.

— Je t'ai connu moins prétentieux frangin. Parce qu'aux dernières nouvelles... il n'y a pas beaucoup de différences entre ce que je suis devenu et ce que tu es déjà.

— Je peux savoir de quoi tu parles, là ? m'enflammé-je en prenant la mouche.

— Je sais ce que tu as fait pour essayer de me retrouver. D'après toi, lequel d'entre nous est le plus fêlé ?

Je n'en mène pas large. S'il me traite de cinglé pour ce que j'ai fait au cours de ces six dernières semaines, qu'est-ce qu'il dirait s'il savait que j'ai embrassé Fox ? Le problème, c'est que j'ai tellement fait de conneries, pendant ces six semaines, que je ne sais pas de laquelle il parle.

— Je sais ce que tu as demandé à une simple humaine de vendre son âme au diable pour traquer un des miens.

Je me fige, retenant mon souffle.

— Ça y est, tu commences à saisir ? me s'esclaffe Carl d'un air victorieux. Il a fallu que je fasse le ménage derrière toi. Mais je dois avouer que j'ai vraiment pris mon pied. Docker n'était pas content. Il n'a pas eu l'âme de cette femme.

Cette nuit-là me revient en mémoire.

Je regardais de l'autre côté de la rue, une femme rire avec un homme. Un couple marié. J'avais demandé à Azriel de me trouver une personne qui n'avait plus son âme parce qu'elle l'avait vendue à un démon. Et c'est tombé sur elle. Elle tenait la main à un homme.

Jasper.

A ce moment-là, je ne le connaissais pas. Je me moquais même de ce qu'il endurerait. Il fallait que je retrouve mon frère et Fox. Il fallait que je sache où elle était et ça me rendait dingue. Alors j'ai dépassé la limite.

— Tu aurais pu ne pas l'aborder. Ne pas lui dire que tout aurait une fin au terme des années mentionnées dans le contrat. Mais tu l'as quand même fait pour qu'elle contacte

Docker. Et elle l'a fait. Elle a renouvelé son contrat pour treize années supplémentaires.

Je fronce les sourcils.

— C'est pour ça que tu l'as tué. Parce que si elle reconduisait son contrat, Docker n'aurait pas encore son âme. Mais si tu la tuais, il n'aurait jamais son âme. Tu voulais le provoquer pour qu'il se sente menacé.

— Je n'ai jamais voulu…

— Ce que tu voulais ou non, on s'en cogne ! me m'interrompt mon frère. Toujours est-il que tu as franchi la limite que les Chasseurs ont fait le serment de ne jamais franchir. Sacrifier un innocent.

Je respire bruyamment.

J'essaye de nier l'évidence, mais je dois reconnaître qu'il n'a pas tout à fait tort. J'ai livré cette pauvre Félicia en pâture à mon frère.

— Quelle tristesse… se moque mon frère. Le vertueux petit Willy, qui condamne une femme qui voulait seulement vivre avec l'homme qu'elle aimait, le condamnant lui-même à vivre seul avec leur fils.

Je grimace de fureur et attrape la nouvelle seringue que je remplis discrètement d'eau bénite avant de me tourner vers lui.

— Je suis un démon. Mais le plus démoniaque de nous deux, c'est toi. Bravo frangin ! Tu ferais un excellent démon.

Il sourit, amusé, en me suivant du regard, et je lui plante la seringue dans le cou en me délectant de la grimace qu'il fait.

Je la retire d'un geste brusque et le regarde se contracter en l'entendant grogner pour contenir la souffrance que ça lui inflige. Il reprend son souffle tandis que je retourne à la table, et balance la seringue dessus en tournant le dos à mon frère.

— Puisque je vais rester ici pendant un petit moment à souffrir le martyr, je peux te poser une question ? J'essaye de garder mon calme. Est-ce raisonnable d'accepter ?

— Est-ce que j'ai le choix ? Je n'ai pas l'impression que tu fermeras ta gueule, si je refuse. Alors fais-toi plaisir.

— Si l'exorcisme échoue et si je ne suis pas mort, auras-tu les couilles de me tuer ?

Je reste silencieux.

Nous connaissons tous les deux la réponse.

Non je n'aurais jamais ce cran. J'ai trop de fois vu mon frère frôler la mort, pour le tuer de mes propres mains. Mais est-ce mieux de le laisser vivre sous la forme d'un démon ? N'a-t-il pas parlé d'assiéger le monde ? De devenir le nouveau

Roi de l'Enfer ?

— Puisque tu n'as pas le cran de répondre, bien que je connaisse ta réponse, je vais te poser une nouvelle… T'es-tu déjà tapé Fox ?

Je fronce les sourcils en me calmant. Ma peine est tombée d'un seul coup.

Je me tourne vers lui en le dévisageant. Il affiche une mine en colère et s'est avancé sur le bord du matelas en tirant sur ses menottes.

— Je t'en prie… Tu as répondu à des questions plus compliquées que ça. Tu es un grand garçon, tu devrais savoir répondre. Oui ou non ?

Je jauge la situation et me demande si c'est raisonnable que je lui parle du baiser que j'ai échangé avec elle. Mais peut-être s'en doute-il déjà… ?

— Pourquoi tu me poses cette question ?

— Parce que je pensais que tu aurais sauté sur l'occasion. Je lui ai dit pourtant de t'embrasser. Quand on était dans le bar tous les deux. Je ne me plains pas ! J'ai adoré ce petit jeu de séduction qu'on a partagé elle et moi, avant que je la menace de l'éventrer. Mais tu sais quoi ?

Je ne dis rien et le vois afficher un sourire s'élargissant au fur et à mesure qu'il déverse ses paroles véhémentes, tel le chat du Cheshire[1].

— Elle était prête à m'accepter tel que je suis. Même sous forme de démon.

Je fronce les sourcils en me demandant s'il ne dit pas ça pour m'énerver.

« *Aurait-elle été capable d'accepter qu'il soit un démon ?* »

— Pourquoi est-elle sortie du bar en pleurant presque, dans ce cas ?

— Parce qu'elle a essayé de jouer les malignes avec moi. Elle m'a pris ma dague et l'a placé sous sa gorge en me disant de la tuer si c'était ce que je voulais vraiment. Mais au lieu de ça, j'ai préféré la torturer un peu plus en l'embrassant, comme je le faisais quand on s'envoyait en l'air... Si tu l'avais sentie frissonner... Elle adorait ça. Je suis même certain que ça l'excitait.

Je me retiens de lui sauter dessus.

J'ai conscience qu'il dit tout ça dans le seul but de me provoquer et ça fonctionne.

— Et puis je lui ai dit de dégager si elle ne voulait pas que

---

[1] *Chat de fiction tigré qui apparaît dans le roman Alice au pays des merveilles de Lewis Carroll, 1865*

245

je l'éventre sur place. Et il a fallu qu'elle aille se faire planter pour me sauver la vie… cette idiote !

— La promesse que tu lui as faite, tu vas la tenir ?

— Pardon ? s'exclame Carl l'air de ne pas comprendre.

— Tu lui as promis que tu ne toucherais pas à ton fils après sa mort. Tu vas tenir ta parole ? Toi qui dis n'avoir qu'une parole…

— Je la tiendrais ma parole… soupire Carl en levant les yeux au ciel. Comme ça, quand je deviendrai le Roi de l'Enfer, contrairement à ce lourdaud de Docker, j'aurais un héritier !

— Généralement, tout Roi ayant un héritier a besoin d'une reine… Dommage dans ton cas.

Son air amusé change radicalement et il fronce les sourcils.

Je sens son animosité comme si c'était une présence réelle.

— Qu'est-ce que tu veux dire par là ? grogne-t-il férocement. Tu veux dire, qu'elle est morte à cause de la blessure infligée par Jasper ?

Cet éclat d'inquiétude dans le regard me redonne un peu espoir. Malgré ce qu'il peut bien vouloir me faire croire, il tient à elle. J'ai bien fait de bluffer. C'est l'ouverture que je cherchais.

— Non, mais ça aurait pu ! réfuté-je en faisant les cent pas devant lui.

Il soupire en se détendant légèrement et me fusille du regard d'un air mauvais.

Moi, en revanche, j'affiche un sourire machiavélique. Je tiens un moyen de réveiller son humanité. J'aurais dû deviner qu'elle serait la clef.

Fox

Ça fait des heures maintenant que je suis allongée dans le lit de Carl. A repenser au baiser de Will.

Je n'ai pas bougé.

Je n'ai pas dormi non plus.

Je me suis contentée de m'enrouler dans les couvertures et j'ai attendu que les heures passent, en regardant le plafond au-dessus de moi.

Je ne me doutais pas qu'il avait ce genre de sentiment pour moi. J'avais seulement l'impression qu'il me considérait comme sa sœur, puisque j'étais son ex-belle-sœur. Si Carl savait… s'il se doutait…

Je me lève et prends une nouvelle chemise à carreaux de Carl en mettant l'autre dans la panière de linge sale, et retourne dans ma chambre pour me mettre un jean noir et les bottes.

Je prends la direction des cachots et m'arrête devant la bonne grille, pour avoir vue en douce Will y aller.

Carl est allongé sur son lit et lève la tête vers moi. J'entre et m'approche de l'évier où se trouvent des bouteilles d'eau bénite dans une glacière, avant de m'y adosser.

— À ce que je vois, tu es toujours vivante… marmonne Carl en se redressant pour me faire face.

Je remarque qu'il n'a pas l'air en grande forme.

— À ce que je vois… tu l'es aussi. Bien que tu aies l'air de ne pas trop gérer.

— Détaches-moi et tu verras dans quelle forme je me sens.

Je souris.

Même en tant que démon, il reprend des phrases qu'il dirait à un de ses ennemis.

— Je ne te ferais pas ce plaisir.

Cependant, je m'approche de quelques pas en entrant dans le cercle de peinture, d'eau bénite et de sel, et m'agenouille devant lui en tirant un peu sur mes points de suture.

Je grimace et porte une main sur ma blessure.

— Tu as mal ? Je croyais qu'Azriel devait te soigner, me questionne Carl en fronçant les sourcils d'un air soupçonneux.

Est-il sincère ?

— Il est occupé ailleurs.

— Je vois. Alors pourquoi es-tu venue me voir ? Je parie que tu as fait ça dans le dos de Will.

Je rougis.

Oui, il n'est pas au courant que je suis ici. Et je suis étonnée que malgré qu'il soit un démon, il me connaisse toujours aussi bien.

— Je n'ai pas besoin d'avoir l'autorisation de Will pour venir rendre visite au père de mon fils.

— Moi je pense que si. Je suis certain qu'il ne veut pas que tu voies dans quel état je suis actuellement.

— Tu as qu'à accepter de te faire exorciser au lieu de lutter. Comme ça je te verrais dans un meilleur état, Carl.

— Ça ne me dit rien. Mais si tu me libères, je peux faire de toi un démon.

— Ça ne me dit rien, répété-je en reprenant ses propres mots.

— Dommage. On aurait pu passer du bon temps tous les deux.

Je prends une grande inspiration et regarde le sol tristement.

— Si tu ne fais rien, il arrivera un jour où tu me perdras

complètement Carl.

Je lève les yeux vers lui, mais il n'a aucune réaction.

— Pourquoi me dis-tu ça, Fox ? Viens-en au fait, tu veux ? Tu sais comment je suis. Je n'aime pas tourner autour du pot.

— Je te dis ça, parce que Will m'a embrassé… avoué-je en baissant les yeux.

Il hausse les sourcils, mais paraît irrité.

— Je vois… Et tu vas me dire que tu as aimé et que tu comptes me quitter pour lui si je ne reviens pas ?

— Non. Je l'ai repoussé.

Je me lève avec difficulté et fais quelques pas vers Carl, avant de m'appuyer sur son épaule, face à lui. Je me penche en avant en approchant mon visage du sien, et murmure en le regardant dans les yeux.

— Non. Je ne te quitterais pas si tu ne reviens pas. Mais je veux que tu saches que je te tuerais de mes propres mains, quelle qu'en soit la manière. Parce que je sais que c'est ce que le vrai Carl voudrait. Il ne choisirait pas de rester un démon.

Il me regarde dans les yeux afin de discerner une once de faiblesse, mais je sais qu'il n'en trouvera pas. Parce que j'ai pris ma décision. Je ne laisserais pas Carl à la merci de ce démon qui est en lui.

— Tu me tuerais ? s'étonne Carl en souriant.

— Oui. Parce que je sais que Will n'osera pas le faire par amour pour son frère.

— Mais toi, tu le ferais bien que tu m'aimes ?

— Je le ferais *parce que* je t'aime.

Carl se met à sourire, amusé.

— Tu sais que tu me donnerais presque envie de toi ? On peut enfin dire que *là*, tu as l'air d'un Chasseur qui se respecte. Il était temps que tu retrouves cette étincelle.

Ma détermination s'étiole quelque peu. Avais-je vraiment perdue cette étincelle ?

— Dommage que le vrai Carl ne me dise pas ça lui-même.

— Mais puisque je vous répète que je suis le vrai Carl ! C'est frustrant de ne pas être cru. Tu n'as pas idée…

— N'importe quoi. Tu n'es qu'un petit démon de pacotille qui cherche à se faire passer pour Carl Walher, parce que cet homme-là, *lui*, a des couilles. Toi… toi tout ce que tu fais, c'est te cacher derrière tes yeux noirs à chaque fois que tu perds l'avantage.

Carl grogne et s'avance brusquement vers moi d'un air menaçant, en montrant ses yeux noirs.

— Fais gaffe à ce que tu dis, *chérie*… Il se pourrait que tu y laisses ta gorge.

— Tu vois ce que je te disais ? me moqué-je d'un air victorieux, sans bouger d'un pouce. À chaque fois que tu perds
l'avantage…

Je le regarde dans les yeux en souriant, en attendant que les
mots que je lui ai dits fassent leur effet.

— C'est bien facile de jouer les malignes, comme ça. Je te
signale que je suis attaché. Mais qu'en serait-il, si j'étais détaché ?

— C'est simple, je te regarderais dans les yeux de cette manière, et je te dirais que tu ne me fais pas peur, Carl Walher.
Démon ou pas, tu ne m'as jamais fait peur.

— Même la fois où je t'ai tiré dessus ? sourit aussitôt Carl.
Je me souviens que tu suppliais qu'il ne te tue pas, en chialant.

Je souris en m'éloignant, prend le couteau que Will a laissé
sur la table et joue avec la pointe de la lame, en la tournant sur
le bout de mon doigt en faisant les cent pas devant le démon.

— Si j'ai bonne mémoire, il me semble que toi aussi tu
chialais. Et pire encore, tu t'étais fait posséder par un esprit.
Alors à ta place je fermerais ma grande gueule. Parce que tu
insinues être le plus fort, mais pour le moment tu es ligoté
parce que tu t'es retrouvé faible à cause de l'eau bénite et une

paire de menottes.

— Si tu savais à quel point j'ai hâte d'être enfin détaché...
murmure alors Carl en souriant. Je t'assure que tu seras la première que je tuerais. J'imagine déjà sans peine la lame de ce
couteau traverser ta chair et déchirer tes entrailles.

Venant de Carl, ces menaces me font tressaillir.

— Fox ? Que fais-tu ici ? s'exclame alors Will en me faisant
sursauter.

Carl rit, amusé.

Génial ! Je viens de perdre toute crédibilité face à Carl.

— Fais attention, *chérie* ! Ton amant ne va pas être content
que tu sois avec ton mec démoniaque.

Will fronce les sourcils.

— Je ne vois pas de quoi tu parles, nie Will en haussant les
épaules comme de rien n'était.

— Je t'en prie... Tu crois que je n'ai jamais remarqué la
manière dont tu la regardes ?

— Fox... sors d'ici s'il te plaît, me demande Will.

— Elle reste ici ! gronde froidement Carl. Sinon, il se pourrait que je rompe ma promesse.

Je me tourne vers Carl, les yeux écarquillés.

— Tu ne ferais pas ça !

— Je me gênerai.

— J'ai ta parole !

— Alors tu restes ici.

Will crispe sa mâchoire et me lance un regard désolé.

— Tu crois que je n'ai pas vu la manière dont tu la regardes depuis son retour ? continue Carl à l'adresse de son frère. J'avais envie de te casser la gueule.

— Qu'est-ce que tu en as à foutre ? En choisissant de rester un démon, tu l'abandonnes. Au moins, elle serait avec quelqu'un qui serait prêt à se battre pour elle !

« *Est-il sérieux ? Il parle vraiment de ça avec Carl ? Envisage-t-il vraiment une vie comme ça ? Lui et moi ? Et moi... l'envisagerais-je si jamais nous perdions Carl ?* »

Ce dernier sourit en coin.

— Sans doute... Mais c'est sur moi qu'elle a posé ses mains. C'est moi qui l'ai fait frémir de plaisir.

Je ne veux pas en entendre plus. J'ai envie de vomir, de l'entendre parler de moi de cette manière, devant son frère, comme si je n'étais qu'une femme comme les autres avec qui il avait eu des aventures.

— C'est moi seul qui l'ai embrassé, continue Carl avec une étincelle mauvaise dans le regard.

Pourquoi fait-il semblant de ne pas savoir que Will ne m'a jamais embrassé alors que je lui ai dit, il y a quelques minutes ?

— C'est là que tu te trompes, sourit alors Will. Il se trouve que moi aussi je l'ai embrassé.

L'expression de Carl change alors radicalement et se fait menaçante, voire meurtrière.

« *Il attendait la confirmation de son frère… Il devait probablement croire que c'était une ruse de ma part pour le faire réagir.* »

Il se jette à l'avant de son siège en se débattant comme un forcené.

— Attends que je me libère ! hurle Carl. JE TE JURE QUE JE VAIS TE FAIRE LA PEAU ! TU M'ENTENDS ? JE VAIS TE TUER, WILLY !

Je sursaute et Will m'attrape par l'épaule pour m'éloigner de lui.

— RAMÈNES-LA ICI ! ELLE EST A MOI !

— Pourquoi tu es venue ici ? s'énerve Will une fois dans le couloir.

— Je pensais pouvoir le ramener à la raison… Will, sois honnêtes. Est-ce qu'on va pouvoir le ramener ?

— Je n'en sais rien, soupire Will en secouant la tête. Je n'en sais rien du tout. Tu devrais aller manger. Je te cherchais pour te dire que je t'avais préparé une salade et un sandwich.

Je le remercie et m'éloigne en regardant une dernière fois la porte par laquelle Will vient de disparaître, pour rejoindre son frère.

Carl ne me croyait pas. Il n'envisageait pas ça possible que son frère ose m'embrasser. Il connaissait les sentiments de Will à mon égard et il ne pensait pas que son frère ferait une chose pareille.

Will... Pourquoi as-tu fait ça à ton frère ?

Will

Des heures se sont écoulées depuis que je me suis disputé avec Carl, concernant Fox. Je ne me doutais pas qu'il se mettrait dans une telle colère en apprenant que j'ai embrassé son ex. Ça prouve qu'il tient malgré tout à elle. Fox est bien la clef pour ramener mon frère. Même s'il prétend qu'il veut sa mort, il ne veut pas la perdre.

Je ne m'étais pas trompé.

Je reste à l'entrée des cachots pour garder un œil sur Carl. Je sais que l'exorcisme est en train de fonctionner. Carl devient de plus en plus faible et de plus en plus agressif. Il ne le serait pas si j'étais en train d'échouer.

Mais il faut également que je me préoccupe de Fox qui semble prête à faire n'importe quoi pour être avec mon frère. Quitte à accepter ce qu'il est devenu. C'est pourquoi il fallait que j'appelle Azriel.

— Tu sais bien que je fais ce que je peux Will, soupire Azriel dans le téléphone d'une voix désespérée.

— Oui, je le sais. Mais si tu voyais l'état de Fox… tout à l'heure j'ai inspecté sa blessure et elle était mal en point.

— Comment va-t-elle ? s'inquiète aussitôt l'Ange.

Je soupire en repensant aux paroles de mon frère qui me disait qu'elle était prête à accepter qu'il reste un démon du moment qu'elle peut être avec lui.

— Pour le moment elle tient le coup, je réponds évasivement. Mais je ne serais pas surpris que ça change dans les heures à venir.

— Je vais voir ce que je peux faire. Essaye de prendre soin d'elle.

— Tu me connais…

Je mets fin à l'appel et range mon téléphone dans ma poche en me dirigeant vers la cage de mon frère, quand je l'aperçois, allongé sur le côté sur le lit.

Il semble inconscient.

Pâle comme la mort.

J'accours vers lui, le relève et lui donne une grande claque, mais il ne réagit pas. Je l'attrape sous le menton.

— Hé ! m'exclamé-je. Hé… frangin !

Je lui lâche le menton, et lui secoue l'épaule.

— Réveilles-toi ! Allez… réagis !

Il gémit.

— S'il te plaît… Est-ce que tu es avec moi, Carl ?

Mon frère soupire et bouge la tête.

Je suis quelque peu soulagé, mais toujours inquiet.

— Si tu pouvais arrêter de gueuler… murmure-t-il.

— Comment tu te sens ? le questionné-je en l'aidant à se rallonger correctement.

— Mon sang est en train de bouillir dans mes veines à cause de l'eau bénite et je sens la vie me quitter peu à peu. Tu es en train de me tuer.

Je me relève en soupirant.

— Je ne peux pas arrêter ton exorcisme.

— Bien sûr que si ! Rien ne t'en empêche. Arrête d'essayer de me domestiquer. Tu te fatigues pour rien.

— Encore un petit peu et tu redeviendras toi-même, assuré-je.

— C'est dommage pourtant… continue Carl froidement. Moi j'adore le nouveau modèle. Le grand méchant Carl. Je n'obéis plus aux règles. Je ne culpabilise plus quand j'ôte une vie. Je ne culpabilise plus de ressentir cette euphorie et je me sens toujours plus accro d'en ôter à nouveau.

Je peine à garder mon calme. Si je pouvais, je hurlerais, je supplierais à mon frère de revenir. Mais voilà, ce Carl-là ne ferait que s'amuser de la situation.

— Ouais c'est ça… répliqué-je en rejoignant la table pour préparer une nouvelle seringue d'eau bénite. Non audeas posthac, perfide serpens, hominem decipere, Ecclesiam Dei persequi, …[1]

— Je ne sais pas si tu l'as constaté, mais je te signale que j'ai tout fait pour m'éloigner de toi. De ton air moralisateur. J'ai choisi de m'allier au Roi de l'Enfer, plutôt qu'avec toi ! J'ai choisi de devenir le futur Roi de l'Enfer pour être dans un endroit où je ne te verrai plus. Où je n'aurais plus à voir ta tronche qui me rappelle constamment que c'est ta faute si nos parents sont morts.

Il s'esclaffe froidement, tandis que je me tourne vers lui en le fusillant du regard. Je déteste cette version de Carl.

— … nec electos Dei sicut triticum concutere et cribrare. Imperat tibi Deus altissimus, cui adhuc in tua stulta superbia

---

[1] *Traduction Latin : N'ose plus désormais, perfide serpent, tromper le genre humain, persécuter l'Église de Dieu…*

dicitis aequalem esse tibi, qui omnes homines vult salvos fieri et ad agnitionem veritatis venire…[1]

— J'en avais assez d'être toujours là pour le mec qui est responsable de la mort de nos parents !

Il va trop loin. Il cherche à me faire craquer.

— Ou l'idée de me dire que si je ne t'avais jamais eu comme frère, jamais tu n'aurais embrassé la mère de mon fils. Tu peux lui faire croire que tu veux me sauver les miches, mais je sais que tu espères au fond de toi que j'y laisse la vie pour pouvoir l'avoir rien que pour toi.

Je me retourne en forçant un sourire.

— C'est le démon qui me parle. Pas mon frère.

— Oui, c'est le démon. Parce que ça fait belle lurette que j'ai arrêté de vouloir être un Chasseur. De vouloir être un humain. J'abandonne.

— Hors de question que tu me laisses tomber ! refusé-je en essayant de garder mon calme, alors que ces paroles me blessent profondément. Tu n'as pas le droit de faire ça. Tu as fait un serment après la mort de nos parents. Nous sommes

---

[1] *Traduction Latin : … ni secouer et cribler comme le froment les élus de Dieu. Il te commande, le Dieu Très-Haut auquel, dans ton fol orgueil, tu prétends encore qu'on t'égale, Lui qui veut que tous les hommes soient sauvés et arrivent à la connaissance de la Vérité…*

toujours là l'un pour l'autre. Nous nous battons l'un pour l'autre.

— Ce serment est caduc ! s'emporte Carl. A quel moment ça faisait partie du serment que tu devais essayer de me prendre Fox ?

Je m'éloigne une nouvelle fois de mon frère pour me remettre à préparer une seringue, et pour qu'il ne voit pas la détresse dans mon regard.

Il a raison. De quel droit je me permets de lui voler la femme qu'il aime ?

— Tu appelles ça agir comme un frère ? Tu appelles ça servir et protéger ?

Je me tourne vers lui seringue en main, et approche.

— Non. J'essaye seulement de faire croire à la mère de ton fils, que j'essaye de te sauver les miches.

Je plante l'aiguille méchamment dans l'avant-bras, sans me préoccuper que ça lui fasse mal ou non, et lui injecte l'eau bénite, avant de me tourner vers l'évier pour attraper une bible. Je ne connais pas cette prière d'exorcisme par cœur.

— Deus et Pater Domini nostri Jesu Christi, nomen sanctum tuum invocamus, et appellationem ad bonitatem tuam provocamus, ut intercedente Maria Immaculata, Dei Genitrice semper Virgine, Sancti Michaelis Archangeli, Sancti Ioseph. Beatorum Apostolorum Petri et Pauli et omnium Sanctorum Sponsi eiusdem Beate Virginis, auxilium tuum…[1]

Il grimace comme à chaque fois.

J'aurais tellement voulu que les choses soient moins compliquées pour moi… Je retire grossièrement l'aiguille que j'avais laissé dans son bras, et la balance grossièrement dans l'évier derrière moi.

— … contra Satanam et alios immundos spiritus, qui pervagantur mundum, ad nocendum hominibus et animabus amissis, donare dignatus es.[2]

— Je te fais le serment que si j'arrive à me sortir de là, je vais te faire la peau. Tu peux me croire que je vais te tuer. Tu vas me le payer Will ! Je te tuerai !

Je prends une grande inspiration et continue de lire.

— Per eundem Christum Dominum nostrum. AMEN ![3]

Je pose la bible en soupirant, tandis que mon frère hurle

---

[1] *Traduction Latin : Dieu et Père de Notre Seigneur Jésus-Christ, nous invoquons Votre Saint Nom, et nous lançons un appel suppliant à Votre Bonté afin que, par l'intercession de Marie Immaculée, Mère de Dieu et toujours Vierge, de Saint-Michel Archange, de Saint-Joseph, Époux de la même Vierge Sainte, des Saints Apôtres Pierre et Paul et de tous les Saints, Vous daigniez nous accorder Votre secours contre…*

[2] *Traduction Latin : … contre satan et tous les autres esprits impurs qui rôdent dans le monde pour nuire au genre humain et perdre les âmes.*

[3] *Traduction Latin : Par le même Christ Notre Seigneur. Amen !*

presque de douleur.

— C'était un plaisir, lui reproché-je avant de quitter la pièce pour le laisser seul.

CHAPITRE QUINZE

Fox

Voilà une dizaine de minutes que j'observe Will effectuer des recherches sur les exorcismes dans la bibliothèque. Je ne sais pas s'il va trouver ce qu'il cherche. Mais je ne peux m'empêcher de me dire que ce n'est pas la solution dans l'immédiat. J'ai l'impression qu'il faut d'abord que nous suscitions une nouvelle réaction chez Carl. Ça avait fonctionné quand je lui ai appris que son frère m'avait embrassé. Ça l'avait mis dans une rage incroyable.

Sur la pointe des pieds je me glisse dans la bibliothèque et prends le téléphone que Will a laissé sur une table à l'entrée, et file en douce dans la chambre de Carl en fouillant dans ses affaires tout en cherchant le numéro d'Azriel.

— Will ? Ça ne va pas ? répond Azriel. L'exorcisme n'a rien donné ? Comment va Fox ?

— Quoi ? Non Azriel. C'est moi…

— Fox ? Que se passe-t-il ? Tu n'as rien ?

— Pas pour l'instant. Est-ce que tu crois que tu pourrais trouver un Ange qui puisse me soigner ? me renseigné-je en fouillant dans les tiroirs du bureau de Carl à la recherche d'un de ses couteaux.

— Pourquoi ? Tu t'es à nouveau blessée ? s'inquiète aussitôt l'Ange.

— Non. Ne t'en fais pas. Mais est-ce que tu crois que tu pourrais le faire ? J'ai peut-être trouvé un moyen de ramener Carl.

— Oui, je connais des tas d'Anges. Rappelle-toi que ce sont mes frères et que Gideon nous a tous condamnés à rester sur Terre tant que nous n'aurons pas trouvé de moyen de retourner chez nous.

— Parfait ! m'exclamé-je en fouillant sous le matelas en dénichant enfin ce que je cherche.

Un désagréable sentiment d'angoisse s'empare de moi, mais j'essaye de l'ignorer. Il faut que je prenne le risque. Je n'ai pas le choix.

Je retourne en courant jusqu'à ma chambre qui n'est pas très loin et entrebâille la porte.

— Pourquoi tu me poses cette question ? m'interroge

l'Ange après un léger silence.

— Parce que je vais me suicider.

— Tu… quoi ? s'alarme aussitôt Azriel. Tu te fiches de moi ? Ne fais pas ça !

Je soupire en levant les yeux au ciel et lui raccroche au nez à contrecœur. Je regarde l'arme en prenant une grande inspiration.

« *Je dois le faire. Pour Carl.* »

Je quitte la chambre en posant le téléphone de Will sur le matelas de mon lit, puis je me dirige vers les archives derrière laquelle se trouve la cellule de Carl.

Une fois devant la porte dissimulée derrière les étagères, je prends une grande inspiration et entre dans la pièce après avoir rangé le couteau dans la ceinture de mon jean.

— Voyons voir ce que le bon vent nous amène… s'étonne Carl en levant la tête.

— Bonsoir Carl, murmuré-je en m'appuyant contre la table.

— Tu n'as pas idée de combien je suis heureux de te voir.

— Je ne pense pas que ce soit vrai… marmonné-je. J'ai entendu ce que tu as dit à Will.

— Je vois… Donc tu sais que je ne tiens pas à vous, me

269

sourit méchamment Carl.

— Oui. Tu ne pouvais pas être plus clair. C'est pour ça que j'ai un cadeau pour toi.

Il hausse les sourcils de surprise, avant de se redresser en me regardant d'un air intéressé.

— Un cadeau ? Récompensé pour vous détester ? Je prends. Sauf si c'est de l'eau bénite. J'ai eu mon compte. C'est limite si mon sang ne va pas devenir transparent à force.

— Non, ce n'est pas de l'eau bénite, souris-je tristement.

Je me redresse, sors le couteau de ma ceinture et lui montre.

— Mon couteau. J'en déduis que tu as fouillé dans mes affaires. Il ne fallait pas ! C'est gentil, mais je n'en ai pas besoin là où je suis.

— Ce n'est pas pour toi, mais pour moi.

Il fronce les sourcils. Je viens de l'intriguer. Je sais que je viens de retenir son attention.

— Comment ça ?

— Ton cadeau c'est ta liberté… enfin…

Je fronce les sourcils en prenant une grande inspiration.

— Comme tu as tout fait pour t'éloigner de nous, je vais t'offrir ce cadeau. Je vais te libérer du fardeau que je suis.

Je plisse les yeux, incertaine, oriente la pointe de la lame sur mon ventre et regarde Carl nerveusement. Je sens que ça ne va pas être une partie de plaisir. Je n'ai pas aimé la première fois et je ne suis toujours pas remise. Les sutures me le rappellent à chacun de mes mouvements.

— Qu'est-ce que tu fais ? s'inquiète aussitôt Carl.

Une larme roule sur ma joue en regardant Carl serrer la mâchoire. Il semble inquiet. Je n'en reviens pas de lire ce sentiment sur son visage après l'avoir vu aussi menaçant à mon égard.

Alors c'est comme ça que ça se passe ? Je dois me mettre en danger ou laisser Will m'embrasser pour susciter de genre de réaction chez lui ? Je dois me confronter à la mort pour qu'il affiche cet air inquiet sur les traits de son visage…

— Je provoque ta dernière réaction vis-à-vis de moi, souris-je tristement en coulant un regard dans sa direction.

— Fais pas ça.

— Je suis désolé Carl, chuchoté-je en éloignant la lame de mon ventre pour lui donner de l'élan. Mais tu ne me laisses pas le choix.

Je respire rapidement.

De trouille.

Si ça ne fonctionne pas… si Azriel n'arrive pas à temps, je vais mourir une bonne fois pour toute. Alors espérons que ça ne foire pas.

Je ferme les yeux et ramène la lame vers moi d'un coup sec en la laissant rentrer jusqu'à la garde. Je cri sous le choc, puis je sors la lame de mon corps en grimaçant de douleur, et laisse tomber le couteau par terre. La douleur irradie dans tout mon corps. Je sens mon sang chaud s'échapper et imbiber mon t-shirt et ma chemise. Mes jambes cèdent et je tombe à genoux devant Carl en me tenant le ventre.

— Merde… gémis-je douloureusement.

« *Putain ce que ça fait mal !* »

— WILL ! hurle Carl en se débattant dans tous les sens. WILLY !

Je tombe sur le côté en m'allongeant sur le sol, et regarde Carl tirer sur ses menottes comme un fou pour s'extraire de son vieux lit.

Ma vue est brouillée par les larmes qui inondent mes yeux avant de couler sur le côté de mon visage.

J'entends des pas courir dans notre direction et quelqu'un me secoue. Je tourne la tête lentement et vois Will — dont les traits de son visage trahissent l'affolement — au-dessus de moi. En y réfléchissant, cette idée n'est pas aussi bien que je le croyais sur l'instant.

« Où Diable est Azriel ? »

— Carl… chuchoté-je faiblement en tournant mon visage vers lui.

— Sauves-la ! ordonne Carl à l'adresse de son frère. Qu'est-ce que tu attends ?

— Pourquoi ? Tu voulais la tuer, je te rappelle. Elle te rend service comme ça, lui reproche son frère.

— Carl… continué-je en sentant mes larmes couler sur mon nez et dans mon cuir chevelu.

J'ai mal partout malgré le fait que je me sois planté qu'à un seul endroit. Mon corps tout entier tremble de douleur. Je commence même à avoir froid.

— Ça va aller, chuchoté-je en souriant bêtement.

Je sens que je ne vais pas tarder à partir. Je suis heureuse que ce soit en lisant de l'inquiétude dans le regard de Carl. Il tient toujours à moi, quoi qu'il en dise.

— Will ? appelle une voix au loin.

Je suis soulagée qu'il soit arrivé. J'ai cru qu'Azriel ne viendrait jamais.

— Azriel ? s'étonne alors Will. Restes avec moi, Fox ! Je

reviens tout de suite.

Je le vois se lever et quitter la pièce en courant. Je le suis du regard avec difficulté.

— Pourquoi tu as fait ça ? me reproche Carl en tentant de garder son calme.

Sa voix n'est qu'un grognement, et il tremble. Probablement sous la colère provoquée par mon geste.

— Parce que si tu n'es plus à mes côtés, je n'ai plus d'intérêt à vivre, murmuré-je faiblement.

— Tu es stupide… marmonne Carl en serrant les dents. La seule manière pour que tu restes avec moi maintenant, c'est de devenir un démon.

Je souris, moqueuse, et me mets alors à tousser. J'ai l'impression d'avoir du liquide au fond de la gorge. Je sens alors quelque chose couler à la commissure droite de mes lèvres.

— WILL ! ELLE CRACHE DU SANG ! DIS À AZRIEL DE RAMENER SON CUL AILÉ EN VITESSE, ICI !

— Qu'est-ce que tu en as à faire ? pleuré-je alors. Je ne suis pas un démon. Et je ne peux plus compter sur toi, j'ai l'impression.

Des pas s'approchent en courant et je ne vois presque plus rien.

— Elle est en train de mourir, murmure une voix presque désespérée, proche de moi.

— D'accord, j'accepte. Mais seulement cette fois, soupire un autre homme dont la voix trahit l'agacement. Mais pas ici. Il faut la déplacer. Ce démon me dérange.

— Quoi ? Non elle reste ici ! Vous me la laissez ! Elle est à moi ! Elle reste avec moi !

— Son pouls est faible. Je crois qu'on la perd, soupire Azriel. Si on la déplace, elle ne va pas tenir.

— Tant pis… grogne l'inconnu. Je vais le faire ici.

Je sens mes yeux se fermer malgré moi, et la dernière chose que j'entends, c'est un hurlement.

Will

Une fois guérie et après avoir réussi à éloigner Fox de mon frère qui n'a pas cessé de hurler pour qu'on ne lui enlève pas, j'allonge Fox dans son lit et la couvre. Ses vêtements sont imbibés de sang, mais je changerais ses draps plus tard.

Je suis en colère contre elle, même si elle a réussi à éveiller de l'inquiétude chez mon frère. Je n'en reviens pas qu'elle ait tentée de se suicider parce qu'elle ne récupérerait pas mon frère. Elle l'aime donc à ce point ? Il est clair que je ne fais pas le poids.

— Will, intervient Azriel dans mon dos, tandis que je la regarde silencieusement. Il ne faut vraiment pas lui en vouloir.

— Pas lui en vouloir ? m'étonné-je en haussant les sourcils en me tournant vers lui. Elle a tenté de se suicider !

— Je ne pense pas que ce soit exactement ce qu'elle a voulue faire.

Je tourne les yeux vers lui en fronçant les sourcils. Il va falloir qu'il me fournisse une explication, parce que je ne comprends plus du tout.

— Elle m'a appelé pour me demander si je connaissais un Ange qui serait plus à même de la soigner. Elle disait qu'elle avait peut-être une idée pour ramener Carl à la raison. Je crois qu'elle a fait ça par pure stratégie.

— En risquant d'y laisser la vie ! m'énervé-je à nouveau. C'est de l'inconscience !

— Elle aime Carl. Il n'y a rien qu'elle ne pourrait faire pour lui. Je crois que tu peux comprendre ça.

Je soupire.

Oui je comprends ça.

Elle est prête à se sacrifier pour mon frère, sans se préoccuper de moi qui suis fou d'elle. Le pire dans cette histoire, c'est que je crois que j'aurais probablement fait la même chose pour elle.

— L'important c'est qu'elle aille mieux et qu'elle ait réussie à assez inquiéter Carl pour qu'il veuille absolument qu'elle reste auprès de lui. Il tenait absolument à ce qu'on la sauve.

Et c'est une bonne nouvelle quand on y pense. Je te rappelle qu'il voulait la tuer.

Je soupire une nouvelle fois.

Il a raison.

Mais je pense qu'elle aurait pu trouver autre chose. Même si, contrairement à elle, je n'ai trouvé aucune solution en-dehors de l'exorcisme. Rien qui pourrait sauver la vie de Fox.

Je quitte la chambre, et vais à la chambre de mon frère. Tout est tel qu'il l'a laissé, si ce n'est les tiroirs ouverts — l'œuvre de Fox j'imagine… Je soupire et allume. Il y a encore les magazines porno de Carl, sur le canapé. Je m'étonne que Fox ne les ait pas jetés en venant dormir ici en douce. Je remarque également les restes de tartes et vais les jeter, quand je m'aperçois qu'il avait rédigé des notes. Et dans le calepin en question se trouvent des photos de famille.

Je les prends dans mes mains, et m'assois sur le matelas en les regardant chacune leur tour. Carl et maman… Papa et maman… Carl, Rodger et moi… Carl et moi quand on a fait nos premières Chasses à la recherche de papa… Et une plus récente dans la Casemate, prise par Fox, où Carl et moi riions.

Tant de souvenirs… Mon frère me manque. Plus que jamais. Nos discussions me manquent. Et nos disputes aussi.

« Pourquoi est-ce si compliqué de le ramener ? »

Je me relève et pose les photos à leur place avant de quitter la chambre en fermant la porte derrière moi. Il faut que je continue les injections d'eau bénite sur Carl. Cependant, lorsque j'arrive devant sa cage, je remarque que mon frère n'y est plus. Il y a du sang sur le lit et les menottes gisent sur le matelas.

Je réalise alors que je n'ai pas refermé la grille lorsque j'ai évacué Fox jusqu'à sa chambre pour qu'elle se repose. Mais comment a-t-il fait pour traverser la ligne de peinture bénite ?

Fox

— Fox ? fredonne une voix douce, qui m'extirpe de mon sommeil.

Je fronce les sourcils en gémissant, et me tourne sur le côté. Je ne veux pas me réveiller maintenant, je suis trop épuisée. Cette histoire de sacrifice pour ramener Carl m'a épuisé.

Pourtant cette voix…

Je sens le matelas s'affaisser juste à côté de moi. J'ouvre les yeux et vois Carl, de ses yeux noirs, me sourire la tête penchée sur le côté.

— Carl… ? chuchoté-je en m'asseyant prudemment sur le matelas.

Je remarque que je n'ai plus mal nulle part. J'en conclue que Azriel ou son ami m'a guéri. La question que je me pose maintenant, c'est ce que fait Carl dans ma chambre alors qu'il est censé être emprisonné dans un cercle de peinture bénie, dans une cellule.

— Comment as-tu atterri ici ?

— J'ai réussi à me libérer comme tu vois. Et… il paraît que tu veux mourir, me sourit-il en montrant le couteau que j'ai utilisé pour me poignarder.

— Qu'est-ce que tu fais ? m'inquiété-je en retenant presque mon souffle.

— Je t'aide à obtenir ce que tu veux.

Comprenant le danger, j'ai un hoquet de surprise et lui donne un coup de poing au visage pour le déstabiliser.

Je bondis hors de mes draps et me lève, mais Carl se remet rapidement et m'attrape de bras pour me retenir. Je me retourne vivement et lui assène un coup de pied, mais il bloque l'attaque et me fait tomber au sol en frappant dans le muscle de la cuisse qu'il tient.

Je hurle de douleur tandis que ma tête cogne le sol — me sonnant au passage —, et Carl se positionne debout au-dessus de moi, en jouant avec la lame de son couteau.

Je ne dois pas le laisser faire. Il ne faut pas que je me laisse impressionner.

— Excuses-moi Carl… murmuré-je avant de lever ma

jambe pour lui donner un coup de pied dans ses boules démoniaques.

Ai-je osé ? Oui, absolument !

Il se plie en deux de douleur et j'en profite pour me relever et prendre la fuite.

— TU NE T'EN SORTIRAS PAS COMME ÇA ! s'égosille Carl dans un grognement à faire froid dans le dos.

Je longe les couloirs en courant, boitant à cause de ma cuisse endolorie. Je ne sais pas à quelle vitesse il avance, alors il faut que je laisse ma souffrance de côté et que je me dépêche à mettre un maximum de distance entre Carl et moi.

— Cours, *chérie* ! Cours ! Tu ne rends ma Chasse que plus excitante.

Je sais qu'il me suit en marchant. Il prend plaisir à me traquer. C'est son jeu préféré.

Je cherche un endroit où me cacher, mais en poussant une porte, je me retrouve dans le garage.

« *Qu'est-ce que je fais ici ? Il va forcément me retrouver !* »

N'ayant pas d'autre choix, je vais me planquer sous une voiture quand la porte s'ouvre.

Je suis coincée.

Je sursaute en fermant les yeux et mets une main devant la

bouche pour étouffer ma respiration.

— Je t'entends, *chérie*…

Les chaussures de Carl me passent à côté et longent la voiture. Avant de s'éloigner.

Je soupir de soulagement, discrètement.

Je prie intérieurement qu'il s'en aille rapidement, mais je sens une main — *sa* main — saisir ma cheville et me tirer en arrière. J'essaye de m'accrocher à ce que je peux, mais le sol est lisse.

Même trop, tellement il est poli.

Je ne m'écorche pas les genoux, ni les mains.

— Ne fais pas ça, pleuré-je en me débattant.

Où a bien pu passer Will ?

— Non ? Tu faisais beaucoup plus la maligne tout à l'heure quand tu me disais que tu allais me tuer en me regardant dans les yeux.

Il me retourne sur le dos et m'attrape les bras en les collant le long de mon corps, avant de s'agenouiller sur ma poitrine. Il pince les lèves, concentré, en fronçant les sourcils tandis que je me débats comme je peux. Il pose alors la lame de son couteau sur ma gorge et se penche au-dessus de moi.

Je retiens mon souffle.

— Tu as intérêt d'être bien sage si tu veux voir les prochains anniversaires de ton fils. Tu as de la chance, il se trouve que j'ai besoin d'une Reine et d'un souverain pour gouverner l'Enfer. Alors tiens-toi tranquille, *ma puce*.

Je le regarde surprise.

Où est passé le Carl qui se débattait et suppliait que je reste avec lui ? Qui craignait que je meure ? Depuis quand a-t-il le projet que je devienne sa Reine ?

— Bien… Tu es une brave fille. Maintenant je vais t'enfermer et m'occuper de mon frère. Si tu ne fais rien qui puisse m'énerver, tu auras peut-être la vie sauve.

Mes yeux s'écarquillent.

— Non, ne fais pas de mal à ton frère. Je t'en supplie !

— Pourquoi ? Tu voudrais qu'il t'embrasse une nouvelle fois parce que tu m'as perdue ?

Mais c'est quoi cette focalisation sur le baiser de Will s'il ne tient plus à moi ? Serait-ce une manière détournée de me faire comprendre qu'il tient à moi ?

— Non ! Parce qu'il tient à toi, Carl !

— Tais-toi, grogne-t-il en appuyant la lame sur ma gorge.

Je grimace en sentant la lame entailler ma chair brusquement. Quelque chose coule en me chatouillant la peau.

— Oh… On dirait que tu saignes, sourit-il. Tu vois ce qui arrive quand tu me contraries ?

Je ne dis rien, je suis trop choquée. Il me fait peur à cet instant même. Il me rappelle Anton, autrefois.

— Carl je t'en prie. Tu sais ce que j'ai vécue.

Il sourit, amusé.

— Il ne t'arrivera rien si tu ne me mets pas en colère. Compris ?

— Compris, chuchoté-je la voix brisée, en sentant mes larmes couler aux coins de mes yeux.

— Parfait.

Il se redresse, m'attrape par le col de ma chemise — encore entachée de mon sang — et me redresse à bout de bras.

Il me met dos à lui et pose la lame de son couteau sur la gorge. Je pourrais attraper son bras d'une main et lui donner un coup de coude de l'autre, avant de retourner son bras pour le plaquer dans son dos. Mais je sais que si je fais ça, je suis perdue.

Il m'entraîne devant une porte et me demande de l'ouvrir. Je m'exécute en tentant de garder mon calme. Mais à peine la porte ouverte, il me pousse dans ce qui ressemble à un placard à balais, et ferme la porte derrière moi.

Je me retrouve alors enfermée dans le noir, seule.

CHAPITRE SEIZE

Carl

Qui aurait cru que je n'éprouverai pas de plaisir à vouloir la tuer ?

Lui faire peur, la torturer un peu… oui.

Mais étrangement, savoir qu'elle n'arrive pas à me tuer et serait prête à mourir pour moi me plaît assez. C'est ce qui me prouve que la choisir comme Reine de l'Enfer est une bonne décision. Je suis certain qu'à force de persuasion, j'arriverai à faire d'elle un démon.

J'avance dans le couloir après avoir enfermé Fox. Avant de réussir à faire d'elle un démon, il va falloir que je me débarrasse de mon moralisateur de frère. Il va la retenir ici et elle ne deviendra pas celle que je veux qu'elle soit pour moi. Il ne me reste donc plus qu'à attraper mon frère et le tuer pour mettre fin à ce petit jeu qui me tape sur le système.

Il n'aurait jamais dû embrasser Fox.

Il n'aurait jamais dû essayer de s'approprier ce qui m'appartient. Fox est à moi. Je vais le lui faire comprendre une bonne fois pour toute.

J'ouvre la porte de la chambre à mon frère, en souriant à l'idée de le surprendre. Mais je suis déçu de constater que la pièce est vide.

Je referme la porte, et regarde le couloir face à la porte et hésite à y aller ou choisir le couloir sur la droite. J'opte finalement pour le couloir à droite et avance en serrant la mâchoire. S'il pensait que j'allais le remercier pour la torture à l'eau bénite, il peut toujours courir. Je suis un démon, je peux le retrouver facilement et le tuer rapidement.

Je me dirige jusqu'à la cuisine et ouvre un tiroir à couteaux. J'ai l'embarras du choix : hachoir de boucher, couteau de cuisine, couteau à viande… et j'en passe. J'opte donc pour le hachoir à boucher, aussi appelé feuille. Je le prends dans ma main et regarde ma nouvelle arme. Mais je remarque alors un marteau juste en dessous. J'ignore ce qu'il fait là, mais c'est idéal pour défoncer le crâne de Will.

Je pose le hachoir et me saisis du marteau. Après tout, j'ai déjà un couteau. Je me tourne lentement et m'arrête au milieu de la cuisine. Il n'est pas là.

Une déception de plus…

— Où tu te caches Willy ? Viens discuter avec ton frangin ! Je crois qu'on a plein de choses à se dire…

Je patiente un instant, à l'affût du moindre bruit, et quitte la pièce. J'avance dans les couloirs en prenant mon temps, souriant en entendant les pas de mon frère, non loin de moi. Les cliquetis des clefs dans ses mains m'amusent. Il cherche une cachette pour se mettre en sécurité… c'est touchant. Je connais ces couloirs comme ma poche pour les avoir parcourus de long en large, chaque jour que j'y ai passé.

Ça m'amuse ce petit jeu de cache-cache, finalement. J'étais déjà amusé quand c'était ma petite amie que je traquais, mais là c'est encore mieux ! J'aurais le plaisir de lui défoncer le crâne jusqu'à ce que son sang gicle dans tous les coins. Pourquoi le nier ? J'aime tuer. Même si je dois reconnaître qu'avoir la faiblesse de ne pas tuer Fox m'irrite quelque peu. Ça nuirait à ma réputation si les démons venaient à apprendre ça.

Je m'arrête devant une des portes et l'ouvre d'un coup de pied avant de réajuster le col de ma chemise. J'entre dans la pièce et reconnais la chambre où j'ai créché pendant quelques mois, avant que je devienne enfin moi.

Tout à coup, la lumière s'éteint dans l'abri souterrain.

Il est trop bête.

Il vient de me révéler sa position exacte.

Je me tourne vers le couloir en souriant.

— Tu sais, on ne peut pas dire que tu sois très fûté. En coupant l'électricité, tu viens de griller le lieu où tu te trouves.

J'avance dans le couloir d'un pas lent.

— Mais laisse-moi te confesser quelque chose frangin. Je ne suis pas sorti de ma cage pour filer à l'anglaise. J'ai bien l'intention de rester ici. Je vais te traquer jusqu'à ce que je te retrouve. Et lorsque ton crâne sera assez défoncé pour que l'on n'identifie pas ta jolie petite gueule, je pourrais m'en aller avec Fox et détrôner ce lourdaud de Docker.

Je m'arrête au détour du couloir et choisis de prendre celui qui se trouve sur ma gauche, puis je m'y engage d'un pas décidé. J'arrive à la salle principale et ouvre la porte grinçante. J'entre en tenant mon marteau à bout de bras, prêt à fracasser quiconque se tient sur mon passage. Aucun moyen que ce soit Fox, puisqu'elle est enfermée de l'extérieur. Il est possible que cet Angelot fasse son apparition, auquel cas il sera K.O. pendant quelques minutes et ça me donnera tout le temps dont j'ai besoin pour refaire le portrait de mon frangin adoré…

— Allez petit frère ! Tu sais, c'est ta faute si j'ai réussi à sortir de ma cage. Tout d'abord parce que tu étais tellement inquiet pour ma future Reine que tu en as oublié de fermer la grille. Mais aussi parce que ton entêtement à m'exorciser à l'eau bénite a diminué mes pouvoirs démoniaques. Alors cette peinture bénite… un jeu d'enfant pour la traverser.

Je marche dans la pièce principale où se trouvent de longues tables où on consultait souvent les archives pour en apprendre un peu plus sur les créatures auxquelles on avait affaire. Maintenant, je suis devenu une référence sur le sujet.

— Bon… Je ne te cache pas que je n'ai pas serré le cul, conviens-je. J'ai dû me péter le pouce pour enlever la paire de menotte et je me suis presque arraché la peau pour en sortir ma main. Mais j'ai réussi.

Ce petit jeu a assez duré comme ça.

Je tombe dans un nouveau couloir, et remarque que le local électrique est ouvert. Je m'approche de cette porte et la pousse. J'entre dans la pièce et avance calmement. Je vois que la grille qui protège le panneau électrique est ouverte, mais je sais qu'il n'est pas là.

Je descends les escaliers sur ma droite, et vais rétablir la lumière.

— J'aime bien l'ambiance lumière rouge à la *Cinquante Nuances*, mais ce ne serait pas fairplay pour toi, si tu ne vois pas correctement ! déclaré-je alors.

À ce moment-là, la porte du local électrique se ferme à la volée.

Il est pathétique. C'est une porte en bois. C'est le genre de porte qui se franchit facilement. Si ce salopard de *Grand Méchant Loup* arrive à la défoncer en soufflant dessus, alors un démon…

— T'es sérieux ? me moqué-je en marchant vers la porte.

— Je t'en prie… Carl ! s'exclame mon frère derrière la porte. On y est presque ! Laisse-moi t'aider !

Je lève les yeux au ciel, et donne un grand coup de pied dans la porte. Il ne lâchera donc jamais l'affaire.

— Pourquoi penses-tu que j'ai envie d'être aidé ? m'exclamé-je en donnant un nouveau coup dans la porte qui commence à céder.

Je dois reconnaître que cette porte est un peu plus solide que celle du *Grand Méchant Loup*. Mais qui suis-je pour juger ?

— Je te signale que je suis puissant. Regarde cette porte ! Bon je t'avoue que je ne fournis pas beaucoup d'efforts, mais elle est sur le point de céder. Rien qu'avec mon pied.

Lorsque la porte cède enfin, mon frère n'est plus là.

— Pathétique… soupiré-je en levant les yeux au ciel, avant de reprendre ma marche jusqu'à ce que je passe devant le débarras.

Je m'arrête, recule de quelques pas, et ouvre la porte. J'entre dans la pièce, sachant pertinemment qu'il n'y est pas, et m'arrête devant un établi. Je pose le marteau dessus, et attrape une hache accrochée au mur. Voilà qui est beaucoup mieux. Du défonçage de crâne, je passe au massacre à la hache. Le légendaire *Homme à la hache*[1] serait fier de moi. Peut-être que je pourrais me mettre à écouter du jazz pour lui rendre hommage, qui sait ?

Je quitte ensuite la pièce avant de repartir à la recherche de mon frère, en laissant traîner la hache qui produit un bruit métallique sur mon passage. Je marche lentement, pour laisser le bruit faire son effet. Nuls doutes que le rythme cardiaque de mon frère va augmenter au fur et à mesure que je vais le rapprocher de lui.

Je m'arrête devant une porte. Je sais qu'il est juste derrière. Je sens sa présence dans la pièce. Je souris en coin, savourant

---

[1] *Célèbre tueur en série méconnu et grand amateur de jazz, qui a terrorisé la Nouvelle-Orléans entre 1918 et 1919.*

le goût sucré de ma victoire à portée de main, et soulève la hache par-dessus mon épaule avant de l'abattre sur la porte en bois. Je suis content que ces portes soient en bois, et non en matière renforcées.

— Carl arrête ! s'écrie aussitôt mon frère dont la voix trahit une certaine inquiétude. Ne fais pas quelque chose que tu pourrais regretter plus tard !

Je m'acharne sur la porte en riant, jusqu'à ce qu'un trou se forme dans le bois et que je puisse voir le visage inquiet de Will. Son expression me réjouit, bien qu'il m'ait mis dans une colère noire. On se croirait dans l'adaptation du livre de *Stephen King, Shining*. Le roman horrifique où l'écrivain devient détraqué et se met à traquer sa femme et son fils pour les tuer.

Un visionnaire cet homme.

— Pourquoi je le regretterai ? Je te l'ai déjà dit. J'aime être comme je suis. Mais ton côté moralisateur et trop parfait, me tape sur le système. Sans compter que tant que tu vivras, Fox n'auras aucune chance de devenir ma Reine parce que je sais que tu feras absolument tout pour la garder auprès de toi. Et ça… je ne peux pas le permettre. Elle est à moi.

Je continue à m'en prendre à la porte, quand mon frère s'exclame :

— Je t'en supplie, arrête ! Ne me force pas à m'en prendre à toi !

— C'est triste ! ris-je amusé. Parce que j'entends tellement de désespoirs dans le ton de ta voix. C'est la différence entre toi et moi. Tu n'as pas envie de me faire du mal. Contrairement à toi, moi je n'attends que ça.

Je frappe à nouveau dans la porte et les éclats de bois qui volent obligent Will à se protéger le visage avec son bras. Il paraît inquiet.

— Arrête ! Tu ne vas pas me laisser le choix !

— J'espère bien ! J'ai hâte de voir ce que tu comptes faire. Tu es venu me chercher en pensant qu'il fallait me sauver. Que *j'accepterai* que tu me sauves. Mais tu ne veux pas comprendre que je ne veux pas de ton aide. Je ne veux pas être sauvé. J'aime trop ça, tuer ! m'exclamé-je en recommençant à frapper la porte. Mais tu n'as pas été très malin ! Parce qu'en pratiquant ton exorcisme… En affaiblissant mon côté démoniaque… Tu n'as pas pensé une seule seconde que j'aurais un nouveau pouvoir, celui de passer ces barrages bénis sans le moindre mal. Et tu sais quoi ? Je vais prendre plaisir à te décapiter.

Je cogne de plus en plus sur la porte qui cède enfin en dizaine de débris, tandis que Will s'enfuit en prenant le passage à côté de lui. Je passe par la porte et remets mes cheveux en place avant de marcher. Il m'agace vraiment, celui-là. Il est temps que ce petit jeu prenne fin.

— Viens affronter ta mort ! m'exclamé-je avant de murmurer. Ça devient trop long…

J'avance à grands pas dans le couloir et surprends Will dos à moi. Il doit probablement s'attendre à ce que je surgisse à l'angle du couloir à côté de lui. Pas de chance, je suis derrière lui. Je m'approche de lui, à pas de velours et me prépare à le cogner, mais à ce moment-là il se retourne et ma hache s'enfonce dans le mur en ratant sa gorge tandis que mon frère l'esquive de justesse. Le couteau de mon frère atterris sous ma gorge.

Ses yeux sont révulsés.

Effrayé parce ce qu'il pourrait me faire.

— Pas mal, le félicité-je en le regardant dans les yeux. Bravo… maintenant que je suis à ta merci, que comptes-tu faire ? Hein ? Je suis certain que tu fais face à un dilemme. Tu ne sais pas si tu dois me tuer pour avoir Fox rien que pour toi, ou me sauver quitte à la perdre pour toujours. Parce quoi qu'on se dise, on sait tous les deux qui elle va choisir.

— Tais-toi, souffle mon frère dont la main tenant le couteau commence à trembler.

— Qu'est-ce que tu attends ? Vas-y ! TUE-MOI !

Je sais qu'il ne le fera pas.

Ma provocation le fait flancher, je le vois dans son regard.

J'avance d'un pas en appuyant la lame sur ma gorge, défiant mon frère du regard. J'aime le torturer. Ça me plaît.

Il éloigne sa lame de ma gorge en soupirant.

— Je ne peux pas… murmure-t-il en baissant le regard.

— C'est bien ce que je pensais, ricané-je froidement.

Je souris alors en laissant le démon prendre le dessus avec mes yeux noirs et m'apprête à me jeter sur mon frère, quand une voix intervient dans mon dos.

— Il ne peut pas, mais moi si.

Je fronce les sourcils en me retournant et fais face à Azriel, ailes déployées. Je n'ai pas le temps de réagir, qu'il pose ses deux mains sur mes tempes pour m'immobiliser.

Ses yeux, brillants de sa radieuse miséricorde, fixent alors les miens, paralysant mon corps de la tête aux pieds.

Je n'arrive plus à me débattre. Je sens une chaleur brûlante irradier en moi. Comme de l'acide qui se met à parcourir mes veines, consumant chaque cellule démoniaque qu'il y a en moi.

— Il est temps que tu reviennes Carl, déclare l'Ange d'une voix bienveillante.

Je serre les dents pour résister à la douleur.

Ça devient insupportable.

Je n'en reviens pas de m'être laissé piéger de la sorte. J'aurais dû me douter que mon frère demanderait de l'aide à l'emplumé. J'aurais dû me douter qu'il ne jouerait pas franc-jeu.

— NON ! agonisé-je en essayant de fermer les yeux.

— Ne résiste pas Carl. Tu n'en as pas le pouvoir contre moi.

Je grogne de colère et de frustration.

J'essaye de lutter, mais je sens l'Ange avoir de plus en plus d'emprise sur moi. Je sens sa bonté couler dans mes veines et me voler le reste de liberté que je possédais sous les traits de démons.

— C'est terminé… continue-t-il d'une voix plus douce.

Mon esprit commence à perdre face au combat divin qui fait rage en moi.

Il ne faut pas que je cède.

Pas après toutes les morts que j'ai provoquées.

Il faut que je résiste.

Il faut que je lutte. Je ne dois pas le laisser faire. Je ne veux pas vivre avec le poids de mes meurtres. Je ne veux pas vivre avec le poids des menaces que j'ai proféré contre Fox et mon propre fils. Contre mon propre frère.

Mais plus j'essaye de me débattre mentalement contre cette lumière céleste qui m'envahit, neutralisant chaque cellule démoniaque sur son passage, plus je sens mes forces s'amenuir jusqu'à ce qu'il ne reste plus rien. Et tandis que la dernière molécule démoniaque qu'il reste en moi meurt, je sens mon corps flancher avant de basculer dans les ténèbres.

Fox

Voilà un bon moment que j'attends, enfermée dans ce placard.

Je ne sais pas depuis combien de temps je suis là. Une éternité, me semble-t-il. Mais je sais que Carl ne va pas tarder à arriver. Il semble décidé à tuer Will. Je l'ai entendu hurler et j'ai entendu ces fracas quelque part dans les couloirs.

J'ai appelé, crié, supplié Carl de ne faire aucun mal à son frère.

J'ai tambouriné, pleuré, prié pour que Will s'en sorte.

Mais personne n'y a prêté attention.

Je suis resté là, regrettant de m'être enfuie au lieu d'affronter Carl.

J'aurais dû agir.

Maintenant il est probablement trop tard. Son frère est

303

probablement mort à l'heure qu'il est. Il n'y a plus du tout de bruit à travers l'abris souterrain. J'ai l'impression d'être seule.

Seule avec mes larmes.

Des bruits de pas se font entendre, se rapprochant de plus en plus de la porte du petit local dans lequel je me trouve.

Je me fige de terreur, retenant mon souffle, avant de prendre la décision de lui faire regretter d'avoir tué son frère.

La porte s'ouvre brusquement, et la lumière m'éblouit tout à coup. M'attendant à ce que ce soit Carl, je joue le tout pour le tout et me jette sur lui pour me battre. Je ferme les yeux pour ne pas voir son visage tandis que je m'apprête à le tuer, mais deux bras m'encerclent alors par derrière en me bloquant de tout mouvements.

Il est trop fort.

J'ai beau bouger dans tous les sens, mais rien n'y fait.

— LÂCHE-MOI ! hurlé-je en me débattant. TU ES UN MONSTRE ! C'ÉTAIT TON FRÈRE ! IL ÉTAIT TOUT POUR TOI ! COMMENT AS-TU PU ? IL EST HORS DE QUESTION QUE JE DEVIENNE LA REINE DE QUELQU'UN QUI N'A EU AUCUN SCRUPULE A TUER SON PROPRE FRERE !

— Fox, c'est moi, me rassure la voix de Will dans mon dos.

Surprise, je cesse aussitôt de me débattre et ouvre les yeux avant de faire face à Azriel qui fronce les sourcils d'inquiétude.

— Will ? soufflé-je, surprise.

Je sens les bras du Chasseur me lâcher, puis je me retourne vers lui et lui saute au cou. Jamais je n'aurais cru que je serais aussi soulagée qu'il me prenne dans ses bras. Carl ne l'a pas tué.

— J'ai cru qu'il t'avait tué, sangloté-je.

— Non, ne t'en fais pas, me rassure-t-il en grimaçant. Azriel est arrivé à temps. Il a réussi à neutraliser Carl.

« *Neutralisé ? Que veut-il entendre par là ?* »

— Je veux le voir, déclaré-je d'une voix déterminée.

Le Chasseur fronce alors les sourcils en me dévisageant.

— Je ne suis pas certain que ce soit une bonne idée.

— S'il te plaît, insisté-je malgré tout. Je veux voir ton frère.

Will soupire et regarde un point derrière moi.

— Je me doutais que tu voudrais le voir malgré tout…

— Si Carl voulait vraiment me tuer, il ne m'aurait pas enfermé ici le temps de te tuer.

— Tu ne peux pas l'en empêcher Will, me défend Azriel. Rappelle-toi que la dernière fois que tu l'as empêché de le voir, elle y est allée en douce pour faire une connerie.

Je rougis violemment.

Je ne sais pas quel est le pire dans cette histoire. Le fait qu'un Ange vienne de dire quelque chose de grossier, ou que j'ai fait une connerie qui aurait pu me coûter la vie à la fois par désir de ramener Carl et par caprice pour le voir.

— Suis-moi… soupire alors Will en me faisant signe de prendre le couloir en face de lui.

* * * * *

Lorsqu'on on arrive dans la cellule de Carl, il est allongé sur le lit et à présent maintenu fermement contre le matelas par des sangles.

Il est inconscient.

Je n'aime pas le voir dans cet état.

Je commence à l'approcher d'un pas pour le réveiller, mais Azriel m'en dissuade du regard. Je décide alors de suivre son ordre silencieux et reste à côté de lui. Inutile de le mettre en colère maintenant, alors que je suis ici parce qu'il a réussi à convaincre Will.

— Comment tu te sens ? s'inquiète-t-il tout de même.

Je croise les bras et me les frotte entre eux. Je ne peux m'empêcher de me sentir coupable. Pas parce que j'ai forcé

Azriel à venir au plus vite pour me sauver la vie. Je m'en veux parce que Carl est à nouveau ligoté à ce lit.

Je détourne le regard et le pose sur mon Chasseur toujours endormi.

— Mieux que je ne le voudrais. Je suis debout parmi vous. Et lui, il est attaché dans ce lit.

— Ne t'en fais pas. Il va se remettre.

Je hoche la tête en soupirant.

Will, qui s'était assis près de son frère, s'approche de nous en le regardant.

— Tu crois qu'on a bien fait ?

Azriel hausse les épaules tristement.

— Il ne voulait pas redevenir humain. Il n'a pas cessé de le répéter.

Je me tourne vers Will, surprise. Il n'est pas sérieux ! Carl ne peut pas avoir dit ça. Je refuse de le croire.

— Tu aurais envie de redevenir humain si tu avais commis tous ces meurtres ? Tu aurais envie de ressentir cette culpabilité ? Il va devoir vivre avec le poids de toutes ces morts. Je l'ai exorcisé. Mais à quel prix ?

Will tourne son regard vers Azriel, et reste silencieux. Je me demande ce qui peut bien traverser son esprit. Il semble si troublé…

Carl bouge tout à coup la tête en gémissant. J'avance d'un pas, mais Will me barre brusquement le passage avec son bras. Il ouvre sa fiole d'eau bénite et Azriel se tourne légèrement de profil pour me dissuader d'avancer plus. Je remarque alors dans la main droite de l'Ange, la dague du Destin. Il ne va quand même pas le tuer, si ?

Carl tourne la tête dans tous les sens avant de la lever dans notre direction, mais il n'a plus ses yeux noirs qui me faisaient aussi peur. Ses yeux se tournent vers les sangles attachées à ses poignets, avant de tourner la tête vers nous d'un air perdu.

Will et Azriel se tienne prêt à attaquer, et moi je me retrouve impuissante derrière eux. J'ai envie de lui venir en aide. Mais je sais que je ne ferais pas le poids face au Chasseur et à l'Ange qui me narrent la route.

— C'est quoi cet accueil ? sourit nerveusement Carl.

Mon sang se glace dans mes veines. Il n'a plus la voix agressive qu'il avait jusqu'à maintenant. J'ai l'impression de revoir *mon* Carl. Celui qui a toujours été là pour aider les gens. Celui qui a mis un point d'honneur à nous protéger mon fils et moi, bien que mon secret et mon départ précipité il y a plusieurs moi l'aient blessé.

Will et Azriel échangent un regard entre eux, perdus, alors que Carl les observe sans comprendre ce qu'il se passe. J'ai une boule dans la gorge et ma respiration s'accélère. Est-ce un tour que nous joue son côté démoniaque ?

Will lui lance de l'eau bénite à la figure, mais Carl n'a aucune réaction de recul. Il a juste l'air surpris avant de sembler réaliser ce qui se passe.

— Tu n'as pas idée de combien je suis soulagée que tu sois enfin toi-même Carl ! se détend enfin Will qui sourit à son frère avec espoir.

Je tombe alors à genoux sur le sol et ne quitte pas Carl du regard. Ce dernier détourne les yeux vers Azriel, puis se posent sur moi, interrogatifs.

CHAPITRE DIX-SEPT

Carl

Assis sur mon lit, dans ma propre chambre, je feuillette les photos que j'emportais toujours avec moi avant ces derniers évènements.

Je reste enfermé dans ma chambre depuis que j'ai été exorcisé, honteux de croiser Fox et mon frère.

Je n'en reviens pas de m'être laissé submerger par un démon. Ils ont enduré tellement d'épreuves à cause de moi… Je suis toujours stupéfait qu'ils n'aient pas baissé les bras après toutes ces choses que j'ai faites ou que j'ai dites.

Je n'ai rien oublié. Je me souviens de tout.

De chacun des mots que j'ai dits. Chacune des menaces. A mon grand regret. J'aurais préféré tout oublier. Ça aurait été plus simple.

Mais dans un sens, ce n'est que justice. Will et Fox n'auraient pas pu oublier que ce que je leur ai fait endurer. Alors pourquoi moi j'y aurais le droit ?

On frappe à la porte de ma chambre.

Avant que je réponde, elle s'ouvre et Fox apparaît dans l'encadrement. Elle reste appuyée contre le cadran de la porte, les bras croisés. Je ne l'ai pas revu depuis qu'elle était partie en courant, après que je sois redevenu humain. Elle devait probablement être en état de choc. Après tout, la dernière chose que j'avais fait avant de redevenir moi-même, c'était la menacer.

Je remarque qu'elle s'est changée. Elle porte un short en jean et des santiags. Sa chemise est nouée autour de sa taille, ouverte, et elle porte un débardeur juste en-dessous.

— Tu m'évites ? me questionne-t-elle enfin.

Je soupire et me lève avant d'enfouir les mains dans les poches tout en gardant une distance raisonnable entre nous. Je ne veux pas l'effrayer.

— Je dois avouer que je n'avais pas la force de croiser une nouvelle fois ton regard. C'est pour ça que je me suis enfermé ici.

Fox hausse les épaules en restant silencieuse.

— Je ne m'attendais pas à te voir ici après tout ce que je t'ai fait subir… expliqué-je en m'approchant de l'entrée. Je m'attendais à ce que tu partes.

— J'allais partir, m'avoue-t-elle en regardant le sol, les sourcils froncés. J'ai fait ma valise. Je suis arrivée jusqu'à la porte de la casemate… et puis je me suis demandé ce que toi tu aurais fait si la situation avait été inversée. Alors je suis venue directement te voir.

Je fronce les sourcils. Elle est venue directement me voir ?

— Pourquoi ? Tu avais toutes les raisons de vouloir partir après ce que je t'ai fait subir.

Elle sourit et se redresse en décroisant les bras, avant de s'approcher de moi.

— Oui, tu m'as fait subir beaucoup de choses. J'ai eu la sensation de revivre les moments désagréables que j'avais vécu à cause d'Anton.

Je baisse les yeux en soupirant. Je me souviens qu'elle avait essayé de me rappeler ce qu'elle avait vécue avec Anton. Mais je m'en moquais à ce moment-là. Tout ce qui m'importait, c'était faire la peau à mon frère et emporter Fox en Enfer avec moi pour faire d'elle ma Reine.

— Mais… j'ai réalisé une chose dans tout ce chaos, poursuit-elle.

Je lève les yeux vers elle en sondant son regard, surprit de son aveu.

— Quoi donc ?

— Malgré toutes tes menaces que tu as proférées, tu n'as jamais essayé de me tuer. Et tu m'as protégé à plusieurs reprises. Même sous forme démoniaque tu voulais sans cesse que je reste à tes côtés.

Elle s'approche de moi et arrive à mon niveau pour me faire face. Je la regarde dans les yeux et ne lis aucune peur dans son regard. Juste de la tendresse.

Qu'ai-je bien fait pour qu'elle ne me fuit pas ? Ça ne suffit pas de vouloir qu'une personne reste à nos côtés. Je n'ai pas cessé de la tourmenter, la pauvre.

— Ouais… soupiré-je. Même sous forme de démon, je te voulais à mes côtés. Je voulais que tu sois ma Reine de l'Enfer quand j'aurais réussi à détrôner Docker.

Elle hoche la tête avant de rire doucement. Rien de moqueur ou de méchant. Un rire que je qualifierai de nerveux et qui trahit une certaine contenance.

— Je ne sais pas si je dois être inquiète ou flattée.

Je détourne le regard et m'éloigne d'elle en m'éclaircissant la gorge avant de changer de sujet.

— Où est James ?

— Il est en sécurité. Quand je me suis fait capturer par Jasper à Junction City, Azriel a envoyé James dans un lieu où il ne risque rien du tout. La Cross n'étant qu'à deux heures et demie à peine de Junction City, je ne pouvais pas me permettre de le laisser à la disposition de toutes créatures démoniaques. Et il y restera tant que ça ne sera pas terminé.

Je hoche la tête tristement. Je dois bien avouer que ce petit bout de moi me manque, bien que je ne l'aie vu que quelques fois.

La dernière fois que j'ai vu James, c'était dans les bras de Fox, en Enfer, quand mon moi démoniaque lui a dit qu'il la tuerait. C'était bien avant que je ne prenne la décision de détrôner Docker.

Je prends une grande inspiration.

— Carl… murmure-t-elle en essayant de se rapprocher de moi, mais je recule.

Un éclair de tristesse traverse son regard. Elle soupire en reculant à son tour, blessée.

— J'espère que tu arriveras à te remettre.

Elle me tourne le dos et quitte la chambre en attrapant sa valise avant de prendre la direction de sa chambre à l'opposé de la sortie de la casemate.

Je fais les cent pas dans ma chambre et me frotte le visage avant de foncer vers la chambre de Fox. La voir partir de cette chambre me donne l'impression qu'elle m'abandonne comme la fois où elle est partie à cause de sa grossesse.

Je ne veux pas que ça recommence.

Cette fois-ci, ce serait ma faute si elle partait. Ce serait parce que je n'ai pas réussi à la retenir. Et je ne commettrais pas cette erreur.

Pas cette fois.

La dernière fois qu'elle est partie, elle et James se sont fait kidnapper par Docker et nous ne les avons plus revus pendant ce qui me semble une éternité. Lorsque j'ai revu mon fils, il était plus vieux qu'après leurs départs. Et je ne veux pas que ça recommence. Cette fois, je veux le voir grandir.

J'arrive dans sa chambre et ferme la porte derrière moi.

Fox se tourne vers moi, étonnée.

— Qu'est-ce que tu fais là ?

— Il est hors de question que je te laisse partir une nouvelle fois, déclaré-je en me jetant sur elle pour l'embrasser.

Elle sursaute mais elle me laisse faire.

J'entoure sa taille de mes bras et la serre contre moi. Je veux lui faire oublier tous ces mois qu'elle a passé loin de moi et ces semaines où je l'ai menacé de mort.

Je veux qu'elle se souvienne que je suis toujours moi. Que je suis celui qu'elle aime et non ce monstre assoiffé de sang.

Je la soulève en me penchant en arrière et elle se mets sur la pointe des pieds en s'accrochant à mon cou. Elle me rend mon baiser en passant ses bras autour de mon cou.

« *Au moins je sais que c'est à moi qu'elle le rend et non à mon frère...* »

J'écarte cette pensée désagréablement obsédante et la repose à terre. Elle recule et m'entraîne avec elle sur le lit. Je la bascule en arrière et tombe sur le matelas avec elle, avant de l'embrasser une nouvelle fois.

Il est tard, Will a dû aller se coucher.

Il ne reste plus qu'elle et moi de réveillés.

— Carl ! Carl ! Carl... chuchote-t-elle en m'écartant d'elle pour se redresser.

Je roule sur le côté sans comprendre et la regarde s'asseoir au bord du lit en se mordant sa lèvre inférieure.

— Qu'est-ce qui se passe ? m'inquiété-je aussitôt en restant allongé à la regarder faire. Je t'ai perdu, c'est ça ?

— Non ! s'écrie-t-elle en se tournant brusquement vers moi. Ce n'est pas ça.

Elle me tourne le dos une nouvelle fois et elle renifle.

Je fronce les sourcils et me redresse pour pourvoir mieux l'observer.

— Que se passe-t-il ? Tu sais que tu peux tout me dire ?

— Je te demande pardon, chuchote-t-elle enfin.

— Pourquoi ?

— Parce que j'avais menacé de te tuer.

Elle se tourne vers moi, les yeux brillants de larmes qu'elle se retient de laisser couler.

Je soupire et la prends dans mes bras en la tirant en arrière pour l'allonger contre moi.

— En toute honnêteté, si j'étais resté un démon, je ne voudrais pas le rester plus longtemps. Tu m'entends ?

Elle secoue la tête et tourne les yeux vers moi.

— Ce que tu ne comprends pas, c'est que j'étais prête à accepter que tu *sois* un démon et à rester avec toi.

Je fronce les sourcils.

« *Alors ce n'était pas une ruse pour que je veuille rester avec elle ?* »

— Tu étais sérieuse ? Tu... tu étais vraiment prête à l'accepter ? Je pensais seulement que c'était une manière de me faire comprendre ce que je ratais…

Elle secoue une nouvelle fois la tête.

— Non. Si tu m'avais dit que le seul moyen pour que je sois avec toi c'était de te suivre bien que tu sois un démon, je l'aurais fait. Je n'ai jamais cessé de t'aimer Carl. Jamais.

Je souris malgré moi. Je suis soulagé que nos sentiments soient réciproques. Je n'ai jamais cessé de l'aimer, non plus.

— C'est pareil pour moi, lui avoué-je.

Elle lève les yeux vers moi, silencieuse, l'air d'accuser le coup.

Je souris et lui caresse la joue en douceur. J'avais fait la même chose sur sa main dans un bar, quand j'étais un démon. Elle avait aimé, avant de me défier.

— Je me doute que la réponse ne soit pas positive, mais je me demandais si je pouvais dormir avec toi cette nuit ? Je me souviens que quand je suis devenu un démon, je me suis réveillé dans mon lit après avoir succombé à la malédiction de Judas. Et rester seul ne me dit vraiment rien.

Elle sourit et rosit.

C'est étrange de la voir réagir ainsi, alors que je lui ai fait un enfant — même si ce n'était pas prévu au programme.

C'est comme si nous étions deux adolescents qui sortent ensemble pour la première fois.

— Bien sûr que tu peux rester, me sourit-elle. Will est allé se coucher. Tu veux qu'on y aille ?

— Dormir avec Will ? souris-je en haussant les sourcils faussement surpris. Je crois que ça va faire désordre.

Elle rit et me tape l'épaule.

— Mais non, andouille. Je te parle d'aller nous coucher ! Ici, tous les deux.

— De toute manière, je ne t'aurais pas partagé avec lui.

Elle sourit et change brusquement d'attitude en fronçant les sourcils, soucieuse.

— Qui a-t-il ?

— Je me demandais si tu te souvenais de tout… Je veux dire… D'absolument tout.

— Tu veux parler de mon frère qui t'a embrassé ? évoqué-je en fronçant les sourcils et en pinçant les lèvres.

Elle baisse les yeux tristement.

— C'est un détail que j'aurais préféré qu'on oublie tous les deux, m'avoue-t-elle. Si tu savais combien je regrette que ça se soit passé… Je veux dire… Je ne savais pas qu'il ressentait ça pour moi. Et je n'ai pas pu l'en empêcher, je ne l'ai pas vu venir… Je…

— Je le sais ça, la coupé-je en prenant son visage dans mes mains. Je sais que tu regrettes que ça se soit passé.

Elle fronce les sourcils.

— Alors… tu ne m'en veux pas ?

— Non, soupiré-je. Mais en toute honnêteté, j'ai cette image dans la tête de lui qui t'embrasse et je t'avoue que j'aimerais vraiment qu'elle disparaisse.

Fox me regarde dans les yeux et se redresse avant de s'installer sur moi.

Je plisse les yeux, ne comprenant ce qu'elle est en train de faire.

— Qu'est-ce que tu fais ?

Elle pose un doigt sur mes lèvres pour me faire taire.

— Je t'efface la mémoire.

Je la laisse faire, ne sachant pas où mettre mes mains. Puis elle se penche et m'embrasse.

Je hausse les sourcils de surprise et l'entoure de mes bras en lui rendant ses baisers. À la manière dont elle m'embrasse, il y a en effet des chances que j'oublie ces images très rapidement. Fox m'en donne assez pour que j'ai de quoi faire.

Je la fais basculer sur le côté et me retrouve au-dessus

d'elle.

Je détache mes lèvres d'elle et la regarde dans les yeux. Ce baiser me rappelle celui que je lui ai donné dans le bar quand j'étais un démon. C'est étrange quand j'y pense, parce que le fait qu'elle ait été embrassé par mon moi démoniaque me dérange moins que l'idée que ce soit Will.

Plus tard, Fox s'endort à côté de moi dans mes bras, et je reste à contempler celle que j'aurais pu perdre.

CHAPITRE DIX-HUIT

Carl

Plusieurs jours se sont écoulés depuis que j'ai été ramené par mon frère, Azriel et Fox. Les deux premiers jours ont été assez compliqués pour Will et moi. Je lui ai dit des choses horribles lorsque j'étais un démon. Même s'il me répète que ce n'était pas ma faute, je ne peux m'empêcher de me sentir coupable. Parce que je ne cessais de lui répéter que c'était vraiment moi. Et malgré ce côté démoniaque, il m'arrivait de penser certaine de ces choses étant humain.

J'aime mon frère.

Je ne veux pas sa mort.

Mais je pense que mon côté démoniaque le voulait parce qu'il savait que mon frère pouvait me faire redevenir normal quand il le voulait. Si Fox était la mieux placée pour me faire ressentir des émotions, mon frère était le plus à même pour les exploiter afin de me ramener.

* * * * *

Après tous les évènements que nous avons traversés tous les trois, nous avons décidé de prendre quelques jours afin de nous remettre et faire une pause dans la Chasse. Nous retrouver loin de toute cette effervescence meurtrière, bien qu'elle contribue à sauver un maximum de gens, ne pouvait que nous faire du bien à tous. C'est donc au bord d'un lac, que nous avons décidé de nous rendre pour nos pseudos vacances.

Mon frère et moi regardons l'horizon, assis sur des chaises de camping, avec une glacière pleine de bières posée entre nous. Nous dégustons nos bières tranquillement, lunettes de soleil sur les yeux. J'ai l'impression que ça fait une éternité que je ne me suis pas senti aussi détendu.

Fox est plus loin devant nous, allongée dans l'herbe sur un drap, et a posé son chapeau de cow-boy sur le visage. Elle a replié une jambe et écoute distraitement de la musique sur son baladeur mp3.

Elle a appelé Jimmy il y a une heure. Elle n'a pas cessé de pleurer en entendant James l'appeler « maman ».

Il lui manque. Et je ne serais pas surpris qu'elle prenne la décision de le rejoindre tôt ou tard. Elle comme moi, savons que c'est dangereux pour lui. Alors elle essaye de se distraire, mais seule la Chasse nous permettrait de nous changer les idées.

Cependant, nous avons décidé de prendre quelques jours de congé. Même si ça nous fait du bien, depuis une semaine nous nous ennuyons. Le seul point positif à ce congé, c'est qu'on a remis la casemate en ordre et fait le ménage. Nous en avons profité également pour reclasser toutes nos archives. Et je crois même que je me suis réconcilié avec mon frère.

— Je peux te poser une question ?

Je tourne la tête vers Will pour guetter ses réactions.

— Naturellement, répond mon frère en gardant les yeux rivés sur l'horizon.

— Pourquoi tu ne m'as jamais dit que tu avais des sentiments pour elle.

Will fronce les sourcils en tournant les yeux vers moi, avant de concentrer à nouveau son attention sur l'horizon.

— Quelle importance puisque c'est toi qu'elle a choisi ?

— Ça en a pour toi, j'ai l'impression. Autrement, tu ne l'aurais jamais embrassé.

— Pourquoi tu veux revenir sur le sujet ? Je me suis déjà excusé je te signale.

— Je ne te demande pas des excuses. Je voulais simplement comprendre pourquoi nous n'en avons jamais parlé tous les deux.

Wil soupire et hausse les épaules.

— Je suppose que je ne voulais pas te faire de concurrence. Même si je sais qu'il n'y en avait pas.

Je médite sur ses paroles en hochant la tête, puis finis par changer de sujet en désignant le plâtre autour de son bras.

— Ton bras… c'est moi qui te l'ai fait ? Je t'avoue que si c'est le cas, je n'en ai pas le moindre souvenir.

— Non. Rassure-toi. C'est Jasper qui m'a fait ça. Il voulait me torturer. Mieux valait moi, qu'elle ! me répond-il en désignant Fox.

Je soupire en hochant la tête. Je suis soulagé, dans un sens, que Jasper ne lui ait rien fait.

— Avoue-le… c'est pour draguer les nanas qui s'inquiètent pour toi !

Will rit, presque offusqué.

— Tu n'as pas vu toutes les nanas qui font la queue ? Je ne sais plus où donner de la tête.

— Ah… soupiré-je en me tournant vers le lac, avant de laisser échapper un petit rire. Je n'en reviens pas…

Mon frère s'esclaffe à son tour. Je suis content d'avoir avec lui une conversation légère, typique de deux frères. C'est agréable. Ça nous change des menaces de morts que j'ai proféré il y a quelques jours de ça.

Je regarde Fox étendue.

Elle tape du pied.

Sans doute pour se donner le rythme de la musique qu'elle écoute. Il arrive parfois à Willy de le faire avec ma main sur la portière de la voiture quand on roule.

Etonnement, ils ressemblent un peu tous les deux.

— Et toi, ça va ? m'interroge mon frère après une minute de silence.

Je tourne la tête vers lui et remarque son air inquiet. Je focalise mon attention sur le lac à la recherche d'une réponse à lui donner, avant de le regarder du coin de l'oeil.

— Tout roule.

— Sois sérieux s'il te plaît… insiste Willy.

Je fronce les sourcils en pinçant les lèvres. Il penche la tête sur le côté en me souriant pour m'encourager. J'ai l'impression d'avoir affaire à un psy. Mais suis-je bien placé pour le lui reprocher ? Après tout, je fais pareil avec lui.

— Je suis sérieux. Franchement ! On prend enfin des vacances, on boit, et Fox écoute même de la musique. Ce qui est rare, soit-dit en passant. Je ne l'ai d'ailleurs jamais vu faire à bien y réfléchir.

Mon ton paraît ironique. Est-ce que je suis moi-même convaincu de ce que je dis ?

— Alors si ça va… À la tienne… soupire mon frère en se penchant pour qu'on trinque avec nos bouteilles.

Je l'imite et entrechoque nos bouteilles, avant de sourire en coin et prendre une gorgée du bout des lèvres, vite imité par mon frère.

Nous reprenons la contemplation du lac face à nous, mais je ne peux m'empêcher de repenser à l'article que j'ai lu dans le journal ce matin, parlant d'une attaque sauvage. Mon instinct de Chasseur me dit que c'en est pas une. Mais nous avons pris la décision de ne pas intervenir avec mon frère et prendre des vacances. Parce que même si je ne suis plus un démon, je porte toujours la malédiction de Judas.

— Au fait, tu as entendu parler de cette attaque d'animal ? demandé-je l'air de rien, malgré tout. Je suis tombé dessus par hasard, et je me suis dit que j'allais voir avec toi.

Willy soupire en levant les yeux au ciel. Je crois qu'il se

doutait que j'allais lui parler de ce genre de chose. Nous ne sommes pas Chasseurs pour rien lui et moi. Ce métier nous colle à la peau. Elle ne lâche aucuns Chasseurs. Rares sont ceux qui ont réussi à tourner la page sur cette vie sans que ça ne les rattrape tôt ou tard. Ne cherchons pas très loin comme exemple, elle écoute de la musique à quelques mètres de nous.

— Oui. Mais ils parlent d'une bête sauvage dans les journaux… essaye-t-il de nous convaincre. Ce n'est sûrement rien.

Je sens que lui-même n'en est pas convaincu. C'est son instinct de Chasseur qui le pousse à s'inquiéter concernant ce genre de chose.

— Il y a eu trois meurtres. Tous dans le même patelin dans l'espace d'un mois seulement ! résumé-je en me focalisant droit devant moi, en secouant la tête.

— Tu as probablement raison… capitule mon frère. On a qu'à appeler d'autres Chasseurs qui sont dans le coin.

Je ne pensais pas à ça, moi… Mais je hoche la tête malgré tout.

— Ok ! Ça me paraît bien…

— Parfait ! acquiesce Willy avant de soupirer profondément.

Je laisse passer quelque secondes avant de reprendre la parole en lui faisant part de ma suggestion.

— Ou sinon… On a qu'à y faire un tour. L'air de rien et si c'est bien une affaire pour les Chasseurs, on appellera un collègue.

Will grogne en balançant la tête en arrière.

— Ben voyons… Tu peux me rappeler quand est-ce que tu as appelé un collègue pour lui refiler le bébé ?

Je soupire et lève les yeux au ciel. Il a raison. Je n'ai jamais aimé appeler qui que ce soit pour faire le boulot à ma place.

J'enlève mes lunettes avant de le regarder dans les yeux.

— Ecoute… Prendre des vacances avec toi, se la couler douce avec de la bière… Top ! Et observer Fox se dorer la pilule là-bas, encore mieux. Mais je m'ennuie. Nous sommes des types d'action. Pas des vacanciers qui passent leur journée à regarder les gens se prélasser. Je suis pour boire de la bière jusqu'à ce que la glacière soit vide. Mais rester là à ne rien faire…

Will soupire en tournant les yeux vers moi.

— Après tout ce que j'ai fait de mal, j'ai besoin de me rattraper en faisant de bonnes actions. J'ai besoin de compenser !

ajouté-je en haussant la tête pour appuyer mes propos. Histoire de me dire que tout n'est pas pourri en moi.

Will enlève les lunettes en respirant nerveusement. Je sais qu'il est inquiet pour moi. Et ça me touche profondément. Mais je sais aussi qu'il a la Chasse dans le sang et qu'il ne résistera pas très longtemps.

— D'accord, je l'entends bien. Mais tu n'as pas peur de justement replonger si jamais tu te remettais à Chasser ? Parce qu'en toute honnêteté, moi si. J'ai déjà failli te perdre une fois et y rester par la même occasion. Je ne suis pas franchement impatient de renouveler l'expérience.

— Je te promets que cette fois ce sera différent. Je ferais attention.

Mon frère reste silencieux quelques secondes, l'air de méditer.

— Si tu sens que la malédiction reprend le dessus, tu n'hésites pas à me le dire. Il ne faut plus qu'on se cache les choses tous les deux. Plus jamais.

Je suis trop heureux qu'il cède aussi rapidement, pour lui refuser quoi que ce soit.

— Bien sûr ! m'exclamé-je en remettant mes lunettes. Tu as ma parole. Je ne te mentirais pas si je sens que ça ne va pas.

Si je sens que ça reprend le dessus, je te le dirais et on déguerpira aussi vite que possible en appelant un collègue pour lui dire tout ce qu'on a découvert. Affaire terminée ou pas.

— Très bien, soupire mon frère après une brève hésitation. Dans ce cas, allons-y.

— Je vais lever Fox !

Je me lève rapidement avant qu'il ne change d'avis et vais rejoindre ma petite-amie. Je m'accroupis devant elle et soulève son chapeau.

— La Belle au Lac Dormant… On se réveille !

Elle fronce les sourcils en serrant les paupières et ouvre ses yeux en me regardant de travers avant d'enlever ses écouteurs.

— Qu'est-ce qu'il y a ? Je te signale que tu me gâches mon soleil.

— On décolle. On a trouvé une affaire.

Elle se tourne sur le ventre et mets son chapeau avant de me regarder dans les yeux.

En haussant un sourcil, je suis les courbes de son corps en souriant en coin. Avec la nuit qu'on a passé après que j'ai été exorcisé, je dois avouer que ce que je vois est plutôt pas mal.

— Une affaire ? Mais je croyais qu'on était en congé pour une fois !

Je détourne mon regard de ma contemplation et me concentre sur ses yeux. Je ne sais pas si elle m'a grillé malgré mes lunettes de soleil, mais je dois avouer que je m'en moque un peu.

— Ouais je sais. Mais il y a une affaire dans le coin. Beaucoup de meurtres ! m'exclamé-je d'un air pressé. Des gens en danger ! Ce ne serait pas raisonnable de faire comme si de rien n'était.

— À parler aussi vite, on croirait entendre un camé qui essaye de venter auprès de son parrain, les mérites de sa dope, marmonne Fox en fronçant les sourcils. Fais chier… Moi qui avais l'intention d'écouter toute ma playlist en vidant toutes ces bières, tout ça en essayant de prendre de la couleur…

Je souris, amusé.

— Si tu veux prendre de la couleur, je te conseille d'enlever quelques couches de vêtements ! la taquiné-je en lui faisant un clin d'œil subjectif.

Elle lève les yeux au ciel en soupirant, avant de se lever. Je commence à opérer un demi-tour, quand mes yeux tombent sur son fessier mit en valeur par son jean moulant. Dans un sens, je suis bien content que mon côté démoniaque voulait qu'elle reste avec moi. Même dans ma version démoniaque elle me fait de l'effet. Et je ne regrette pas une seconde de l'avoir observé en douce à l'instant.

— Je croyais que tu voulais enquêter sur une affaire, camé de la Chasse ! Et d'ailleurs, pourquoi on n'appelle pas d'autres Chasseurs ?

— On est juste à côté. Mais si ça ne va pas, on le fera.

Je lui tourne le dos et rejoins mon frère qui a commencé à rassembler nos affaires, malgré son plâtre. On range tout rapidement et on se dirige vers la voiture pour rentrer afin de préparer nos sacs.

✱ ✱ ✱ ✱ ✱

Lorsque nous arrivons au bureau du Shérif en tenue de garde forestier, cette dernière nous accueille directement à l'accueil en nous souhaitant le bonjour. Voir un représentant aussi accueillant, nous change un peu. En général ils gonflent le torse et nous la joue ours mal léché.

Nous montrons nos badges en souriant. La Shérif prend le mien, et regarde celui de Will avant de regarder Fox de travers. Je ne saurais dire si c'est parce qu'elle est avec nous, ou si c'est parce qu'elle ne montre pas de badge.

— Elle est avec nous, c'est une stagiaire ! l'informe Will.

— Très bien. Dans ce cas, nous déclinons toutes respon-
sabilité s'il lui arrive quoi que ce soit.

Finalement, ça ne nous change pas de d'habitude. Elle
cache juste bien son jeu. Aussi froide qu'un glaçon… Je sens
qu'elles vont bien s'entendre ces deux-là…

— Je dois vous avouer que je suis soulagée de vous voir !
soupire la femme en me rendant mon badge. Je me demandais
même si je n'allais pas faire appel à vous, moi-même.

— C'est à ce point ? s'étonne Fox en haussant les sourcils.

La Shérif l'ignore et nous regarde mon frère et moi tour à
tour.

— Ça doit vous arriver souvent de voir ce genre de chose,
j'imagine.

Je me demande bien de quoi elle peut bien parler, et pourquoi elle ignore autant Fox.

— Tout le temps ! nous exclamons Willy et moi en chœur.

— Nous sommes des habitués maintenant ! ajouté-je.

— J'en ai déjà vue des animaux agir bizarrement. Mais ça…
Ce serait presque démoniaque. Où va le monde ?

Je hoche la tête en souriant bêtement, ne sachant pas quoi
dire, quand je remarque une chaine en or autour de son cou,
avec une croix en or. Ça explique sa remarque sur ce qu'elle

pense être un acte démoniaque. Je me demande bien ce qui a pu se passer dans ce cas.

— Mouais… murmuré-je.

Will acquiesce, mais si on ne trouve pas rapidement quelque chose pour briser cette ambiance gênante, on risque de perdre toute crédibilité auprès du Shérif qui nous regarde déjà étrangement, dans l'attente qu'un de nous trouve quelque chose à dire.

— Oh ! Hum… Pfiou ! marmonné-je gêné. Oui, à qui le dites-vous ? Avec tout ce qu'on voit… parfois on se croirait dans *Le Projet Blair Witch*[1] !

Fox me regarde de travers. C'était peut-être un mauvais exemple, compte tenu de la similarité des noms de famille.

— Ouais… murmure la Shérif en fronçant les sourcils.

Ça y est, maintenant on a l'air de deux tarés. L'excuse de Fox est parfaite ! En tant que stagiaire, elle n'a pas besoin de jouer les professionnels, même si je sens qu'elle ne tient plus en place.

Je souris comme un con, vraiment mal à l'aise. Je me suis ridiculisé avec mon histoire de ce film d'horreur. J'ai l'air

---

[1] *Film d'horreur de 1999, réalisé par Eduardo Sánchez et Daniel Myrick*

d'avoir perdu la main. Je ne sais même pas ce qui m'a pris de balancer ça.

— Et si vous nous en disiez plus sur les attaques ? Est-ce qu'elles ont des similitudes entre-elles ? intervient Will. Un schéma récurrent ? Un truc bizarre que vous auriez remarqué ?

— Je ne sais pas ce qui pourrait vous paraître étrange, si ce n'est leur similitude, justement. Quand je vous parlais d'un acte démoniaque, ce n'est pas pour rien. C'est vrai que je suis peut-être influencée par mes croyances, comme le diraient mes subalternes, mais ces cœurs manquants sur chacun des corps, me laisseraient penser à un rite satanique. Mais il n'y a rien qui pourrait l'attester. Pas de traces d'une sorte de cérémonie ou quoi que ce soit d'autre dans le genre. A moins que l'on soit passé à côté. Mais j'en doute. C'est une petite bourgade où tout le monde connait tout le monde, ici. Il n'y a rien qui ne se remarque pas sans que ça ne fasse de commérages.

Je redeviens tout à coup sérieux. Des cœurs arrachés ? Ça me rappelle les Loups-Garous ça !

— Les cœurs ! Vous dîtes qu'ils n'étaient plus là, genre...

— On les a dévorés à première vue ! me coupe le Shérif. Le légiste a trouvé des traces de morsures sur les corps. C'est justement ce qui nous a fait conclure à une attaque de bêtes sauvages. Même si ça ne s'est jamais produit ici, je dois bien l'avouer.

— Il n'y a pas de témoins ? continué-je en sentant Fox s'impatienter derrière moi.

— Les attaques se sont passées tard dans la nuit. La seule qui a été vue, c'était celle près du bar… mais ne on ne peut pas trop se fier au témoin. C'est un habitué tant du bar que de la cellule de dégrisement. Il adore taquiner la bouteille, si vous voyez ce que je veux dire…

— Absolument, souris-je pour amener la Shérif à en dire plus.

Plus elle pensera que nous sommes sur la même longueur d'onde, plus elle s'ouvrira à nous et nous dira tout ce qu'on souhaite savoir.

— Et qu'est-ce qu'il aurait vu ? demandé-je alors en haussant les sourcils avec intérêt.

Cette dernière soupire avant de se frotter le front en fronçant les sourcils.

— Franchement ? Pas grand-chose… Comme je vous l'ai dit, Gunter n'est pas ce qu'on appellerait un témoin fiable… Il raconte à qui veut l'entendre qu'il a vu une femme poilue avec des canines de chien et des yeux jaunes, dévorer un de ses amis.

Mon frère et moi fronçons les sourcils en se lançant un coup d'œil en coin, puis reportons notre attention sur la Shérif. Je sais déjà que nous avons la même chose en tête.

— Il y aurais une seconde victime ? demandé-je.

— D'après lui, oui. Mais Gunter était soul ! Complètement à l'ouest. Il n'y a pas de corps, pas d'ADN et pas de sang. Rien qui puisse confirmer son témoignage. Quant à une créature mi-femme, mi-chien avec des yeux jaunes…

Un de ses adjoint arrive et lui donne un papier. La Shérif lève alors la tête, et nous informe qu'elle revient tout de suite, avant de s'éloigner en regardant le papier. Nous sourions avant de prendre une grande inspiration.

— Je ne sais pas pour vous, mais tout laisse penser qu'on aurait affaire à un loup-garou, marmonné-je en me tournant vers mon frère et Fox qui se trouve dernière nous.

— Plutôt audacieux… Même pour un Loup-Garou. Généralement, ils sont plus subtils que ça. Ils ne laissent rarement des témoins en vie. Et ne se montrent encore moins.

— Tu crois que c'était la fille du témoignage de Gunter ? Parce qu'il a quand même fourni une assez bonne description de ce qu'est un Loup-Garou.

— C'est possible… On ne peut pas écarter cette possibilité.

Fox soupire et croise les bras sur sa poitrine, avant de s'approcher.

— Une stagiaire ? Vraiment ? Tout ce que j'ai le droit de faire, c'est rester les bras croisés à me taire !

— Excuses-nous Fox… soupire mon frère en prenant un air navré. Tu n'as pas de carte et c'est la seule excuse valable qu'on ait trouvée, qui justifie ta présence parmi nous.

Elle pince les lèvres, faisant une moue boudeuse.

— Merveilleux… soupire-t-elle avant de reculer pour se mettre en retrait.

Je sens que ça va être marrant, maintenant que nous l'avons forcée à prendre cette affaire pour ensuite la reléguer au rang de simple stagiaire. On aurait dû penser plus tôt à ses faux papiers.

Fox

On arrive dans le bar devant lequel a eu lieu le potentiel double-meurtre de Teddy et cette fille qui serait sortie avec lui. Carl et Will soupçonnent cette fille d'être le Loup-Garou en question. Personnellement, je n'en ai pas la moindre idée.

Carl gare sa voiture sur le parking juste devant l'établissement, avant de couper le contact. Il prend une grande inspiration avant de quitter son véhicule tout en rangeant son arme à la ceinture arrière de son pantalon, s'assurant qu'elle ne se fasse pas remarquer. Nous prenons ensuite la direction de la porte d'entrée, avant de demander au barman où se trouve Gunter. Ce dernier ne se fait pas prier et désigne un homme en bout de comptoir qui sirote un verre de bière tout seul.

— Excusez-nous, l'interrompt Carl en s'accoudant au bar, juste à côté de lui. Vous êtes bien Gunter ?

L'homme pose son verre de bière à moitié vide avant de nous jauger du regard chacun notre tour.

— Je n'suis pas intéressé. Quoi qu'vous ayez envie de m'vendre.

Je fronce les sourcils et tourne les yeux vers Carl qui ne semble pas comprendre ce qu'on pourrait avoir à vendre dans nos accoutrements.

— Vous n'y êtes pas, lui sourit gentiment Will. Nous sommes ici pour que vous nous racontiez ce que vous avez vu le soir de la mort de votre ami.

— Pour que vous vous payiez ma tête ? Non merci. J'ai d'jà donné avec les types du bureau du Shérif. Ils m'ont tous prit pour un illuminé. Et personne n'a rien fait pour mon ami. Ils ont même conclu qu'il s'agissait d'une attaque de bête sauvage.

— Nous ne sommes pas là pour vous juger, lui assure mon beau-frère. Nous sommes votre seule chance de rendre justice à votre ami.

Gunter coule un regard dans la direction de Carl puis le mien, avant de soupirer en hochant la tête.

— Très bien. Installons-nous ailleurs, si vous voulez bien. J'me suis assez fait ridiculiser pour un moment.

Nous acquiesçons avant de suivre l'homme jusqu'à une table en retrait. Nous laissons le temps à l'homme de ressasser ce qui s'est passé ce soir-là. Nous savons que ce n'est pas facile pour quelqu'un qui n'avait jamais vu de meurtre avant cela, de se remémorer les faits. Ce n'est jamais facile. Même pour nous qui avons l'habitude, nous avons parfois du mal à nous y faire. Ce n'est pas toujours facile.

— C'est vrai qu'Teddy et moi on a pas mal bourlingué depuis qu'nous nous connaissons. On n'arrêtait pas d'faire des con'ries ensemble. Je savais qu'on y pass'rait un moment ou un autre... nous raconte l'homme d'une voix pâteuse. Mais clamser d'cette manière... On s'imaginait qu'un d'nous se ferait flinguer par un type qu'on aurait fait chier, pas dévoré le cœur. C'est tout sauf normal ça.

Carl le regarde avec intérêt en fronçant les sourcils, et Will prend note dans son calepin. Quant à moi, je reste assise à écouter sans rien faire d'autre.

— Vous pourriez nous raconter ce qui s'est passé cette nuit-là ? le questionne Carl d'un air sérieux.

— Bah... C'était un soir comme un autre. On s'éclatait pas mal. Un groupe de country mettait une bonne ambiance, ce qui est rare si vous voulez mon avis. En général, les gens qui s'produisent ici sont plutôt nuls. Mais pas ce soir-là. Nous sommes sortis du bar. Il était accompagné d'une minette et ils riaient aux éclats. A la base Teddy voulait simplement s'en griller une et probablement prendre du bon temps avec la minette, si vous voyez ce que je veux dire.

Il commence à sourire en coin à Carl qui lui rend un sourire, comprenant parfaitement où Gunter veut en venir, avant qu'il ne remarque mon sourcils réhaussé. Il se râcle alors la gorge en détournant le regard et se focalise sur sa boisson.

— Et où étiez-vous ? demandé-je pour couper court aux pensées lubriques qui ont dû commencer à germer dans l'esprit de Carl.

— J'étais parti d'mon côté pour arroser les marguerites. Je n'vous recommande pas les chiottes d'ce taudis. La picole est bonne, mais l'hygiène laisse à désirer…

Gunter prend une grande inspiration avant que le peu de couleur sur son visage ne disparaisse.

— Et puis c'est là que j'l'ai entendu. Il s'est mis à hurler. Teddy est un grand gaillard. Il ne hurle pas de douleur pour tout et n'importe quoi. Il en a vécu des choses. Il avait servi à la guerre. Pas du tout le genre à s'arrêter pour un bobo et encore moins à s'plaindre. J'ai aussi compris qu'il se passait quelque chose. Alors j'me suis précipité. Quand j'suis arrivé, il y avait du sang partout.

— Qu'est-il arrivé de la fille qui était encore sur les lieux ? intervient Will. Elle a été tuée elle aussi ?

— Non.

Je fronce les sourcils sans comprendre.

— Est-ce qu'elle était toujours là ?

— Non… répond l'homme en attrapant son verre, en regardant ailleurs nerveusement.

— Il n'y avait pas de fille alors ? insiste Carl.

L'homme secoue la tête en regardant Carl en coin, d'un air inquiet. Comme s'il craignait de dire quoi que ce soit.

— Je n'sais pas trop…

On sent tous qu'il nous cache quelque chose. Il a la tête du type qui craint de s'attirer les ennuis. Ou dans son cas, à en juger par ce qu'il nous a dit plus tôt, les moqueries.

Will s'avance sur sa chaise et le regarde dans les yeux.

— Nous ne sommes pas flics, vous savez ?

— Vous avez un insigne, c'est la mêm'chose, marmonne l'homme. En plus, le bureau du Shérif n'a pas hésité à s'foutre de ma gueule quand j'leur ai raconté ce que j'ai vu. Ils m'ont même enfermé en cellule de dégrisement, alors que j'n'avais qu'trois bières dans le gosier.

— D'accord. Mais nous ne sommes pas comme eux. Dans notre métier, il nous est arrivé de voir toutes sortes de choses étranges, lui sourit Carl, surveillé par son frère du coin de l'œil avant de hocher la tête. On n'aurait jamais pu le croire si on ne l'avait pas vu. Même notre petite stagiaire a eu son lot.

L'homme tourne les yeux vers moi et je hoche la tête d'un air compatissant.

— Peut-être bien, mais vous n'aurez pas à croiser le regard des gens qui vous connaissent. Personne ne s'foutra d'votre gueule, à vous.

— Ce que nous essayons de vous dire, c'est que nous sommes prêts à vous croire.

Il nous regarde d'un air apeuré et hésitant, mais il nous demande quand même :

— Si j'vous disais qu'j'ai vu un monstre… vous me croiriez ?

Nous échangeons tous un regard en soupirant.

— Faites comme si, lui sourit Carl.

Gunter hoche la tête et s'accoude à la table pour s'approcher de nous et nous fait signe de l'imiter pour qu'il se confie.

— Ce soir-là, après qu'j'ai entendu mon ami hurler, j'me

suis précipité en courant et j'ai vu cette fille. Celle qui était sorti en mêm'temps que lui. Elle était penchée au-dessus du corps de Teddy et tenait son cœur dans la main. C'monstre ressemblait à la fille, mais son visage était couvert d'poils et ses yeux étaient jaunes comme ceux d'un animal. Et elle avait des canines comme ceux d'un chien. J'ai r'culé et j'suis tombé sur le cul en attirant son attention. Si j'n'avais pas hurlé, je s'rais probablement mort à l'heure qu'il est. Et hier soir, en passant devant une vieille ferme à la sortie de la ville, je l'ai revue. Elle courrait se cacher à l'intérieur. J'ai tellement flippé que j'n'ai pas osé la suivre. Mais quand j'me suis rappelé que cette chose avait tué Teddy, j'ai fait demi-tour direct et j'suis revenu mais elle s'était envolée. Genre, disparue ! Comme un fantôme. J'ai même cru que j'avais rêvé.

— Comme un fantôme… répète Will en haussant les sourcils sans comprendre.

Gunter hoche la tête et semble effrayé.

— J'vais vous dire. J'en ai rien à foutre de c'que pensent les flics en fin de compte. Cette fille était là. Elle dévorait ce cœur ! C'était un putain de monstre !

Il reprend une gorgée de bière en nous lançant un regard nerveux comme s'il pensait en avoir trop dit. On se lance alors tous un regard en coin. Je sens qu'on ne va pas beaucoup dormir cette nuit…

✱ ✱ ✱ ✱ ✱

— Mais puisque je te dis que ce n'est pas un fantôme ! m'exclamé-je en entrant dans la chambre de motel.

Exceptionnellement, les deux frères et moi, avons pris une chambre pour trois. Ils ont décidé que je prendrais un des lits, et qu'ils prendraient l'autre chacun leur tour. Et le troisième prendrait le canapé quand ce ne serait pas son tour de dormir dans le lit. Will a pensé que ce serait un bon moyen de m'avoir à l'œil, son frère et moi.

Moi je crois qu'il est inquiet.

Soit que Docker m'enlève une nouvelle fois, soit que Carl redevienne par mégarde un démon. Même si, sans ce couteau affreux, il y a peu de chance.

— Tu l'as entendu comme moi ! Il a dit que cette chose avait disparue ! insiste Carl en déboutonnant sa chemise.

— Je l'ai très bien entendu, oui ! Mais tu peux me dire combien de fois tu as rencontré de fantôme au cours de ta carrière, qui dévore des cœurs et ressemble à des Loups-Garous ?

348

Je déboutonne ma chemise verte, semblable à celle des gar-çons et la jette sur le lit en croisant les bras. Que tout le monde se rassure, autant les garçons que moi, portons un t-shirt blanc en-dessous.

Je m'assois sur mon lit en soupirant et prend la bière que Will me tend, avant de le remercier.

— D'abord, tout porte à croire que c'est un Loup-Garou à cause des cœurs manquants. Et tout à coup, il nous parle d'un fantôme. C'est… vraiment bizarre… soupiré-je.

— Il est inutile que vous vous disputiez pour ça, tous les deux ! tente de nous calmer Will.

— Tu la défends ? l'accuse Carl vexé.

— Non. Je dis juste que pour le moment, c'est sans doute trop tôt pour avoir une quelconque opinion là-dessus. Je pense que nous devrions attendre que la nuit soit tombée pour aller à la ferme à la sortie de la ville, pour voir si cette… cette chose réapparaît. Si c'est vraiment un Loup-Garou, il devrait y avoir des chances qu'on la recroise.

— Je suis d'accord avec toi, approuve Carl.

— D'accord… soupiré-je enfin après avoir pris une grande inspiration pour me calmer. Ça ne nous coûte rien d'aller voir. Mais si c'est un esprit, alors il devrait y avoir quelque part une trace écrite qui pourrait confirmer la mort de la jeune femme.

— Tu ne le crois pas, c'est ça ? me demande Carl en me regardant d'un air inquisiteur.

— Je ne dis pas que je ne le crois pas… Je dis juste que c'est un habitué du bar et que comme l'a dit le Shérif, ce n'est pas un témoin fiable parce qu'il a tendance à trop boire. Après je ne peux pas non plus réfuter entièrement ce qu'il dit, parce que c'est mon job de chercher à savoir si c'est vrai ou pas. Mais un esprit qui ressemble à un Loup-Garou… C'est vraiment étrange. Même pour nous, il faut le reconnaître !

Les deux hommes soupirent et prennent une gorgée de bière en même temps.

— Je m'allonge un peu, soupiré-je en posant la bière sur la table de chevet, avant de m'allonger. Réveillez-moi dans une heure.

Les deux hommes me sourient en même temps, et continuent de boire leur bière tranquillement, tandis que je leur tourne le dos.

CHAPITRE DIX-NEUF

Fox

La nuit est déjà bien entamée quand on se gare sur le lieu où Gunter a vu le prétendu fantôme.

Je ne suis toujours pas convaincue qu'il s'agisse de ça. Je suis certaine que nous avons affaire à un Loup-Garou.

Certes, le témoignage de Gunter peut nous laisser penser qu'il s'agit de cette créature. Mais depuis quand les fantômes ont les yeux jaunes et se comportent comme des êtres Humains ?

Nous descendons de la voiture, en sortant nos armes, dans le cas où il faille se défendre.

— Les fantômes ne mangent pas des cœurs ! s'exclame Will avant de fermer sa portière.

La conversation revient sur le tapis.

Je soupire. C'est exactement ce que je disais à Carl tout à l'heure. J'aurais aimé que Will me soutienne plus tôt.

— Ouais et ben… Quand on voit cette baraque, ce n'est pas étonnant qu'elle se soit mise à dévorer le cœur d'un vieux poireau, soupire Carl en vérifiant son chargeur. Remarque, elle aura eu la viande et la bière…

— En tout cas elle semble aimer les Bad boys.

— Ouais… Et attends qu'elle vienne se frotter à nous, sourit Carl en lui adressant un clin d'œil.

Il est sérieux là ?

Je roule les yeux. Je me sens d'humeur jalouse tout à coup. Je n'en reviens pas. Je m'agace moi-même.

Carl s'éloigne et Will le suit. Arme en main, Carl fait signe à son frère de nous séparer.

— Reste avec moi s'il te plaît, me demande mon petit-ami en lançant un coup d'œil à son frère.

Ce dernier hoche la tête, approbatif.

Je le suis en soupirant. J'aurais aimé, moi aussi, me séparer pour les aider à couvrir plus de terrain. Mais il faut croire que Carl souhaite rester auprès de moi le plus possible. Même si je ne sais pas si c'est pour me surveiller ou me protéger.

Le cadet des deux frères contourne le bâtiment, tandis que Carl et moi nous arrêtons devant la porte en face de nous. Il y a des morceaux d'animaux, juste devant celle-ci, que je n'arrive pas à identifier avec tout ce sang.

Carl oriente le faisceau de la lampe torche sur le cadenas de la porte et me fait remarquer des griffures assez épaisses pour confirmer la théorie du Loup-Garou.

— Le sang est encore frais, je lui fais remarquer en lui montrant les membres déchiquetés.

— Cette garce maléfique a dû se mettre quelques hors-d'œuvre sous la dent en attendant de dévorer de nouveaux cœurs humains.

Je grimace de dégoût. Je devrais pourtant avoir l'habitude. Ce n'est pas comme si c'était la première fois que je voyais quelque chose d'aussi gerbant.

Hésitant, Carl ouvre la porte en bois dans un grincement léger et tend son arme devant lui en éclairant avec sa lampe torche dans l'autre main. Nous balayons l'intérieur du regard tandis que je brandis aussi mon arme en avançant derrière Carl.

Je reste sur mes gardes. Nous ne savons pas à quoi nous avons à faire, bien que nous soupçonnions la présence du *Grand Méchant Loup*. Puis le Chasseur s'immobilise, semblant remarquer quelque chose avant que l'on entende une voix féminine.

— *Arrête de m'ignorer, tu veux ?*

Carl tend l'arme vers elle. Elle ne nous remarque pas, trop absorbée par la conversation téléphonique.

— *Décroche ce téléphone !* continue-t-elle d'une voix à la fois agacée et inquiète. *Ce n'est pas comme ça que ça devait se passer. Tu ne devais pas…*

Elle se fige et laisse tomber son bras le long de son corps en humant l'air autour d'elle.

Elle a remarqué notre présence. C'est indiscutable.

Tout à coup, elle se met à courir pour prendre la fuite. Carl redresse la tête surprit, mais se ressaisit aussitôt et la suit. Mais rapidement, elle est interceptée par Will qui fait irruption dans la grange, juste en face d'elle. Il l'éloigne de lui en la tenant en joug. Mais il ne tire pas.

— Quoi ? demande le frère aîné, tandis que je reste sur mes gardes. Qu'est-ce que tu attends ?

Will attrape l'épaule de la jeune femme et la tourne brusquement vers son frère pour qu'elle nous fasse face. Elle paraît effrayée. Et pour cause ? Elle fait face à trois Chasseurs. Elle sait qu'elle n'a aucune chance de survivre.

— Rebecca ? murmure Carl choqué.

Je fronce les sourcils, perdue.

Qui est Rebecca ?

Je tourne les yeux vers Carl sans comprendre, et le vois regarder son frère à son tour.

Comment connaissent-ils cette fille ? Quel est leur lien avec elle ?

Une fois que Rebecca est attachée par les poignets, Carl lui tourne le dos tandis qu'elle s'exclame d'une voix véhémente.

— Je sais qui vous êtes !

Je n'ai pas desserré la mâchoire depuis qu'il l'a appelé par son prénom. Comment peuvent-ils connaître un Loup-Garou et le laisser en vie si celui-ci commet des meurtres ?

— Super ! On est content pour toi, répond sèchement Carl en se tournant vers elle.

— Vous m'avez dit que vous me laisseriez tranquille si je ne faisais de mal à personne ! leur reproche-t-elle.

— C'est ce qu'on faisait, jusqu'à ce que tu décides de te faire un gueuleton de cœurs humains ! déclare Will d'une voix froide.

— Je... Je vous demande pardon ? Vous débloquez là ! s'étonne la jeune fille qui n'a pas l'air de comprendre de quoi nous parlons.

— Le type du bar dont tu as dévoré le cœur. Son pote qui t'a surpris nous a tout balancé, avoue Carl. Nous avons eu le droit à un joli portrait-robot. Une fille poilue avec les yeux jaunes. Il nous a même dit qu'elle se cachait ici. Et comme par hasard, c'est sur toi que nous tombons.

Elle tourne les yeux vers lui, sincèrement perdue. Je commence à avoir des doutes sur sa culpabilité tout à coup.

— Du coup… Nous voilà !

— Tu nous as promis que tu ne tuerais que des animaux ! lui reproche Will. Qu'est-ce qui t'a pris de rompre ta promesse ?

Rebecca soupire en hochant la tête, avant de baisser les yeux.

— Les choses ont changés depuis la dernière fois que nos routes se sont croisées. Les temps sont durs pour nous autres. Les fermiers ont des dispositifs beaucoup plus développés pour nous empêcher de nous nourrir. Je n'ai pas eu le choix. Qu'est-ce que vous allez vous imaginer ? Que nous sommes immunisés contre les clôtures électriques ? N'est pas inné le talent d'être un parfait Loup-Garou. Il n'y a aucun manuel qui nous enseigne à survivre honnêtement.

— En tout cas, tu as bien réussi ton coup. Tu t'es fait un

sacré petit repas.

— Je n'avais personne sur qui compter ! Que vouliez-vous que je fasse ? Que je me laisse mourir de faim ?

— C'est ça ton explication ? Tu justifies tes meurtres avec cette excuse pitoyable ? Ta solitude ? s'étonne Will en s'approchant d'elle d'un pas. Tu aurais très bien pu trouver un métier honnête et t'acheter des abats chez le boucher, au lieu de tuer de pauvres innocents.

Elle nous regarde chacun notre tour avec un air de défis. Quelque chose ne tourne pas rond dans cette histoire. C'était trop facile. On tombe sur elle et elle avoue tout alors qu'elle ne comprenait pas ce qu'on lui disait, jusqu'à ce qu'on lui explique notre présence… Et puis d'ailleurs, pourquoi elle n'a pas été tuée par Carl et Will, quand ils en avaient l'occasion ?

— Effectuez votre travail. Je savais ce que je risquais en tuant ces gens. J'avais été prévenue.

Will et Carl soupirent, l'air décidée, puis Carl lève son arme vers elle. Will semble pensif, puis il baisse le bras tendu de son frère après avoir coulé un regard vers moi.

— Carl, je peux te parler une minute ? Fox, tu la surveilles ?

— Elle n'ira nulle part, assuré-je sans lâcher Rebecca du regard.

Il fait signe à son frère de le suivre tandis que je reste là, à la tenir en joug, sur mes gardes.

— Je ne savais pas qu'ils seraient capables de Chasser avec une femme, intervient la jeune fille à mon adresse, d'une voix trop calme pour quelqu'un qui est sur le point de se faire descendre. Tu te tapes lequel des deux ?

Je fronce les sourcils en me demandant si ce n'est pas mieux d'appuyer maintenant sur la gâchette. Ça nous épargnerait cette perte de temps.

— Ou bien tu te tapes les deux en fait !

— Laisse tomber ton analyse à deux balles, marmonné-je en la fusillant du regard. Je ne suis pas dans tes compétences.

Elle me jauge avec un sourire amusé et tourne son regard vers les deux frères.

— En tout cas, j'ai un petit penchant pour celui aux cheveux courts. Ses yeux verts… C'est carrément criminel d'avoir d'aussi beaux yeux.

Je commence à m'impatienter et je sens mon cœur s'emballer sous la colère. Mon rythme cardiaque m'ayant probablement trahi, elle tourne les yeux vers moi avec une étincelle de victoire.

— C'est donc lui ton petit ami ! Pas mal… Bien joué.

— Jusqu'à preuve du contraire, c'est moi qui tiens un flingue chargé de balles en argent. Alors si tu ne veux pas finir avec une balle logée dans ton petit cœur de Loup-Garou, tu devrais fermer ta grande gueule pleine de crocs.

Le téléphone de Will sonne et je me tourne vers lui.

— Allô ? décroche celui-ci en prenant une voix professionnelle. Ça s'est passé quand ? … D'accord. Merci d'avoir appelé.

Il raccroche en soupirant.

— Nous avons un problème.

— Encore un ? lui demande Carl sans comprendre.

— Oui… On a un autre mort sur les bras. Ça s'est passé à la tombée de la nuit.

Je tourne les yeux vers les deux frères en fronçant les sourcils.

— Si elle était ici, Rebecca n'aurait pas pu commettre ce meurtre et revenir. Pas possible. Alors… Il y a un autre Loup-Garou dans les parages ?

— Je sais pas… soupire Willy. Mais si vous voulez mon avis, il y a quelque chose qui nous échappe.

Tout à coup, j'entends la corde casser

— Fox, attention ! s'écrie Carl.

Je me retourne vivement vers Rebecca qui accourt dans ma direction. Je n'ai pas le temps de tirer pour me défendre, qu'elle me pousse violemment au sol en me montrant ses crocs et ses yeux jaunes.

Trop choquée parce ce qui vent de se passer, je la laisse malencontreusement s'enfuir à toute jambes.

Les garçons la regardent partir, surprit.

— Eh merde ! déclare alors Carl.

Je n'aurais pu mieux dire, moi-même. J'ai carrément merdé sur ce coup-là. Je devais la surveiller et je n'ai pas été capable de le faire correctement.

— Ça va ? s'inquiète aussitôt Carl.

Les deux frères viennent m'aider à me relever dans un silence de plomb, tandis que je fulmine contre moi-même.

Une fois sur mes deux pieds, je range mon arme en me maudissant intérieurement de ne pas avoir pensé à vérifier ses doigts. Un Loup-Garou peut sortir ses griffes, tout bon Chasseur qui se respecte sait ça. J'ai commis une erreur de débutant, tout ça parce qu'elle avait parlé de Carl et avait éveillé ma jalousie.

— À merveille… râlé-je malgré moi. Je viens de laisser échapper un suspect. Tout va pour le mieux.

Je m'époussette les vêtements et m'éloigne d'eux en soupirant.

La nuit va être longue, je sens.

— Si elle ne se prend pas pour le *Grand Méchant Loup* qui dévore la mère-grand[1], alors qui est-ce ? demande mon petit ami, tandis qu'on regagne la voiture.

— Elle a peut-être rejoins une meute et veut les protéger, suggère le cadet des frères en se tournant vers son aîné pour le forcer à s'arrêter.

— De là à risquer sa vie ? Un peu plus et c'en était fini pour elle, déclare Carl en sortant son téléphone de sa poche.

Je ne me mêle pas à la conversation. Je suis bien trop en colère contre moi-même. Non seulement d'avoir voulu la tuer, mais aussi parce que je l'ai laissé s'échapper. Bien qu'à ce moment-là, à cause de ses aveux, sa culpabilité était indiscutable.

Qui peut-on bien avoir envie de protéger, en s'accusant soi-même d'un meurtre ? Un être cher, sans aucun doute.

— C'est quoi ça ?

Je tourne les yeux vers les deux hommes avant de remarquer ce que Carl a dans une de ses mains.

---

[1] *Référence au Petit Chaperon Rouge*

— Son téléphone, explique Carl en se concentrant sur l'écran. Je veux savoir qui elle appelait quand on s'est pointé à la ferme.

Mais oui ! Elle était au téléphone avec quelqu'un et l'avais laissé tomber pour prendre la fuite !

Carl lève le téléphone entre eux et se taisent. Puis ils se regardent et prennent la direction de la voiture avant de monter.

Sans comprendre leur motivation, je les imite et ferme la portière derrière moi.

— Je peux savoir où nous allons ? demandé-je en bouclant ma ceinture de sécurité.

— A l'hôpital, déclare Will, tandis que son frère démarre la voiture pour s'éloigner de la vieille grange délabrée.

— Pourquoi ?

— Parce que c'est le dernier appel qu'elle a passé.

Mais qui appelait-elle à la fin ? Qui peut-elle protéger ainsi, au point de se porter coupable de la mort d'innocent ? Généralement on fait ça pour quelqu'un à qui on tient vraiment, comme un membre de la famille…

Au bout de quelques minutes de silence, Carl prend la parole en s'adressant à son frère. Mais au ton de sa voix, je devine qu'il est tendu et que cette conversation pourrait très vite dégénérer suivant ce que lui dira son frère.

— Au fait, pourquoi tu ne voulais pas qu'on retourne Chasser ?

Will tourne les yeux vers lui. Je préfère ne pas me mêler une nouvelle fois de cette conversation. C'est entre eux que ça se passe. Je décide donc de m'enfoncer dans mon siège et concentrer mon attention sur l'obscurité à l'extérieur du véhicule.

Carl tourne les yeux vers lui d'un air insistant.

— Parce qu'on avait décidé de prendre un peu de temps pour nous, pour faire ce qu'on voulait. Pour se reposer. Je pensais que c'était ce que tu voulais toi aussi. Non ?

— Si ! Si ! T'as raison ! Aucun souci.

— Ok.

— Mais je peux te retourner la question.

Cette conversation est beaucoup trop polie, pour que ce ne soit pas une dispute déguisée.

Je lève les yeux au ciel. Dans quelques minutes, ils vont se battre comme des chiffonniers. Il ne manquerait plus que ça.

— Je ne vois pas ce que tu veux dire, murmure Will sans comprendre de quoi lui parle son frère.

— Tu te le sens de reprendre du service après ce qui s'est passé ?

— Je ne comprends pas. Pourquoi je ne le serais pas ?

Je fronce les sourcils et me retiens d'intervenir pour mettre fin à cette conversation qui pourrait partir en vrille à tout moment. Je ne sais pas si c'est raisonnable qu'ils aient une conversation comme ça maintenant. Seulement une semaine s'est écoulée depuis que Carl est redevenu lui-même. Après tout ce qu'il a balancé à son frère, je ne serais pas surprise que le cadet ait gardé rancœur des paroles prononcées par son frère aîné, malgré qu'il affirme le contraire.

— A cause de Felicia.

— Felicia ? répète Will, perdu.

La femme de Jasper ? Pourquoi parlent-ils d'elle ?

— Tu es sérieux ? On est vraiment en train de remettre ça sur le tapis ?

— Ne le prends pas mal surtout ! Mais je me disais que tu aurais aussi envie d'en parler puisque tu as aussi traversé tout ça.

— Je n'ai rien à dire à propos de ça. Je pensais que tout

avait été mis au clair pendant l'exorcisme.

Que s'est-il passé avec cette femme ? Pourquoi Will aurait-il besoin d'en parler, puisque que c'est Carl qui l'avait tuée ? Qu'est-ce qu'ils ne m'ont pas dit ? Se pourrait-il qu'il se soit passé quelque chose dont je ne sois pas au courant, pendant que j'étais prisonnière en Enfer ?

— Ok, déclare alors Carl.

— Ok... marmonne Will.

Je vois bien que Carl n'a pas l'air de vouloir en rester là. Et aussitôt il revient à la charge.

— Je pensais que tu aurais envie de parler de la femme que j'ai tué à cause de toi. Après tout, tu dois sans doute avoir du mal le vivre.

Je tourne les yeux vers Will, horrifiée. C'est donc de ça qu'il s'agit ? Je n'en reviens pas ! Will serait responsable de la mort de cette femme ? Ça expliquerait pourquoi Jasper l'a torturé pour savoir où était Carl. Pour le faire payer d'avoir provoqué la mort de sa femme...

Will me regarde dans son rétroviseur droit, nerveusement, avant de rediriger son attention vers son frère qui le regarde.

— Je te signale que tu as tué cette femme pour évincer Docker. Alors probablement que tu aurais envie d'en parler.

— Je n'étais plus moi-même je te rappelle, le coupe Carl.

Mon regarde se tourne alors vers Carl, aussi perdu que lorsqu'il était posé sur Will. Mais qui, Diable ! sont les deux hommes que j'ai devant moi ?

— Sans blague ! Tout va bien alors ! rétorque Will qui fronce les sourcils.

— C'est quoi ton problème ! Hein ? commence à s'énerver l'aîné des frères, sans se rendre compte que je suis là et je commence à avoir la trouille de ces deux hommes que je croyais connaître, qui se renvoient la balle chacun leur tour. Tu... Tu crois que c'est ma faute si je suis devenu un démon ?

Je rêve ! Ils parlent de la mort d'une innocente qu'ils ont tous les deux provoqués et ne se rendent même pas compte que leur dispute pour savoir qui est le fautif est ridicule.

— Je te signale qu'il fallait que je te retrouve ! Je m'inquiétais pour toi ! Alors oui, j'ai franchi la ligne rouge. Ça ne me fait pas plaisir de l'avoir fait. Mais il fallait que je sache où tu étais pour que je te ramène à la raison.

— Quitte à devenir toi-même maléfique... Ne crois pas que je te le reproche. Personne n'aurait pu me ramener à part toi. C'est juste que Felicia et les autres ne méritaient pas ça.

— Il n'y a eu que Felicia, se défend Will.

Encore heureux, tout de même !

— D'accord ! Tout est clair ! Inutile de faire une pause, donc. Tout ce qu'il nous faut, c'est reprendre le boulot et sauver le plus de vie possible pour rattraper la ligne rouge que nous avons tous les deux franchis.

Will accuse le coup en silence.

— Mouais, si tu le dis… murmure-t-il enfin.

Je ne veux plus en entendre plus. C'est trop pour moi. Je sens que je ne vais pas tarder à vomir sur la banquette.

— Arrêtez cette voiture ! grondé-je alors, en tentant de contrôler mon estomac du mieux que je peux.

Les yeux de Carl se tournent vers le rétro pour me retarder et blanchit tout à coup. De toute évidence, ils avaient tous les deux oubliés ma présence dans ce véhicule, trop occupés à se disputer.

— Eh merde… grogne celui-ci en se garant sur bas-côté de la route, au beau milieu de nulle part.

Je m'extirpe tant bien que mal du véhicule, une main plaquée sur la bouche, et tombe à genoux pour vider le contenu de mon estomac dans un fossé.

— Fox ! s'exclament les deux frères d'une même voix.

Je leur fais signe du doigt de s'arrêter et respire quelques bouffées d'air frais pour m'assurer que rien d'autre ne va sortir.

Dès que je sens que ça va un peu mieux, je me redresse et me tourne vers les deux frères en enfonçant mes poings sur mes hanches. Mon regard est tellement chargé de colère que les deux frères se regardent, l'air d'avoir compris le motif de ma réaction.

— Fox… commence aussitôt Carl.

Mais je le fais aussitôt taire d'un nouveau geste de la main.

Je tente tant bien que mal de garder mon calme, mais le défis est de taille, il faut bien le reconnaître.

— Comment avez-vous pu sacrifier la vie d'une innocente ? demandé-je alors d'une voix acide.

— Fox… Il faut que tu comprennes… tente Will.

— Que je comprenne quoi au juste ? Que la vie des autres passe après les vôtres ? Je vous signale que pour se venger, il est allé jusqu'à me kidnapper ! J'aurais pu aussi être torturée parce que j'ai porté ton enfant, Carl !

Il se tait aussitôt.

— Je ne vous reconnais plus, avoué-je alors en sentant mes larmes me monter aux yeux. Et n'allez pas vous chercher d'excuses, tous les deux ! Will, tu as sacrifié une femme qui avait une famille pour satisfaire tes recherches. Et Carl, le fait que tu étais un démon n'excuse en rien ton comportement !

Je commence à faire les cent pas devant eux. Je ne sais pas quoi faire, après tout ce que j'ai entendue. J'ai l'impression de bouillir de rage, de l'intérieur, comme un lion furibond.

— Une innocente, putain ! m'exclamé-je. Vous ne valez pas mieux que ce Loup-Garou sur lequel on enquête.

— Fox… murmure Carl en s'avançant vers moi. Je suis désolé. On n'aurait pas dû t'apprendre ça de cette manière.

— Et pourtant c'est ce que vous venez de faire.

Je recule, en secouant la tête, pour mettre une distance raisonnable entre lui et moi.

— Je t'interdis de me toucher, fulminé-je les dents serrés. Je ne sais plus qui vous êtes depuis mon retour. Je n'aurais jamais dû chercher de l'aide auprès de vous deux.

Mon petit ami fronce aussitôt les sourcils, vexé par mes paroles.

— Tu t'entends parler, là ? s'énerve-t-il alors. Je te signale que *tu* nous as abandonné du jour au lendemain avec un putain de mot merdique ! Tu aurais au moins pu attendre que l'on rentre pour nous dire que tu voulais arrêter la Chasse et reprendre ta petite vie banale, mais non ! Au lieu de ça, tu t'es barrée sans prévenir !

Je recule de quelque pas, secouée par cette colère que je sens émaner de lui.

Mes larmes me montent aux yeux et débordent sur mes joues.

— Un an et demi ! C'est le temps que tu as passé sans nous donner la moindre nouvelle ! Pas une seule fois tu as répondue à nos messages, alors que nous nous inquiétions pour toi ! Et tu oses nous balancer ces conneries à la gueule ? Qui es-tu pour nous dire que tu ne nous reconnais plus ?

Je me suis arrêté de reculer et je le regarde dans les yeux, déverser sa colère sur moi, tandis que son frère tente de le calmer en l'appelant.

— Non, Willy ! Reconnais-le qu'elle t'a aussi blessé ! Reconnais-le que tu t'es aussi senti abandonné ! Tu croyais quoi, Fox ? Que tu pourrais revenir la bouche en cœur et faire comme si de rien n'était ?

— Je n'ai jamais prétendue que je voulais faire comme si de rien n'était ! m'exclamé-je sur la défensive. Qu'est-ce que tu aurais fait à ma place ? Hein ? Tu aurais abandonné la Chasse pour jouer ton rôle de père ?

— Oui ! J'aurais pu !

— Ben voyons… ricané-je malgré-moi en secouant la tête. Le grand Carl Walher, abandonner la Chasse pour se complaire dans la banalité d'une vie de famille…

— Grâce à toi jamais nous ne le saurons, puisque que tu ne m'as pas donné cette putain de chance !

Je me fige une nouvelle fois, abasourdie par ses paroles qui transpirent la vérité.

Il aurait pu s'arrêter pour moi ? Pour James ? Et je ne lui avais donné aucune chance de faire ses preuves, à cause de mon égoïsme… Parce que je ne le pensais pas capable de se ranger…

Un froid glacial s'installe brusquement alors entre nous. Personne ne parle. Nous nous jaugeons du regard en silence, comme si une réponse à ce casse-tête allait s'imposer d'elle-même. Mais il n'y en a pas. Il n'y a pas de réponse à ce genre de situation. Il n'y a qu'un silence cruel, lourd de reproches. Et une impasse.

Je baisse alors les yeux, abandonnant cette guerre de regards noirs, perdue d'avance. Il est clair qu'avec les deux frères je ne gagnerai jamais. Ils ont beau se jeter la pierre entre eux, mais quand ils ont une rancune commune, ils savent se soutenir. Je ne fais pas le poids face à ce duo.

— Je vois… soufflé-je enfin.

Je recule d'un pas et retourne vers la voiture. Je vais dans le coffre du véhicule récupérer mon sac et mes armes, et le ferme avant de revenir à leur niveau. Je charge mon sac sur mon épaule et enfouis mes mains dans mes poches de jean.

— Dans ce cas, c'est ici que nos routes se séparent, déclaré-je enfin. Cette fois je vous préviens. Pas de risque que tu apprennes que tu seras une seconde fois père, Carl. Tu peux dormir sur tes deux oreilles. Je t'enverrais de temps en temps des nouvelles de ton fils par messages, mais ça s'arrêtera là. J'arrête la Chasse. Si être Chasseur se résume maintenant à sacrifier des innocents pour son profit personnel et s'en dédouaner avec des prétextes, alors je ne suis plus faite pour ça.

— Fox… murmure Will, blessé. Ne refais pas ça. Ne nous laisse pas.

Je sens mon cœur se déchirer un peu plus, à chacune des paroles qui s'échappent de mes lèvres. Un coup de poignard qui ne s'en finit pas, et qui émiette mon cœur de plus en plus.

— Je ne resterais pas au même endroit, alors n'essayez pas de me retrouver. J'aurais toujours deux longueurs d'avance sur vous. Ne t'approche plus de moi, Carl. Et si tu as un tant soit peu d'amour pour moi, tu le respecteras.

— Et pour tes affaires ? me demande alors Carl, froidement.

Son regard n'exprime plus aucune émotion, si bien que je me demande si le démon n'a pas repris le dessus.

— Je vais attendre ici que quelqu'un me prenne en stop. Au cas où le Loup-Garou reviendrait, j'ai de quoi me protéger. Je rentrerai au motel et je récupérerai mes affaires. Je trouverai un moyen de rentrer chez nous pour récupérer ma voiture et le reste de ce que j'ai laissé là-bas.

Je détourne le regard. Mon cœur part en fumée. Je recule et leur tourne le dos, quand je sens une main me saisir le poignet. Je sais déjà que c'est celle de Carl. Il a une manière bien à lui de me toucher. A la fois douce et brusque.

A son contact, la chair de poule hérisse les poils de mon épiderme, comme à chaque fois que nos peaux se frôlent. Alors je m'arrête, mais je ne me tourne pas vers lui. Je sens sa présence dans mon dos. Je sens sa chaleur émaner de son corps vers le mien. C'est douloureux.

— Je te demande pardon Fox… souffle-t-il. Restes.

C'est une des rares fois où il met son égo de côté pour que je ne parte pas. Les deux fois où je suis partie, à l'hôpital après l'agression d'Anton sur ma personne et après avoir découvert que j'étais enceinte, je ne leur avais pas fait part de mes intentions de vive-voix. La première fois je leur avais laissé une lettre, la deuxième un mot qui ne donnait aucune explication. A présent, il sait pourquoi je le fais, et l'entend de ma bouche. C'est la première fois que je ne me sentirais pas coupable d'être partie sans rien dire.

— Je ne peux pas. Je ne peux pas travailler avec toi comme si de rien n'était. Je ne pourrais pas ignorer mes sentiments et jouer les collègues pour les enquêtes, tout en sachant ce que tu as fait à cette pauvre famille que tu as détruite.

— Essaye, je t'en prie.

— Tu ne comprends pas… chuchoté-je en sentant mes larmes couler une nouvelle fois. Je ne pourrais plus te regarder en face après ce que tu as fait. Vous reprendrez peut-être le cours de vos vies en vous promettant de ne jamais recommencer. Mais moi, je repenserai sans cesse à cette pauvre Felicia qui a été la raison de mon enlèvement par Jasper. Et à Jasper qui a essayé de venger la mort de sa femme sans succès. Et à leur enfant qui grandira sans sa mère. Comprenez-moi, je pleure même quand je trouve un animal mort au bord de la route, alors que je ne suis pas responsable de sa mort. À cause de vous, je repenserai sans cesse à cette pauvre famille détruite à jamais. Alors le mieux c'est que je parte.

Il serre un peu plus mon poignet pour me retenir, mais ce n'est pas une étreinte désagréable. Au contraire je l'apprécie plus, parce que je sais qu'il mesure qu'il est en train de me perdre et veut absolument me retenir. Je mesure l'étendu de l'importance que j'ai pour lui. Et c'est ce qui rend cet échange encore plus douloureux.

— Je te demande pardon pour tout ce que je t'ai dit. Ne me quitte pas. Je t'en supplie.

Cette fois je me fais violence et me retourne pour le regarder une dernière et ultime fois dans les yeux. Je sais que si je ne le fais pas maintenant, je le regretterai plus tard.

— On ne s'excuse pas d'être honnête. On ne s'excuse pas pour ce qu'on ressent. Et je ne m'excuserai pas pour ce que je vais faire.

— Je ne te suis pas, murmure-t-il en fronçant les sourcils, l'air perdu.

— Je te libère de tes engagements vis-à-vis de moi et ne te contrains pas à respecter ceux vis-à-vis de ton fils.

— Ne fais pas ça ! s'exclame-t-il alors.

Je l'ignore et continue d'une voix forte et plus claire, pour donner à ma voix un timbre déterminé, bien plus que ce que je ne ressens vraiment.

— C'est fini, Carl. Tout est fini entre nous.

En état de choc, sa main lâche mon poignet et la mienne retombe lourdement le long de mon corps, heurtant ma cuisse d'un bruit sec. Je sens qu'une partie de moi cesse aussitôt d'exister. Le froid s'engouffre dans mon cœur, en même temps que mes larmes cessent de couler.

Carl recule de quelques pas, sans un mot, puis retourne vers sa voiture pour s'installer devant son volant. Mes yeux se tournent vers Will, au ralenti. Je n'ai même plus la force de tourner mes globes oculaires. Je suis pathétique.

— Montes dans cette voiture avec nous, je t'en supplie.

Sa voix est plate. Sans aucune émotion non plus. Il est sous le choc. Lui aussi ne doit pas réaliser complètement ce qui vient de se passer.

— Je suis désolée, Will. Mais non. Je ne vous suivrai pas cette fois. J'arrête là.

Son regard s'éteint. C'est comme si en choisissant de partir, je les quittais tous les deux et tuais une partie d'eux, en même temps que la mienne.

— Tu devrais remontrer dans la voiture. Vous avez un Loup-Garou à tuer, pour avoir tué des innocents.

— Tu sais que je ferais tout pour te retrouver.

— Oui, je le sais. C'est pour ça que je ferai tout pour disparaître des radars. Comme si je n'existais plus.

Il hoche la tête en regardant le sol et finis par retourner à la voiture avant de claquer la portière derrière lui.

Carl fait vrombir le moteur bruyamment et démarre en trombe, me laissant seule au milieu de nulle part, au beau milieu de la nuit. Et c'est en laissant encore une fois couler mes larmes, que je vois la lumière de ses phares rouges disparaître peu à peu à l'horizon, jusqu'à ce qu'elles ne soient plus visibles.

CHAPITRE VINGT

Fox

J'ignore combien de temps j'ai passé là, à attendre qu'un véhicule ne passe. J'ai laissé mon téléphone dans la chambre sans m'en rendre compte tout à l'heure, ce qui fait que je n'ai aucun moyen de contacter un taxi pour retourner au motel.

Je suis toute seule, au milieu de nulle part, à ressasser tout ce qui vient de se passer. Je ne pensais pas que je quitterais une nouvelle fois Carl. Mais au moins, cette fois ce ne sera pas dans leur dos. J'ai réussi à leur dire les choses en face, bien que ça m'en ait coûté.

L'aube se profile à l'horizon, quand j'entends enfin le vrombissement d'un moteur. J'espère secrètement qu'il s'agit de Carl, mais ce n'est pas sa voiture que je vois arriver au loin. C'est une vieille fourgonnette à plaque bleue délavée et parsemée de tâche de rouille qui s'arrête devant moi.

Je me lève et me frotte les fesses d'une main libre et m'approche du véhicule.

— Bonjour, vous allez en ville ? demandé-je en m'approchant de la fenêtre.

— Oui, montez ! déclare un homme dans la voiture.

Je suis soulagée de voir un véhicule depuis le départ des garçons. J'ouvre la portière et m'installe dans l'habitacle. Je suis contente que le chauffage soit allumé, je commençais à avoir un peu froid dehors.

— Je vous remercie. C'est gentil de m'y emmener.

— C'est sur ma route. Il y a un lieu en particulier où vous souhaitez que je vous dépose ?

— Ça ne vous dérange pas de me déposer à mon motel ? C'est le…

— Inutile de vous tracasser avec le nom, il n'y en a qu'un ici. Pas de problème.

— Merci, c'est gentil.

— Mais… Attendez… Je ne vous ai pas déjà vue quelque part ?

— Sans doute au poste de police. Je suis la stagiaire qui accompagnait les deux gardes-chasse qui enquêtent sur la mort d'un homme tué par une bête sauvage.

— Pourquoi êtes-vous seule comme ça ? Que s'est-il passé ?

— J'ai démissionné.

La voiture reprend sa route, tandis que l'homme me lance des coups d'œil de temps en temps. Aussitôt, je fronce les sourcils, craignant d'être tombé sur un pervers.

— Qui a-t-il ? marmonné-je.

— Je me mêle probablement de ce qui ne me regarde pas, mais vous avez pleuré ?

C'est juste ça ? Tant mieux.

— Ouais…

— C'est à cause d'eux ? Des deux gars ?

Je ne réponds rien. Oui c'est à cause d'eux. Ou du moins… à cause de l'un d'entre eux en particulier. Mais l'autre n'est pas non plus innocent…

— Ils vous ont fait du mal ? Ce n'était pas à cause de harcèlement au travail, j'espère ?

— Non ! m'exclamé-je alors. Bien sûr que non. Ce sont des gens bien. Si vous saviez…

— Alors que s'est-il passé ?

En voilà des manières impolies !

— L'un d'eux est mon ex. Voilà ce qui s'est passé. Il se

trouve que quand on est séparés avec un enfant, l'entente n'est pas toujours au beau fixe. Et c'est pire quand on bosse ensemble.

— Je comprends.

L'homme s'enfonce alors dans un mutisme et reporte son attention sur la route. Je suis soulagée de ne pas avoir à répondre à plus de questions. Au moins, je peux essayer d'oublier ces dernières heures. Je dis bien essayer...

* * * * *

— Eh voilà ! Nous y sommes ! s'exclame la voix du conducteur.

Surprise, je tourne les yeux vers la fenêtre du véhicule. J'étais tellement perdue dans mes pensées, que je n'avais pas réalisé que nous étions arrivés.

— Si vous avez besoin de quoi que ce soit, n'hésitez surtout pas.

— Je ne sais pas comment vous remercier pour ce que vous venez de faire. Je vous en serais éternellement reconnaissante.

— Inutile de vous donner cette peine, me sourit l'homme. Soyez juste prudente.

Je hoche la tête en souriant et descends de la voiture avec mon sac. J'attrape le double de la clef que j'avais sans la poche de mon jean, et entre dans ma chambre de motel. J'espère seulement que Carl et Will ont réussi à dénicher ce Loup-Garou.

Je prends une grande inspiration à l'idée de croiser les garçons parce qu'il est tôt, et ouvre la porte de la chambre. Mais à mon grand étonnement, il n'y a personne. Je ne peux m'empêcher de ressentir du soulagement, mais aussi de la tristesse. Quelque part, je crois que j'espérais qu'ils tentent une nouvelle fois de me retenir. Dans un autre sens, ne pas les croiser me permet de ne pas voir leurs regards. De la colère dans celui de Carl, de la déception dans celui de Will.

Aussitôt, mes larmes se remettent à couler sur mes joues et je me laisse glisser le long de la porte de la chambre, une fois fermée. Je repense à toutes ces choses que j'ai dites, ainsi que ces derniers mots que je regrette de tout mon cœur. Même si je me félicite de leur avoir dit honnêtement que je partais, je regrette de l'avoir fait. Je regrette que la dernière chose que j'ai dit à Carl, c'est que je le quittais. Que je le libérais de ses obligations vis-à-vis de son fils ou de moi.

Je laisse aller mes larmes pendant quelques minutes jusqu'à

ce que je n'y arrive plus, puis je me lève et range la plupart de mes affaires avant de décider de prendre une douche. Après avoir passé la nuit dehors, j'ai grand besoin de me laver et me réchauffer surtout.

J'attrape mes vêtements propres rangés dans mon sac et vais dans la salle de bain avant d'allumer l'eau de la baignoire. Je règle la température à trente-neuf degrés, et ferme la porte à clef. Le temps qu'un peu de buée se forme dans la pièce, je me déshabille et entre dans la baignoire avant d'essayer de me détendre sous le jet d'eau.

Une fois propre et réchauffée, je sors de la douche et enroule une serviette propre autour de mon corps. J'essuie le miroir couvert de buée et regarde mon visage enfin propre. Avant que je n'entre sous cette eau, mon visage était couvert de poussière à cause de ma chute dans la grange, mêlé à mes larmes, créant des traces noires sur mes joues.

J'avais l'air de faire pitié, et l'impression de puer en plus de ça. Pas étonnant que le chauffeur de la camionnette à plaque se soit inquiété pour moi… Je dois avouer que je suis soulagée maintenant.

Je déroule ma serviette et essore mes cheveux avant de sécher ma peau. J'enfile mes vêtements et attache enfin mes cheveux en un chignon solide. Avec le froid qu'il fait dehors, un chignon me permettra de ne pas attraper froid. Je soupire et détaille les traits de mon visage. Je n'ai pas bonne mine, mais au moins je n'ai pas l'air d'avoir été déterré depuis quelques minutes à peine. Même si je ne sais pas si ressembler à un zombie me donne l'air d'aller mieux…

Je prends une grande inspiration, dépitée, et étends la serviette de bain, quand j'entends la porte de la chambre s'ouvrir et se refermer. Je sens alors mon sang se glacer dans mes veines, quand j'entends la voix de Carl s'élever dans la pièce.

— Bon… On fait un brin de toilette, on va acheter de quoi grignoter un morceau et on y retourne.

— Attends, Carl… murmure la voix de Will.

Le silence s'installe dans la pièce et des pas se rapprochent de la salle de bain. Je prends une grande inspiration et déverrouille la porte avant de l'ouvrir, la main tremblante. Je fais alors face à Will et Carl, qui m'observent les yeux ronds. Ils semblent tout deux surpris de me voir leur faire face.

— Salut, murmuré-je mal à l'aise avant de détourner le regard.

— Tu es là ? s'étonne Will.

— Comme tu peux le voir… Vous avez retrouvé le Loup-Garou ?

— Non. Mais nous sommes sur une bonne piste, me répond Carl d'une voix tendue.

— Tu es revenue ? me demande Will en haussant les sourcils.

Je tourne les yeux vers lui avant de plisser les yeux. Je me mets ensuite à soupirer et pince les lèvres.

— Non. Je viens d'arriver. J'ai passé la nuit à attendre un véhicule. Je suis venue pour prendre une douche et récupérer mes affaires. J'étais sale et frigorifiée. Il fallait que je me réchauffe.

— Hum… Je reviens. Je vais faire quelques courses pour manger, déclare alors Will d'une voix sombre.

Carl soupire tandis que son frère quitte la chambre, nous laissant seuls tous les deux. Le seul restant dans la pièce se tourne vers moi et me fusille du regard avant de s'écarter de mon passage.

— Eh bien dans ce cas, je ne te retiens pas.

Ma gorge se noue tout à coup. J'ai envie de pleurer à l'idée qu'il soit aussi froid. Je laisse alors échapper une larme, sans le vouloir. Il me brise le cœur, une nouvelle fois. Mais je suppose que je dois le comprendre, puisque je lui ai fait la même chose quelques heures plus tôt en lui disant que tout était fini entre lui et moi.

— Je vois… chuchoté-je. Je comprends. Dans ce cas, je m'en vais.

Je passe à côté de Carl en me pinçant les lèvres, avant d'attraper mon sac et avancer vers la sortie de la chambre. Carl me retient alors par le poignet et me tourne vers lui.

— Attends, Fox.

Je me débats pour qu'il me lâche, mais sa force m'étonne toujours autant. Il me serre le poignet, mais je me débats davantage en grimaçant de douleur.

— Tu me fais mal… je me plains alors. Je t'en prie, lâche-moi !

— Tu as qu'à arrêter de te débattre, murmure-t-il d'une voix ferme mais douce.

Mes larmes se mettent à rouler de plus belle sur mes joues. Je veux qu'il me lâche, pourtant je me surprends à vouloir qu'il me retienne.

— Qu'est-ce que tu me veux à la fin ?

— Toi ! déclare-t-il alors avant de me rapprocher d'un

geste sec pour m'embrasser.

Sous la surprise, je ferme les yeux en haussant les sourcils et retiens mon souffle. Je dois admettre que ce baiser me scotche.

Il me cloue le bec.

Me fait fondre entièrement.

Mes jambes se font cotonneux, tandis que sa langue glisse entre mes lèvres. Mon ventre se tord et j'ai aussitôt envie de lui. C'est dingue la manière dont cet homme arrive à contrôler mes sentiments pour lui.

Mon sac glisse de mon épaule et tombe lourdement sur le sol, tandis que ses mains glissent dans le bas de mon dos et se posent sur mes fesses pour me soulever. J'enroule automatiquement mes jambes autour de ses hanches et réponds à son baiser. Je ne sais pas ce qui me prend de faire une chose pareille alors que je viens de le quitter. Pourtant, je ne peux m'empêcher de répondre à son baiser et à ses gestes possessifs. Mon corps répond automatiquement au sien. Je sens qu'il est tendu. Je sens qu'il a envie de moi et j'aime malgré moi ce qu'il me fait ressentir.

Je sens ses jambes bouger et me retrouve aussitôt plaquée contre la porte de la chambre. Je gémis doucement et sens ses mains s'emparer de ma nuque pour approfondir le baiser. Mes mains lui enlèvent la chemise rapidement et se glissent sous le tissu de son t-shirt. Sa peau est chaude et je la sens frissonner sous mes doigts. Ses muscles sont contractés à cause de l'effort. Nos bouches se séparent et la mienne glisse dans son cou, sous le creux de son oreille.

— Tu me tues, grogne Carl en pressant ses mains plus fort sur mes fesses.

— Qu'est-ce qu'on fait ? soufflé-je, la respiration saccadée.

— Tu veux un dessin ? ricane-t-il alors.

Je stoppe ce que je fais et plante mon regard dans le sien.

— Tu sais de quoi je parle.

Il soupire, mais ne me lâche pas pour autant à mon grand soulagement.

— Je sais très bien de quoi tu parles, mais ce n'est pas pour autant que j'ai envie d'arrêter. Si tu dois me dire adieu, je veux que ce soit de cette manière. Je veux garder ce souvenir de toi. Je veux pouvoir revivre cette scène dans ma tête encore et encore, pour avoir la sensation de t'avoir encore et toujours auprès de moi. Parce que c'est comme ça que je t'aime. Je t'aime au point de te laisser partir. Je t'aime au point de te laisser vivre la vie que tu souhaites, quitte à souffrir seul dans mon coin avec pour seul souvenir ton corps contre le mien.

Oh la vache !

Si je m'attendais à une telle déclaration ! Je n'en reviens pas moi-même. Je suis bouche-bée.

— Je suis prêt à perdre la femme qui me permet de ne pas sombrer à nouveau. La femme qui m'a permis de retrouver mon humanité, malgré tout ce que je lui ai dit. Qui était prête à accepter que je sois démon, juste pour rester à mes côtés.

Je ne sais pas quoi dire, transpercée par ses sentiments. Carl n'est pourtant pas du genre à révéler ses sentiments à haute-voix. Il est plus du genre démonstratif. Il lui est arrivé de me dire qu'il m'aime, mais pas de cette manière. Pas en me décrivant autant la manière dont il m'aime.

— Quand tu es partie sans dire un mot, j'ai eu le sentiment que j'arrivais au bout de ma vie. Que c'en était fini pour moi.

Je fronce les sourcils en le regardant dans les yeux en soupirant doucement.

— Puis tu m'as annoncé que tu me quittais. Que c'était fini entre nous. Alors je me suis senti mourir. Et là cette nuit, je n'arrivais pas à me concentrer sur la traque. C'est Will qui a entretenu les conversations et qui a suivi les pistes. La seule chose à laquelle je pensais, c'était toi que j'avais brisée et que j'avais laissé au milieu de nulle part, au beau milieu de la nuit avec un Loup-Garou en liberté dans la nature. Mille questions m'ont traversé l'esprit. Tu m'obsédais. Et tu m'obsèdes toujours autant. Mais je m'attendais à tout sauf te retrouver dans cette chambre, parce que je pensais que tu avais déjà avalé des kilomètres.

Je déglutis avec inquiétude. Carl n'est pas du genre à avouer ses sentiments. Alors je sais qu'il est sincère dans ses paroles.

— Je t'en prie. Reste avec moi. Ne me quitte plus.

Je n'arrive pas à prononcer le moindre mot. Ses aveux m'ont émue, si bien que ma voix s'est figée dans ma gorge. Pour seule réponse, je me jette alors sur ses lèvres et essaye de lui assurer silencieusement que je ne le quitterai plus.

Je me réveille au beau milieu de la nuit et regarde autour de moi après avoir tendue mon bras à côté de moi. Je suis toute seule dans la chambre. Mon cœur cogne à tout rompre et j'essuie la sueur qui perle mon front.

Je n'en reviens pas d'avoir fait ce genre de rêve. C'était tellement réel… Pourtant je sais que je n'arriverai jamais à changer ce que j'ai dit et le fait que je l'ai perdu. Et je devrais me douter que ce n'est pas le genre de Carl de faire des aveux aussi détaillés sur ses sentiments. Je trouve ça cruel de la part de mon subconscient de m'avoir fait vivre une telle chose.

Je me lève en prenant une grande inspiration. Je dois m'en aller. Je ne veux pas le croiser. Je ne veux pas repenser à ce rêve et me sentir mal parce que tout ce que je veux, c'est que ses mots soient réels. Une fois que j'ai ressemblé mes affaires, je prends une grande inspiration et ferme la porte derrière moi avant de stopper un taxi pour retrouver mon fils et retourner à ma petite vie tranquille.

Je me réveille en sursaut et regarde dans tous les sens à la recherche de Carl, mais il est introuvable. Je me mets alors à pleurer. Un cri déchirant et libérateur, pour laisser échapper toute la souffrance que je n'arrive plus à contenir.

J'ai perdu Carl. Je l'ai quitté. Ce n'était pas un rêve ces paroles. J'ai laissé partir l'homme dont je suis tombé amoureuse depuis que j'ai croisé son regard.

Je me plie. Me mets en boule pour me vider de toute la douleur que je ressens. Je ne veux plus être moi. Je ne veux plus ressentir cette souffrance qui me déchire le cœur.

J'entends tout à coup le cliquetis précipité du verrou et la porte de la chambre s'ouvre à la volée. Je sursaute de surprise et vois Carl se précipiter vers moi d'un air affolé.

— Fox ! Que s'est-il passé ? s'exclame-t-il alors en prenant mon visage dans ses mains.

Je me fige tout à coup et pose mes mains sur ses poignets en le regardant dans les yeux.

— Tu es là ? soufflé-je, perdue.

— Bien sûr. Mais que se passe-t-il enfin ? Pourquoi tu t'es mise à hurler tout à coup ?

Je me sens désorientée. Je pensais que je l'avais perdue.

— Ce n'était qu'un cauchemar alors ? murmuré-je en regardant les couvertures dans comprendre.

— Qu'est-ce que tu racontes ?

Carl paraît aussi perdu que moi.

— Un cauchemar ? Tu… tu0 as fait un cauchemar ?

— Carl ? Qu'est-ce qui se passe ? le questionne son frère.

— Elle a fait un cauchemar. Mais je t'avoue que je ne comprends pas du tout.

— Je pensais que tout ce que tu m'avais dit hier, n'était qu'un rêve. Je me suis réveillée et je suis partie en acceptant que ça n'en soit qu'un. Et puis je me suis réveillée une nouvelle fois et j'ai vu la chambre vide. Et ça m'a fait comme une douleur à la poitrine. Je pensais que je t'avais définitivement perdue et que jamais je ne te récupérerai. J'ai cru que tu n'étais plus là.

Il soupire avant de m'étreindre, comme s'il comprenait ce que je ressentais. Comme s'il comprenait ma souffrance.

— C'est fini, je suis là maintenant.

Je soupir de soulagement et calme mes sanglots, mais mes larmes sont toujours là. Elles coulent chaudement en silence. Ce cauchemar paraissait tellement réel…

Carl prend une grande inspiration et desserre son étreinte avant de me lâcher.

— Il faut que tu te reposes. Tu es secouée par ton cauchemar et nous rentrons de notre Chasse.

Je commence à ouvrir la bouche pour parler, mais il m'en empêche.

— Demain ! Allonge-toi.

Je hoche la tête en soupirant et obéis en m'allongeant sur le côté. Carl me couvre jusqu'au-dessus des épaules et se lève.

— Carl ? appelle Will.

Je ferme les yeux et essaye de m'endormir.

— Hm ? fait ce dernier.

— Tu devrais dormir avec elle.

— Je ne te croyais pas aussi pervers, frangin.

— Mais non… s'exclame le cadet, avant de grogner d'impatience. Ce que je veux dire, c'est que tu devrais dormir avec elle. Elle est ta petite amie et elle a besoin de toi. Et tant que vous ne fricoterez pas tous les deux, ça ne m'ennuie pas que vous dormiez ensemble.

Je me tourne alors sur le matelas, non sans afficher mon étonnement. Cette idée me surprend venant de Will. Je ne m'y attendais vraiment pas. Après tout, il m'a clairement montré avoir des sentiments pour moi il y a une semaine à peine… Je me sens mal à l'aise de dormir avec Carl, à quelques mètres à peine de son petit frère.

— Non, c'est bon… murmuré-je en sentant mes joues chauffer légèrement, tandis que Carl enlève son t-shirt comme à son habitude pour dormir. Je vous assure que ça va.

— Ne dis pas de bêtises, me sermonne Will. Tu as fait un cauchemar et tu as besoin de te sentir rassurée.

Je soupire en pinçant les lèvres et regarde Will dans les yeux pour m'assurer qu'il ne ment pas. Mais tout ce que j'y vois c'est de la sincérité.

— D'accord, accepté-je enfin. C'est gentil, je te remercie.

— Dors. Nous avons une longue route devant nous.

Je hoche la tête silencieusement et regarde Will s'allonger, avant de porter mon attention sur Carl qui s'installe à côté de moi.

— Tu es sûre que ça va ? me demande celui-ci sans cacher sa jalousie.

— Oui, souris-je en hochant la tête.

Carl roule sur le côté pour tourner le dos à son frère et ainsi l'empêcher de nous voir. Il me regarde dans les yeux un instant, sans dire un mot, puis me caresse la joue du bout des doigts. Au bout d'un moment, je sens la fatigue m'emporter en même temps que je sens des bras chauds me capturer et une douce mélodie de battement de cœur s'accélérer.

CHAPITRE VINGT-ET-UN

Carl

Le lendemain, c'est aux premiers rayons du soleil que nous avons décidés qu'il était temps de prendre la route. En temps normal, nous serions partis aussitôt après en avoir fini avec notre affaire, mais Fox avait besoin de repos. Voilà trois bonnes heures maintenant que nous roulons.

Je me sens encore coupable qu'Andrea ait tuée l'unique membre de sa meute, une ado de quinze ans qu'elle avait recueillie parce qu'elle avait été abandonnée par les siens. Mais étant jeunes, il ne contrôlait pas ses pulsions et avait goûté au sang humain. Une fois que c'était fait, il n'y avait plus de retour en arrière possible. Elle ne se serait pas arrêtée de tuer. Je ne sais pas ce que j'aurais fait s'il s'était agi de Will et moi. Je sais que Will ne m'aurait pas tué. Il ne l'a pas fait quand j'étais un démon. Il a passé six semaines à chercher un moyen de me retrouver, pour me capturer et me pratiquer un exorcisme du sang à l'eau bénite. Et même si j'ai pas mal morflé, je ne l'en remercierai jamais assez. Mais la question que je me pose, c'est qu'en serait-il si je devenais une de ces créatures ? Me sauverait-il ? Ou me condamnerait-il à mort ?

Nous avons raconté l'histoire à Fox à notre réveil. Du moins... lorsqu'on mangeait. Elle était triste pour la jeune fille et nous a aussitôt regardé Will et moi. Je sais quelle pensée a traversé son esprit à ce moment-là. Elle se disait sans doute que ce serait exactement pareil pour Willy et moi. Et elle ne sait pas à quel point elle a raison. Elle ne sait pas que chaque jour est plus difficile que le précédent. Elle ne sait pas que je lutte toujours plus contre cette malédiction. Elle ne sait pas que je suis à deux doigts de baisser les bras. Je ne parle pas de céder à mes bas-instincts, mais à tenter de me tuer pour mettre fin à tout ça. Sans la Dague du Destin, je ne redeviendrai pas un démon. Enfin... je crois. Je n'en suis pas certain. Quoi qu'il arrive, je ne veux pas mettre la vie de Fox et mon frère en danger. Je les aime trop pour ça.

Mais je sais comment est mon frère. *Nous faisons tout pour sauver l'autre.* C'est notre manière de penser. Nous avons toujours tout fait pour que ça fonctionne de cette manière. Quitte à nous sacrifier — plus d'une fois —, pour y parvenir. Mais cette fois ça ne fonctionne pas comme ça. Aucun démon ne peut venir à bout de cette malédiction. Nous ne savons pas comment faire pour nous en débarrasser et je vois bien que Willy commence à être désespéré. Même s'il ne le dit pas.

— Elle dort ? me questionne mon frère, coupant court à mes pensées.

Je me tourne vers elle rapidement et tourne les yeux vers mon frère qui paraît étonné. Allongée sur la banquette arrière, elle semble dormir profondément. Je reporte mon attention sur la route.

— Elle a pas mal remué cette nuit. Je crois que quelque chose la perturbe. Mais quoi que ce soit, elle ne m'en a pas encore parlé.

— Tu crois que c'est à cause du cauchemar qu'elle a fait ?

Je fronce les sourcils en y réfléchissant quelques secondes. Ça me paraît peu plausible. Elle semblait rassurée une fois qu'elle a réalisée qu'il ne s'agissait que d'un cauchemar.

— Je ne pense pas. Elle nous a dit que c'était parce qu'elle pensait que le fait que nous nous sommes remis ensemble n'était un rêve. Ça l'a pas mal perturbée, mais je ne pense pas que ce soit à ce point-là.

— D'accord, mais si elle nous avait raconté ça pour nous

cacher un autre cauchemar ? insiste mon frère. Tu sais comme moi que ses cauchemars ne sont pas toujours de simples cauchemars.

Mon frère n'a pas tort. N'oublions pas que c'est une Oracle, avant tout. Et que même si ça ne nous plaît pas, ses cauchemars se révèlent être prophétiques.

Je prends une grande inspiration et plisse les yeux. Cette alternative de m'enchante pas des masses, aussi je préfère la laisser de côté pour le moment.

— Ouais… Mais je pense finalement que c'était bien son cauchemar. Elle me cherchait partout en se réveillant. Et tu as bien vu son soulagement quand je lui ai dit que ce n'était qu'un rêve.

Will semble réfléchir quelques minutes, puis soupire enfin.

— Tu as sans doute raison.

Bien sûr que oui, pensé-je pour moi-même. *Il faut que j'aie raison. Autrement ça voudrait dire que Fox a rêvé de bien pire et qu'elle nous le cache.*

— Comment tu te sens ? m'interroge alors Willy, pour changer de sujet.

Sa question me surprend. Je ne comprends pas son motif. En dehors de toute cette merde dans laquelle je me suis fourré pour tuer Judas, je peux me venter d'aller bien. J'ai retrouvé la femme que j'aime, même si je l'ai momentanément perdu, et j'ai un fils d'un an qui attend que sa mère et moi le rejoignons quand il sera enfin en sécurité.

— Pourquoi ça n'irait pas ?

Willy m'adresse un sourire sans joie.

— Je ne t'ai pas demandé si ça allait, mais comment tu te sentais. Nuance.

Bien joué, frangin.

Je pince les lèvres en haussant les épaules pour prendre un air détaché.

— Eh bien dans ce cas je te répondrai que je ne me sens pas trop mal. Je me sens soulagé d'avoir récupéré Fox et que cette enquête soit terminée pour que nous nous reposions.

— Tu en es sûr ? insiste-t-il, en fronçant les sourcils.

C'est quoi cet interrogatoire, tout à coup ?

— À quoi tu joues ? Je te dis que je me sens bien. Tu n'as pas besoin de jouer les papas poule !

— Tu me le dirais, si ça ne va pas.

— Oui, je te le dirais ! soupiré-je. Mais la question que je me pose, c'est pourquoi tu t'inquiètes comme ça ? En général tu n'es pas aussi insistant.

Mon frère soupire à son tour et joue du poing sur sa jambe. Il fait ça parfois lorsqu'il est neveux, quand il cherche ses mots, ou bien quand quelque chose le perturbe mais qu'il n'ose pas en parler pour ne pas me froisser. Et je dois avouer qu'en ce moment il a de quoi être perturbé avec tout ce que je lui fais vivre.

— Je m'en fais pour toi, m'avoue-t-il enfin d'une voix sombre. Je sais que je le répète sans cesse et qu'à la longue je dois être gonflant. Mais tu es mon frère et je n'arriverai jamais à arrêter de m'inquiéter pour toi.

Je peux le comprendre. Nous sommes pareil lui et moi. Toujours à s'en faire pour l'autre.

Je soupire, me détends et lui adresse un sourire rassurant.

— Pour le moment je me sens bien. Rassure-toi. Je reconnais que l'autre nuit, je n'étais pas dans le coup. Mais ça va mieux maintenant…

— Maintenant qu'elle revenue, termine mon frère.

Je lui lance un regard furtif, juste assez longtemps pour m'assurer qu'il me comprend.

— Ouais.

Je l'entends ricaner et le vois tourner la tête sur sa droite.

— Quoi ? demandé-je en fronçant les sourcils, sans comprendre pourquoi il rit subitement.

— Rien. C'est juste que… C'est dingue quand on y pense. Elle est arrivée dans nos vies comme une tornade et elle a tout chamboulé. Je ne dis pas que ce n'est pas bien, attention ! C'est juste que jamais je n'aurai cru qu'une femme aurait autant d'importance pour nous.

Je ne peux m'empêcher de sourire à mon tour.

— Tu as raison. Je ne pensais pas qu'un jour je serai aussi accro à une nana, au point de renoncer à en voir d'autres et d'accepter d'être père.

Willy se remet à rire plus légèrement.

— Si papa avait su un jour que tu serais à ton tour père avec une Chasseuse, je me demande comment il l'aurait pris.

— Je crois que papa s'attendait à tout, sauf à ce que je sois père un jour.

En y réfléchissant, c'est vrai que de Willy et moi il y avait plus de chance que ce soit Willy qui fonde une famille. Mais mon frère n'a jamais trouvé chaussure à son pied. Il en a eu des flirts, des coups de cœur. Mais rien qui ne lui demande de rester avec elles. Sauf une… Une femme qui lui a brisé le cœur en choisissant d'aimer son frère. Une femme qu'il aime, mais qu'il doit se résoudre à oublier. Je ne peux pas lui en vouloir pour ça. Ce n'est pas sa faute s'il a des sentiments. Et je suis conscient qu'il fait de gros efforts pour l'oublier.

— Carl…

— Hm ?

— Je te demande pardon.

Je fronce les sourcils et me tourne vers lui, sans comprendre le motif de ses excuses.

— Pardon pour quoi ?

Il soupire et se tourne rapidement vers Fox, avant de reporter son regard sur moi.

— Pour ce que je ressens pour elle.

Ai-je pensé à haute-voix ? Je ressens un pincement de culpabilité, mais également une pointe d'irritation de l'entendre me dire à haute-voix qu'il a des sentiments pour la femme que j'aime.

— Willy…

— Non. Laisse-moi terminer tant qu'elle dort encore.

Je ferme ma bouche en soupirant et le laisse continuer. Je peux au moins lui accorder ça.

—Je te demande pardon de l'avoir embrassé quand tu étais un démon. Je me rends compte que c'était mal et je t'avoue que je m'en veux.

Je soupire en hochant distraitement la tête, avant d'élever la voix.

— Willy !

Ce dernier se tourne vers moi et serre la mâchoire en déglutissant, comme s'il craignait n'en avoir trop dit.

— Je ne t'en veux pas.

Il fronce les sourcils sans comprendre.

— Tu… tu… Attends, quoi ?

— Je ne t'en veux pas, répété-je. Ce n'est pas ta faute si tu es tombé amoureux d'elle toi aussi. Je m'en doutais déjà quand elle a commencé à Chasser avec nous. Pour ce qui est du baiser, même si je préférerais oublier ce détail, je ne peux pas t'en vouloir non plus. Je sais que tu n'es pas du genre à voler la copine de ton frère. Je sais bien que tes sentiments sont revenus quand on l'a revu et je crois que ce geste n'était pas réfléchi… un moment de faiblesse. Je me trompe ?

Il ne répond pas. Je tourne les yeux vers lui, et le vois pincer les lèvres.

— Tu ne te trompes pas.

— Je ne peux pas t'en vouloir pour ça.

Il soupire de soulagement.

— Tranquillise-toi. C'est cool.

— Ok.

Je commence à ouvrir la bouche pour parler, quand j'entends Fox gémir et murmurer une plainte. Je me tourne sur la banquette et remarque qu'elle fronce les sourcils et est couverte de sueur. Elle tient fermement la banquette en cuir dans sa main et tremble en se recroquevillant.

— Non… gémit-elle.

— Fox ? l'appelle Will en tendant une main vers elle. On devrait peut-être arrêter la voiture.

J'inspire en essayant de garder mon calmer, face à l'inquiétude qui me gagne, et me gare sur le bas-côté de la route.

— JAMES ! hurle-t-elle alors, avant de se redresser comme si elle était montée sur ressorts.

Je coupe le moteur de la voiture et sort de l'habitacle pour aussitôt ouvrir la portière. Elle est recroquevillée dans son siège et regarde nerveusement autour d'elle. Elle est effrayée. Que s'est-il passé ?

Fox

Quand je me réveille enfin, je ne reconnais en rien l'endroit où je suis et je me mets à paniquer. Je vois encore l'image de mon fils, dans le même état que mon père lorsqu'il a trouvé la mort.

J'entends une portière claquer, puis le froid s'engouffre à côté de moi en même temps qu'un grincement se fait entendre. Je sursaute une nouvelle fois en criant et me recroqueville de l'autre côté.

— Ce n'est que moi, me rassure la voix de Carl.

Je sens mes larmes rouler sur mes joues en revoyant le sang de mon fils souiller les draps de son berceau.

— C... Carl ? soufflé-je.

Je suis perdue. Était-ce seulement un cauchemar ? Ça me semblait si réel... Je me sens mal. Je me jette dans ses bras et sens que je tremble encore. J'ai eu si peur que ce ne soit réel…

Je sens Carl se tendre tout à coup.

— Hé ! Hé ! Hé ! me dit-il en douceur. Que s'est-il passé ?

Je secoue la tête. Je ne veux pas en parler. Je ne veux pas me replonger dans ce souvenir horrible.

— Non… Je ne veux pas en parler. C'est trop dur.

— Chérie, soupire Carl.

Je secoue la tête vivement en serrant les paupières. Comme si m'appeler par ce surnom affectif allait effacer la peur que je ressens.

— Si je t'en parle, je vais encore me le remémorer… et… et je ne peux pas.

Je l'entends retenir sa respiration puis il me lâche pour prendre mon visage à deux mains. Je serre les paupières en secouant la tête.

— Regarde-moi. S'il te plaît.

Demandé de cette manière, comment pourrais-je refuser ? Je ne disais pas qu'il est rare qu'il parle avec autant de douceur, mais il semble tellement inquiet pour moi, que lui refuser serait injuste pour lui.

J'ouvre alors les yeux à contrecœur. Je me mets à grimacer, tant la luminosité me brûle la rétine.

— Dis-moi ce qui s'est passé. De quoi as-tu rêvé ?

— De James… me résigné-je à avouer dans un murmure presque inaudible. Quelqu'un l'avait égorgé dans un berceau.

Je me remets aussitôt à pleurer et couvre mes yeux dans le creux de ma main, espérant effacer ces images de ma tête.

— Écoute… soupire Carl. Je suis certain que ce n'était qu'un cauchemar. D'accord ? Si ça peut te rassurer, tu devrais appeler Jimmy.

Je renifle et hoche la tête. Ce n'est pas une si mauvaise idée. Appeler Jimmy me permettrait d'être rassurée.

— Est-ce que ça va aller ? se soucie Will, qui fronce les sourcils.

Je force un sourire en acquiesçant et m'essuie les yeux avec le bord de ma manche. Carl m'embrasse le sommet du crâne et sort du véhicule pour prendre place derrière le volant.

— Tu devrais appeler Jimmy maintenant, me suggère-t-il d'une voix tendue. Nous ne sommes plus trop loin de chez nous.

— D'accord, soufflé-je.

Il reprend la route en silence, mais je remarque que mon cauchemar ne lui plaît pas. Chaque jointure de ses doigts a blanchi tant il serre le volant avec force. Pourquoi je sens que ce n'est pas un cauchemar ? Pourquoi j'en viens à me demander s'il ne pense pas comme moi ?

Je remarque alors le regard toujours aussi inquiet de Will, qui ne s'est pas retourné depuis que Carl a repris la route.

— Je vais bien. Je t'assure.

Il fronce les sourcils, peu convaincu. Je décide donc de reporter mon attention sur le téléphone que je sors de ma poche. Je cherche le numéro de Jimmy dans mon répertoire et appuie sur la touche appeler. Ça sonne une fois, deux fois, puis ça décroche à mon grand soulagement.

— Fox ?

— Bonjour, Jimmy. J'espère que je ne t'ennuie pas ?

— Non, bien sûr que non. James et moi venons d'arriver au travail. Comment vas-tu ?

Je grimace, agacée par les banalités d'usage que j'aime d'ordinaire échanger quand je l'appelle. Mais cette fois je n'ai pas la tête à ça et j'ai besoin de parler avec mon fils.

— Je... Ça va. Ça t'ennuierait de me passer mon fils, s'il te plaît ?

— Pas du tout ! Deux minutes.

Je hoche la tête bêtement, comme si elle me voyait, et regarde la route qui s'étend au loin, cachée par les platanes. Puis j'entends une voix.

— Maman.

— James… murmuré-je en sentant mes larmes monter à nouveau. Coucou mon bébé, ça va ?

— Oui.

Je me pince les lèvres et refoule mes larmes.

— Il faut que tu sois sage avec tatie Jimmy, tu m'entends ? Tu écoutes bien ce qu'elle te dit.

— Fox ? Je suis désolée, il vient de me rendre le téléphone.

— Ce n'est pas grave.

— J'ai installé un tapis avec des jeux dans mon bureau. Du coup il y passe son temps. Enfin… quand il n'est pas en train de draguer les stagiaires.

Je ne peux m'empêcher de rire.

— Oui, je crois qu'il tient ça de son père.

J'aperçois Carl froncer les sourcils dans le rétroviseur et me regarder à travers.

— Si tout va bien, alors je suis tranquille.

Jimmy soupire alors dans le micro du téléphone.

— Je sais très bien depuis le temps, que dès que l'un d'entre vous appelez, c'est qu'il y a un truc qui ne va pas.

— Non, ce n'est rien, vraiment. Il se trouve que j'ai fait un cauchemar, et je ne me sentais pas tranquille. Il fallait que je lui parle. Je suis désolé de t'avoir inquiété.

— Ne le sois pas. Je comprends. Appelle quand tu le souhaites.

— Je te remercie. Je vais te laisser travailler alors. Bisous à tout le monde et merci encore de prendre soin de lui.

— Qu'est-ce que tu racontes ? Je me disais justement que ma vie manquait d'action. Et toi, tu as répondu à mon appel !

Je l'entends s'esclaffer de l'autre côté du téléphone, ponctué de la voix de mon fils qui l'appelle de sa petite voix enfantine. Je ressens alors un pincement au cœur à la pensée que ce n'est pas moi qu'il appelle comme ça. Mais c'est la bonne décision. Il est en sécurité avec Jimmy.

— Soyez prudents tous les trois, me souhaite la gardienne de mon enfant d'une voix bienveillante. D'accord ?

— C'est promis. Et merci encore.

— Bisous ma belle.

— Bisous, souris-je.

Je me sens plus détendue quand j'appuie sur la touche *raccrocher*. Mon fils va bien. Mon cauchemar est à des kilomètres de moi à présent.

— Comment ça se passe ? me questionne aussitôt Carl, fidèle à son rôle de père.

— Tout se passe bien. James a son espace personnel dans le bureau de Jimmy et il drague les stagiaires.

— Ça, c'est mon fils ! s'amuse aussitôt mon petit ami, à la surprise de son frère et du mien.

Nous n'avions jamais entendu Carl appeler James par autre chose que son prénom.

— Il a de qui tenir ! surenchérit Will. Au fait, dis-moi, tu as l'air de bien t'entendre avec Jimmy.

— Oui elle m'a beaucoup aidé quand je suis arrivé à Denton. Je lui dois beaucoup. Elle m'a recueillie et m'a traitée comme un membre de sa famille. Et quand j'ai pu revendre mon appartement, j'ai loué une maison avec l'argent. Mais j'envisage de l'acheter une fois que tout sera terminé. Ou peut-être que je chercherai une maison ailleurs… Je ne sais pas encore.

— Comment Jimmy a pu expliquer ta disparition ?

— Elle n'a pas eu que ça à l'expliquer. Avant que je rentre à la maison pour récupérer James, les démons y avaient déjà fait irruption et ont tué ma baby-sitter. Une de mes voisines qui s'appelait Mercy. Elle me gardait James quand j'allais travailler et se faisait un peu d'argent de poche en échange. Quand j'ai eu Jimmy au téléphone la dernière fois, elle m'expliquait qu'elle avait réussi à faire croire que Mercy protégeait la maison quand les démons ont fait irruption. D'autres faisant partis de leur groupe, sont venu sur mon lieu de travail et m'avaient menacé de tuer mon fils. Je suis rentré chez moi et j'ai trouvé la baby-sitter morte. J'ai pris mon fils, je suis allé chez elle et elle m'a mise en sécurité. Mais je lui ai promis que je devrais revenir à Denton pour faire une déposition.

— En gros, tu as eu de la chance qu'elle soit là.

— Ouais… marmonné-je.

— Tu devrais te reposer, me suggère Carl pour couper court à la conversation.

— J'aimerais bien, mais je n'arriverai pas à fermer l'œil après le cauchemar que j'ai fait.

Je baisse les yeux sur mes jambes, en jouant distraitement avec mes ongles. Ils sont longs. Il faudra que je les coupe si je ne veux pas me blesser.

Will passe son bras au-dessus du dossier de son siège et me prend la main doucement. Je lève les yeux vers lui, surprise et le vois m'adresser un sourire encourageant. Je lui rends et baisse à nouveau mon regard sur mes mains. Il me lâche au bout de quelques secondes et se retourne vers la route.

CHAPITRE VINGT-DEUX

Carl

Je commence à m'inquiéter pour Fox. D'abord je la retrouve en train de hurler dans la chambre en pleurant, puis elle hurle le prénom de notre fils dans la voiture. Ses cauchemars m'effraient un peu. Et le deuxième plus que l'autre.

Je me demande si ce n'est pas une de ses prophéties. Même si je me demande depuis combien de temps elle n'avait pas eu une de ses visions. Nous savons tous que ses foutues prophéties qui finissent toujours par se réaliser. Il y a qu'à voir avec la mort de ses parents qu'elle n'a pas réussi à empêcher malgré la prophétie qu'elle avait eu. La seule chose qu'elle a réussi à empêcher, c'est sa propre mort alors qu'Abaddon avait volé le corps de Docker dans la crypte. Elle le savait et elle avait pu l'empêcher.

Lorsque je me gare dans le parking de notre Quartier Général, je regarde Fox sortir de la voiture en soupirant et traînant des pieds d'un air fatigué. Je me demande si je ne devrais pas la porter. J'ai envie de l'avoir dans mes bras. Je me sentirais rassuré.

— Fox ? l'appelé-je en claquant ma portière.

Elle se retourne et me regarde d'un air las. Des cernes sombres se dessinent déjà sous ses yeux.

— Tu vas te coucher ?

— Non, je ne suis pas fatiguée.

Je hausse un sourcil, étonné qu'elle me mente encore. Elle sait que je la connais mieux que quiconque. Que je devine quand elle ne me dit pas la vérité. Elle m'adresse un sourire furtif et quitte rapidement le parking souterrain. Je me tourne vers Will, qui fronce autant les sourcils que moi, sans comprendre.

— Tu devrais la rejoindre, me conseille mon frère. Je déposerai ta valise dans ta chambre.

— Ça ne t'ennuie pas ?

— Bien sûr que non. Va la rejoindre. Même si elle ne le dit pas, elle a besoin de toi et tu l'as compris.

Je soupire, soulagé qu'il comprenne l'importance qu'elle a pour moi, et quitte rapidement la pièce à la recherche de Fox après l'avoir remercié. Je la retrouve dans sa chambre, appuyée sur ses mains au-dessus de son bureau, les yeux fermés. Je m'arrête sur le pas de sa porte et m'appuie contre l'encadrement pour l'observer en silence. Elle s'étire la nuque et se masse de gauche à droite. Je la sens tendue et je vois bien qu'elle essaye à tout prix de se détendre. Je décide alors d'avancer dans la chambre et de lui masser les épaules. Elle sursaute de surprise, puis me regarde du coin de l'œil avant de se détendre.

— Carl Walher… soupire-t-elle alors. Jamais je n'aurais cru que tu aurais des mains magiques…

Je souris en coin, amusé par les mots qu'elle emploie.

— Je pensais pourtant que depuis le temps, tu savais que mes mains savaient faire des trucs magiques.

Elle glousse et se laisse aller contre moi, en tombant sa tête en arrière sur mon épaule. Je ne peux plus la masser comme ça, mais la sentir dans mes bras est encore mieux. J'entoure son corps de mes bras et pose mes mains sur son ventre. Elle retient son souffle et tourne la tête vers mon cou.

— Je sais que tu ne me dis pas la vérité. Je sais quand tu me mens, chuchoté-je en approchant mes lèvres des siennes. Pourquoi ?

— Parce que je ne veux pas t'inquiéter, m'avoue-t-elle en ouvrant les yeux.

Je fronce les sourcils avant de plisser les yeux. Simplement ça ? Elle ne veut pas m'inquiéter ? Ne sait-elle donc pas que je m'en ferais toujours pour elle, quoi qu'elle en dise ? Ne sait-elle pas à quel point je l'aime ?

— Tu sais ce qui m'inquiéterait ? Ce qui me rendrait dingue ?

Elle secoue la tête, attentive par mes paroles, tout en me regardant dans les yeux.

— Vous perdre toi et James. James, toi et mon frère, êtes ma seule famille. Tout ce que j'ai. Et la simple idée que je vous perde, me tuerait. Alors ne t'inquiète pas des paroles que tu pourrais me dire. Je préfère que tu me confies tes craintes, plutôt que me cacher une information qui me serait utile.

Elle hoche la tête silencieusement, ses yeux descendant sur ma bouche. Les miens aussi se rivent sur les siennes. J'ai follement envie de l'embrasser. Là, maintenant. La pousser contre le mur pour prendre possession d'elle. La soulever pour enrouler ses jambes autour de mon corps, et sentir ses hanches frotter contre les miennes. Lui montrer à quel point elle m'attire et m'excite.

— Qu'est-ce que tu fais, Carl ? chuchote-t-elle, dont le souffle commence à s'accélérer.

— Je prends mon temps.

— Et si je n'en avais pas envie ?

— Dans ce cas, dis-moi ce que tu veux.

— Je veux que tu m'embrasses.

Je soupire de satisfaction de l'entendre me supplier de cette manière, et prend possession de sa bouche et de sa langue. Elle gémit doucement entre mes lèvres, réveillant une puissante envie d'elle. Son corps pivote contre moi pour me faire face, et ses mains glissent sous mon t-shirt. Elles sont froides, mais c'est si agréable, tellement mon corps est bouillant quand elle est près de moi. Je descends mes mains dans son dos, et les pose sur ses fesses pour la soulever et l'installer sur son bureau. Elle enlève rapidement ma chemise, la laissant tomber sur le sol, à mes pieds. Elle a envie de moi, elle aussi. Sa respiration s'est accélérée et ses mains tremblent quand elles se posent dans ma nuque pour m'attirer davantage à elle. Je pose mes mains sur ses hanches, sur sa peau nue et l'avance rapidement contre moi, me pressant contre elle.

— Hé Carl ! s'exclame alors la voix de Willy dans le couloir.

Nous sursautons derechef et tournons la tête vers la porte

de la chambre encore ouverte.

— Eh merde, grogné-je. J'adore mon frère mais il a le don d'arriver pile quand ça devient intéressant.

Fox rit nerveusement et descend de son bureau avant de remettre de l'ordre dans ses cheveux. J'en profite alors pour remettre rapidement ma chemise et prend une distance raisonnable d'elle, à contrecœur. Je préférerai qu'il repasse à un autre moment pour que nous puissions terminer ce que nous faisions il y a deux secondes.

Will arrive dans la pièce avec son ordinateur portable posé sur une de ses mains en train de regarder distraitement l'écran. Ses yeux se lèvent alors sur nous et il fronce les sourcils devant notre gène.

— Je vous dérange ?

— Non, répond Fox en coulant un regard vers moi. Nous discutions Carl et moi.

— Hum… Bon d'accord…

— Tu voulais quelque chose ? je reprends aussitôt en souriant à Fox, tandis que mon frère remet son nez dans l'écran de l'ordinateur.

— Je sais que l'on vient de rentrer, mais nous avons une affaire si ça t'intéresse.

— C'est quoi ?

— Un meurtre, à Carson City dans le Nevada. Le meurtrier ne cesse de clamer son innocence, et a déclaré que quelque chose le contrôlait au moment du meurtre.

— Encore un cinglé qui fait passer son acte par un cas de possession démoniaque, soupiré-je.

C'est typique. Les gens tuent et comme ils n'assument pas leurs actes, ils font croire qu'ils étaient possédés.

— C'est ce que je me suis dit. Mais le tueur ne cesse de répéter qu'il faisait un froid glacial dans la pièce.

Je lève la tête vers mon frère. Il pourrait s'agir d'un mauvais esprit. Mais savoir qu'il peut posséder me rappelle étrangement la fois où on enquêtait dans ce bahut. J'ai failli tuer Fox cette fois-là. J'aimerai juste ne pas avoir à l'exposer à tout ça et prendre le risque de la tuer ou de la faire tuer.

— On devrait y aller, nous suggère alors Fox.

Je me tourne vers elle en fronçant les sourcils.

— Tu oublies la fois où un esprit a pris possession de mon corps ? Je te rappelle que je t'ai tiré dessus cette nuit-là.

Elle soupire et pose ses poings sur ses hanches.

— Si ce n'est pas nous qui y allons, ce sera d'autres Chasseurs. Alors c'est comme tu veux.

Je me retourne vers mon frère, qui nous observe nous prendre le bec en attendant d'avoir une réponse.

— Qui enquête dans ce secteur ?

— Hum… Je n'en sais rien, mais je peux me renseigner pour envoyer quelqu'un si tu veux ?

— Oui je pense que c'est le mieux. C'est qu'un cas d'esprit. Nous devrions laisser faire les autres. Pour ma part, j'aimerai me reposer quelques jours.

— Je pense que c'est une bonne idée, approuve Will.

Je n'ose pas dire à Fox ce qui se passe. Elle ne sait pas que plus le temps passe et moins j'arrive à résister à la malédiction. Que toutes les nuits je me réveille en sueur, en proie à un cauchemar. Je reprenais conscience après avoir commis un massacre. Je n'ose pas lui dire que c'est toujours plus compliqué de garder la tête hors de l'eau. Je n'arrive pas à lui avouer que cette malédiction a de plus en plus d'emprise sur moi. J'essaye de ne pas y penser et faire comme si tout allait bien, jusqu'à ce que ce soit le cas. Mais je dois me faire une raison, il faut que je retrouve Judas.

— Ça te va ? demandé-je à Fox en me tournant vers elle.

— C'est vous qui voyez… soupire-t-elle alors. C'est mieux que ne pas intervenir en tout cas.

Elle nous contourne en silence et quitte la chambre.

— Qu'est-ce qui se passe ? s'étonne mon frère. J'ai interrompu quelque chose ?

— Nous étions en train de nous embrasser. Mais ne t'en fais pas. Je crois que c'est la fatigue qui la met de cette humeur.

Will hoche la tête et ferme l'écran de son ordinateur.

— Tu lui en as parlé ?

— Non, pas encore. Je ne sais pas comment lui dire que je commence peu à peu à redevenir mauvais.

— C'est cette marque qui est mauvaise. Pas toi. Et elle a besoin de savoir ce qui t'arrive. Elle t'aime vraiment.

— Non, Willy. C'est là que tu te trompes. Elle ne peut pas m'aimer autant que moi je l'aime. C'est impossible.

— D'accord, possible… Mais si tu veux mon avis, tu devrais lui en parler. Je crois que si tu lui cachais ça, elle t'en voudrait encore plus. Inutile de te rappeler comment elle a réagi quand on lui a involontairement appris ce que nous lui avons fait…

— Je vais y réfléchir.

— C'est toi qui vois.

Je hoche la tête d'un air pensif, et suis mon frère à travers le couloir, pour rejoindre Fox.

* * * * *

Je me réveille à genoux dans une vieille église, dont le sol est recouvert de poussière. Je tiens la Dague du Destin dans ma main et constate alors qu'elle est recouverte de sang, comme ma main et la plupart de mes vêtements visible à mes yeux. Je remarque ensuite les corps de Fox, James, mon frère et Azriel.

Ils sont morts.

Par ma faute.

Je les ai tués, sans m'en rendre compte.

Qu'a-t-il bien pu se passer dans cette église, pour que j'en vienne à les tuer ? Ont-ils dit un mot de travers qui m'a fait vriller ? Ont-ils remarqué que je redevenais démoniaque et tenté quelque chose pour me ramener à moi ? Je n'en sais rien. Je ne comprends pas. Et tout à coup, réalisant ce que j'ai fait à ma propre famille, je me mets à crier. Un cri déchirant qui me déchire de l'intérieur.

Je me réveille en sursaut dans mon lit, comme un Diable surgissant hors de sa boîte. Mon corps est recouvert de sueur tant j'ai chaud. La température de la chambre n'est pourtant pas trop élevée. Elle est même à la température idéale.

C'est la première fois depuis les quelques jours que nous sommes rentrés, que je dors seul dans ma chambre. Fox effectue des recherches sur son rêve. Encore et toujours. Elle en est devenue obsédée, même s'il ne s'est pas réalisé pour le moment. Et avec un peu de chance, ça ne se produira jamais. Mais elle a besoin de se rassurer. Alors je la laisse faire pour le moment, jusqu'à ce que j'estime que c'en est assez pour elle.

Je me lève et vais à la salle de bain pour me rafraîchir et tenter de faire redescendre ma température corporelle. Je prends appuie sur le rebord de lavabo et me regarde dans le miroir pour essayer de me convaincre une nouvelle fois que tout va bien, mais tout ce que j'y vois c'est mon reflet couvert du sang de ceux que j'aime. Des flashs de ce cauchemars se mêlent à la réalité et me font perdre le peu de sang-froid que je conservais. Je ne supporte plus de voir ce reflet de moi dans le miroir. Je donne alors un grand coup de poing là où se tient mon visage. Le miroir se brise et quelques morceaux de verre tombent sur la porcelaine émaillée du vieux lavabo. Je ressens tout à coup une bouffée de colère monter en moi. Ne me contrôlant plus, je me mets à écraser mon poing encore et encore, jusqu'à ce que je décide d'arracher le boîtier à pharmacie caché derrière ce qu'il reste du miroir.

— Carl ?! s'exclame alors la voix de mon frère qui vient d'entrer dans ma chambre, probablement alerté par le fracas que je viens de mettre. Que se passe-t-il ?

Je me retourne vivement et constate avec soulagement que je ne vois plus les résidus de mon cauchemar. Je regarde partout autour de moi, perdu. Je ne sais plus où j'en suis. À ce stade je vais finir par devenir complètement dingue à cause de ces hallucinations. Ça semblait pourtant si réel...

— Rien, marmonné-je d'une voix essoufflée à cause de l'effort. Juste un cauchemar.

— Juste un cauchemar ? Tu viens de démolir quasiment toute ta salle de bain !

— Je ne suis pas aveugle Will ! répliqué-je d'une voix tendue, avant de prendre une grande inspiration pour tenter de me calmer. Où est Fox ?

— Elle s'est endormie sur ses recherches, dans la salle principale. Tu veux que je m'en occupe ?

— Non, laisses. Je vais la voir. J'en ai besoin. Merci.

En évitant de croiser son regard du mieux que je peux, je sors de la chambre en lui tapotant l'épaule pour le rassurer et vais rejoindre ma Chasseuse. J'ose espérer qu'elle pourra calmer cette tempête qui fait rage dans ma tête à cause de cette hallucination. Je ne les ai pas tués, je devrais être rassuré. Il ne s'agissait que d'un cauchemar…

Lorsque j'entre dans la salle principale, je la vois sa tête enfouie dans le creux de ses bras et dormir paisiblement sur les cahiers entreposés à quelques centimètres de son ordinateur portable.

En douceur, je pose une main dans son dos et m'approche de son oreille pour chuchoter.

— Fox, il faut que tu ailles te coucher dans ton lit. Tu vas avoir mal au dos.

Elle gémit et tourne la tête dans l'autre sens. Je souris en la regardant faire. Elle paraît si incroyablement vulnérable, qu'elle réussit à chasser de mes pensées les restes de cauchemars, de son corps entaillé partout notamment à la gorge. J'avais été un monstre assoiffé de sang. Et c'est loin derrière moi. Pour le moment, tout du moins.

Je la regarde faire encore un peu et insiste pour la réveiller, juste assez pour qu'elle me laisse la porter jusqu'à sa chambre. Elle passe ses bras autour de mon cou et se blottit contre moi, son nez dans je creux de ma clavicule. Elle est frigorifiée. Il fait toujours un peu froid dans cette pièce, pour assurer la conservation des archives. La plupart des documents que

nous possédons ont plusieurs siècles derrière eux, et sont ines-
timables. Ce serait bête de perdre des siècles d'archives
uniques en leur genre et qui nous seraient utiles, sous prétexte
que nous avons un peu froid. Quand je pose enfin la Chasseuse sur son lit, elle refuse de me lâcher. Elle refuse de me
laisser partir. Je ne peux m'empêcher de laisser échapper un
sourire en coin. J'aime l'idée qu'elle ne veuille pas que je
m'éloigne d'elle, même inconsciemment.

— Il faut que tu dormes, chérie.

— Non je t'en prie, gémit-elle à demi-endormie. Reste avec
moi. Je ne veux pas rester seule. Je suis déjà loin de James, je
ne veux pas être loin de toi.

Je soupire, ne pouvant que la comprendre. J'ai autant besoin d'elle, qu'elle a besoin de moi.

— D'accord… accepté-je enfin.

J'écarte la couverture juste à côté d'elle et m'étend sur le
matelas. Je la prends ensuite dans mes bras et la serre fort
contre moi, sans vouloir la laisser partir.

CHAPITRE VINGT-TROIS

Fox

Je me réveille seule dans mon lit. Il est tard lorsque je regarde l'heure affiché sur mon réveil. Je me redresse en fronçant les sourcils et regarde de tous les côtés. Où est passé Carl ? Est-il retourné se coucher dans sa chambre ?

Je soupire, me lève et vais prendre une douche rapide. Je me sèche à la va-vite et pars à la recherche de Carl. Je vais à sa chambre, mais il n'y a personne. Tout ce que j'y trouve, c'est cette pagaille inquiétante dans la salle de bain. Que s'est-il passé pour que ces morceaux de verre viennent joncher le sol ? Qui a bien pu arracher l'armoire à pharmacie pour le jeter sur le sol de cette manière ?

Je fronce les sourcils et pars immédiatement à la recherche de Will et Carl.

— Carl ? l'appelé-je en criant à travers l'abri souterrain. Carl !

Je commence à paniquer. Je ne sais pas ce qui s'est passé. Je ne sais pas où ils sont. Carl est-il redevenu démoniaque ? Non… Je l'aurais remarqué si ça avait été le cas.

Je m'apprête à fouiller une nouvelle pièce, lorsque mon téléphone sonne dans ma poche. Malgré moi je sursaute et le sort de ma poche pour répondre. C'est Jimmy.

— Allô ?

— Fox ! Il faut immédiatement que tu viennes à Denton ! s'exclame la voix affolée de Jimmy dans le téléphone.

Je commence à ressentir un très, très mauvais pressentiment. Jimmy se met rarement à paniquer. Même lorsqu'elle chasse, elle garde son sang-froid.

— Pourquoi ? Que s'est-il passé ?

— Je ne sais pas ce qui s'est passé, justement ! Il n'y a eu aucun bruit dans la maison ! Pourtant… pourtant…

— Jimmy, je t'en supplie ! Dis-moi ce qui se passe.

Les battements de mon cœur commencent à accélérer, à mesure que ce sentiment désagréable d'urgence augmente.

— Il a disparu ! James a disparu !

Je ressens un froid m'engloutir de la tête aux pieds. Je n'entends pas Jimmy continuer à parler, si c'est ce qu'elle fait. Je sens alors le téléphone m'échapper des mains et rebondir sur le sol en même temps que mes genoux percutent le ciment.

Ma prophétie est en train de se réaliser. Ce n'était pas qu'un simple cauchemar.

J'entends tout à coup un cri émaner du plus profond de mon être. Du plus profond de mon cœur. Du plus profond de mon âme. Et j'en viens à me demander pourquoi je suis devenue un Oracle en plus d'être Chasseur. À cause de ce que je suis, mon fils est maintenant en danger. Si Carl savait…

Je redresse la tête la tête et réalise que je suis toujours en communication avec Jimmy. Je prends mon téléphone et me rends alors compte que Jimmy a raccroché. Il faut que j'appelle Carl. Il faut que je lui dise que son fils a disparu. Il faut qu'il sache qu'il a été enlevé. Il faut que je sache où il est et s'il n'est pas redevenu démoniaque. Ça expliquerait pourquoi mon fils a disparu. Il l'aura peut-être enlevé pour en faire son héritier en Enfer… qui sait ?

Je cherche le numéro de Carl dans mon répertoire et l'appelle.

— Carl Walher, j'écoute ?

— C'est moi, annoncé-je bien que je sois consciente que mon nom est apparu sur l'écran de son téléphone.

433

— Je suis désolé trésor, mais il y a intérêt que ce soit une question de vie ou de mort.

J'espère bien que non.

Tout à coup, la bile remonte mon œsophage. Je commence à me sentir mal. Je sens les larmes ruisseler sur mes joues. Je veux mon fils. Je veux le prendre dans mes bras. Je veux le serrer contre moi. Je veux jouer avec lui, le regarder dormir comme autrefois.

— Tu pleures ? Que se passe-t-il ?

Carl n'est pas redevenu un démon. Il ne se serait pas inquiété parce que je pleure.

— C'est James ! Jimmy vient de me dire qu'il a disparu.

J'entends tout à coup des crissements de pneus et des protestations provenant de Will. Ils sont ensemble. Je suis soulagée, parce que si Carl était revenu démoniaque, il l'aurait tué sans réfléchir. Ils doivent être en route pour une affaire. Ils auraient quand même pu me prévenir…

— Quand ça ? Comment ?

— On ne sait pas comment. Jimmy n'a rien entendu cette nuit. Il n'y a eu aucun bruit. Mais en se levant ce matin, elle s'est rendu compte qu'il n'était plus là.

— D'accord… On arrive.

Tout à coup, je remarque un homme apparaître face à moi. Je ne reconnais pas ce visage. Je ne sais pas comment il a atterri ici. Cet endroit est protégé par des amulettes. L'inconnu est grand et vieux. Ses cheveux sont longs, plats, et grisonnants. Il est habillé en costume, de couleur noir de la tête aux pieds. On dirait une de ces peintures représentant Jésus sur ces tableaux.

Je sursaute et regarde l'inconnu dans les yeux sans savoir qui il est.

— Qui êtes-vous ? soufflé-je sans prêter attention à Carl au téléphone qui me demande à qui je parle.

Je recule d'un pas. Qui est cet inconnu qui ne m'inspire rien qui vaille ?

Son regard me dévisage, si bien que je sens le danger émaner de lui.

— Je vous le répète, qui êtes-vous ?

Celui-ci m'adresse un sourire et avance lentement dans ma direction.

— N'approchez pas ! m'écrié-je en bondissant en arrière.

Il n'a pas peur de moi. Le fait que je sois un Chasseur ne

l'impressionne guère. J'arrive rapidement au niveau du fauteuil de Carl, où il cache un flingue sous son siège. Je le charge et le brandis vers lui sans ciller.

— Approchez et je vous loge une balle entre les deux yeux.

— Si vous saviez combien c'est inutile, soupire-t-il l'air nullement affecté par l'arme que je tiens entre les mains. Vos armes de Chasseurs n'ont nuls effets sur un être comme moi.

— Ne m'approchez pas… le menacé-je.

D'un geste de la main, il envoi voler mon arme à distance. Je sursaute de surprise et regarde l'arme s'écraser contre le mur avant de retomber sur le sol dans un bruit métallique. Je suis sans défense face à une créature qui a manifestement des pouvoirs. Est-ce un démon ? Impossible. Généralement ils aiment bien montrer leurs yeux pour éveiller la peur chez leurs adversaires.

— Vous allez venir avec moi.

— Ne me touchez pas, grogné-je les dents serrés.

— Vous allez venir avec moi, répète-t-il d'une voix calme et menaçante. Autrement, votre fils aura des ennuis.

— Mon fils ? soufflé-je, tout à coup abasourdie. C'est… c'est vous qui avez mon fils ?

Je sens comme une vague de colère et de panique me sub-merger. C'est donc lui qui a pris mon fils. C'est lui qui va le tuer. C'est lui le monstre qui va réaliser la prophétie.

L'inconnu pose sa main sur mon épaule et la casemate autour de moi disparaît soudainement de ma vue. Je m'aperçois alors que je suis dans une vieille maison. Où suis-je ? Qu'est-ce que je fais là ?

Je recule vivement, heurte mon pied contre une chaise et bascule en arrière de tout mon long. Ma tête heurte le sol en bois vieilli et j'entends un sifflement dans mes oreilles. La douleur m'arrache une grimace.

— Qu'est-ce que vous me voulez ? grogné-je en prenant appui sur mes coudes.

— C'est une surprise… sourit-il alors.

Je fronce les sourcils sans comprendre. Que nous veut-il, à la fin ?

Carl

— Je persiste à penser que nous aurions dû la réveiller pour qu'elle nous accompagne, râlé-je en claquant la portière de ma voiture qui émet un vieux grincement en se refermant sur elle-même.

— Tu as bien vu combien elle est épuisée, tente de me raisonner mon frère en soupirant. Rater une petite enquête ne peut pas lui faire du mal. En plus, il ne pourrait s'agir que d'une banale affaire d'esprit frappeur. Inutile de la déranger pour ça.

Je prends une grande inspiration en ajustant ma veste de costume, avant de contourner ma voiture pour rejoindre Will sur le trottoir.

— D'accord… soupiré-je enfin. Mais au moindre problème, on contacte un collègue et on déguerpit pour la rejoindre.

— On fait comme ça.

Convaincu malgré moi que mon frère a raison, je remonte l'allée de la maison d'hôtes hantée à ses côtés, d'un pas décidé. Il a raison. Ce n'est qu'une simple affaire d'esprit frappeur. Nous n'avons pas besoin d'être trois, et Fox est bien mieux à la maison où elle peut se reposer.

— Tu as trouvé quelque chose ? me questionne Will tandis que nous fouillons dans les archives des rubriques nécrologiques pour trouver qui est l'esprit à qui nous avons affaire.

Le seul indice que nous ayons, c'est cet ectoplasme qu'il laisse derrière lui, après chaque manifestation. Et nous en sommes à trois morts.

— Pas la moindre information, marmonné-je avait de m'étirer sur ma chaise en baillant.

— Génial… Moi non plus je n'ai rien.

Je me lève pour me servir une tasse de café, et en profite pour en servir une à mon frère également. Nous avons passé toute la nuit à enquêter et nous avons préféré dormir sur place. La propriétaire était tellement contente que quelqu'un se déplace pour découvrir le fin mot de cette histoire, qu'elle nous héberge gratuitement. Mais à ce rythme-là, on risque de devoir lui rembourser les nuits que nous allons y passer, parce que nous faisons choux-blanc.

— Il y a pourtant quelque chose caché quelque part, qui pourrait nous aider ! Ce n'est pas possible ! s'énerve mon frère sous la fatigue. On ne peut pas avoir un esprit frappeur sans qu'il n'y ait eu de mort !

— Ça nous aurait aidé de voir le visage de cet esprit, acquiescé-je. Ne serait-ce que pour pouvoir interroger les habitants de cette ville pour savoir s'ils le reconnaissaient.

— Hmm…

Je m'installe sur ma chaise en prenant une gorgée de café, lorsque je reçois un appel. Je fronce les sourcils lorsque je me rends compte qu'il s'agit de Fox. Et je manque je tomber de ma chaise, lorsqu'elle m'annonce que notre fils a été enlevé. Je mets aussitôt le haut-parleur pour que mon frère ne rate rien de la conversation. Elle était paniquée, jusqu'à ce qu'elle se mette à parler à quelqu'un qu'elle ne connait pas. Mais moi je sais de qui provient cette voix. Elle provient de la même personne qui m'a transmis cette malédiction. Judas en personne. Il est temps que nous nous affrontions tous les deux.

Fox ne parle plus dans le téléphone, et la conversation est

brusquement coupée. Je redoute le pire.

— Appelle un collègue ! ordonné-je à mon frère en me levant d'un bond avant de rassembler nos recherches. Dis-lui qu'on a une urgence et qu'on lui confie l'affaire. Il trouvera le dossier des recherches dans cette chambre. Je vais avertir la propriétaire que nous lui envoyons quelqu'un pour nous remplacer.

Je n'attends pas que mon frère réponde, et quitte la chambre presque aussi vite que le temps que j'ai mis à rassembler chacune de nos recherches sur cette enquête. Le temps presse.

* * * * *

— Alors ? me questionne mon frère tandis que j'entre dans la voiture après nous être acheté à manger.

— Azriel ne répond toujours pas à mes appels.

Il faut qu'il sache que nous avons trouvé la trace de Judas. En rentrant chez nous et en découvrant la disparition de Fox, nous avons décidé de prendre l'affaire que nous avions décidé de refourguer à un collègue. Il est clair que Judas veut qu'on le retrouve. Autrement, il n'aurait pas kidnappé Fox et mon fils.

— Bon… moi j'ai effectué quelques recherches sur Ravier Espinosa, pour savoir pourquoi Judas l'avait tué et emporté avec lui.

Je fronce les sourcils et me tourne vers lui, manifestant mon intérêt évident. Si on arrive à trouver pourquoi Judas a enlevé ce mec, nous saurons peut-être pourquoi il détient la femme que j'aime et mon fils.

— Je t'écoute.

— Apparemment, Ravier souffrait de démence. Il avait commis plusieurs meurtres. Il disait être en mission divine et devait tuer toutes les créatures surnaturelles. Il avait un père et il l'a massacré en déclarant que ça faisait partie de sa malédiction. Qu'il fallait qu'il tue toute sa famille pour être libéré de la malédiction. Et puis Judas est apparu, et l'a emmené avec lui avant de le tuer.

Je fronce les sourcils.

— Tu penses que ça a un lien avec moi ? Judas apparaît tout à coup, et tue un type qui affirme être maudit… Exactement comme moi je le suis.

— Je l'ignore. Mais si Judas a enlevé Ravier, ce n'est peut-être pas une coïncidence.

Et si la disparition de Fox et James n'en n'était pas une, non plus ? pensé-je alors en avalant la bouchée de sandwich que je viens d'acheter.

Je n'ai pas très faim, mais il faut que je sois au meilleur de ma forme pour retrouver ma famille et mettre Judas hors d'état de nuire une bonne fois pour toute.

— Mais pourquoi avoir fait croire à Ravier que tuer toute sa famille le libérerait de cette malédiction ? J'aurais pu penser qu'il avait une dent contre toute la famille, mais Judas est plus vieux que ça. Alors quel est son lien avec la famille de Ravier et pourquoi vouloir leur mort à tous ?

— Je ne sais pas. Tout ça n'est pas clair.

Mon téléphone sonne dans ma poche. Je m'empresse alors de l'attraper.

— C'est Azriel ! annoncé-je à mon frère avant de décrocher rapidement.

Je mets l'appel en haut-parleur et réponds :

— Salut ! T'en as mis du temps à répondre !

— Je suis désolé. J'étais sur une piste concernant Judas.

— Ça a donné quelque chose ?

— Il est possible que j'aie trouvé quelque chose. Et vous ?

— On a une piste, annoncé-je.

— Juda a tué un homme qui disait être maudit. Ravier Espinosa. Il avait été interné dans un hôpital psychiatrique parce qu'il a massacré toute sa famille en prétendant que ça briserait sa malédiction, lui explique Will. Judas l'a tué et emporté le corps. Mais nous ne savons pas où il l'a emporté.

— Ça, je peux l'expliquer. Il a été enterré au beau milieu d'un vieux cimetière abandonné dans le Nebraska, soupire alors Azriel dans le téléphone.

Je me sens aussitôt très mal et très en colère à la fois. Une onde de panique s'empare de moi, mais j'essaye de la contenir en ne laissant rien paraître. Est-ce le sort qu'il réserve aussi à Fox et mon fils ?

— Comment tu le sais ? s'étonne Will.

— J'ai son corps sous les yeux.

— Dis-nous où tu es, on arrive.

— Je vous rappelle, déclare alors notre ami avant de raccrocher.

Je soupire en levant les yeux au ciel d'agacement. C'est toujours comme ça avec Azriel. Toujours aussi énigmatique. Je devrais en avoir l'habitude depuis le temps. Mais aujourd'hui je dois avouer que ça m'agace. Je ne lui ai pas encore dit pour Fox. Et je sais que lorsqu'il sera au courant, il s'en voudra de ne pas être intervenu plus vite et m'en voudra de ne pas l'avoir prévenu plus tôt. Cela étant, comment aurais-je pu, puisqu'il raccroche sans prévenir ?

Je pose mon sandwich entre mon frère et moi et prend la route pour me rendre rapidement dans notre repère pour voir si Judas ou Fox a pu laisser des traces qui me conduiraient à l'un des Apôtres de Jésus.

— Appelle Jimmy, s'il te plaît. Il faut lui expliquer la situation. Elle doit être morte d'inquiétude.

— Je m'en occupe tout de suite.

Il recherche dans son répertoire le numéro du Shérif Melton, et l'appelle avant de mettre en haut-parleur pour que je puisse aussi converser avec elle.

— Will ! J'attendais votre appel ! Je suis vraiment désolée ! s'exclame Jimmy dans le téléphone, en panique. Je ne sais pas ce qui s'est passé…

— Relax Jimmy ! interviens-je. Tu n'es pas responsable de cette situation.

— Je viens de perdre ton fils, Carl !

— Je te répète que tu n'es pas responsable. Si c'est la personne que je soupçonne, tu n'aurais pas pu l'entendre entrer dans la maison. Il a réussi à tuer et voler un corps dans un

Hôpital psychiatrique, sans que personne ne l'entende. Seules les caméras témoignent qu'il y avait quelqu'un. Et je pense que le responsable est aussi celui qui a enlevé Fox.

— Quoi ? Fox a été enlevée ? Ce n'est pas possible, je lui ai parlé tout à l'heure !

— Je le sais. Elle m'a appelé aussitôt après ton appel et s'est fait enlever pendant qu'on était en communication.

— Qui penses-tu que ce soit ?

— Je pense que c'est Judas, soupiré-je en lançant un coup d'oeil à mon frère qui reste silencieux.

— Judas ? Tu veux dire, celui qui t'a refilé sa malédiction ?

— Dis comme ça, j'ai l'impression que tu parles d'une MST… râlé-je.

— Maintenant que tu le dis, je m'en rends compte. Je suis désolée.

— Depuis le temps que je le cherche pour trouver un moyen d'en finir avec cette malédiction, c'est le bon moment.

Elle soupire au téléphone, essayant tant bien que mal de se calmer.

— D'accord… Mais tiens-moi au courant si jamais vous avez des nouvelles.

— Comptes sur nous.

— Ok.

Elle met fin à la conversation et Will raccroche à son tour. Il paraît soucieux.

— Ça va aller ? demandé-je en fronçant les sourcils.

— Comment peux-tu rester aussi calme alors que ton fils et la femme que tu aimes, ont été enlevés par Judas ? me reproche-t-il alors.

— Qu'est-ce qui te fait penser que je suis calme ? D'accord, c'est vrai que je donne bien le change. Mais tu peux me croire quand je te dis que je suis tout sauf calme. Tout ce que je veux, c'est retrouver Fox et James et en finir avec toute cette histoire. Ce n'est pas parce que je ne cède pas à mes émotions, que je ne ressens rien.

Willy fronce les sourcils et soupire de la même manière que Jimmy quelques instants plus tôt.

— Tu as raison, je suis désolé. C'est juste que je ne sais pas comment tu fais. Je suis inquiet pour James et Fox, et je crains que nous ne les retrouvions pas vivants.

Je coule un regard vers lui.

— En toute honnêteté ? Je ne sais pas moi-même. Peut-être que c'est à cause de la marque, mais je veux plus que tout au monde les retrouver sains et saufs.

Je ne lui ai pas dit que j'avais rêvé que j'avais tué tout le monde. Judas, lui, Azriel, Docker, James et Fox. Je ne lui ai rien dit, parce que je possède cette malédiction. Tout comme Ravier Espinosa. Je n'ai rien dit, parce que je ne sais pas ce qui va me conduire à demander à Docker de nous rendre cette foutue dague. J'espère seulement ne pas être le responsable de la vision de Fox. Je ne veux pas être celui qui aura tué notre fils. Je veux lutter. Pour eux. Pour moi.

Lorsqu'on arrive à la casemate, nous nous hâtons à fouiller les moindres recoins de l'installation pour chercher un indice, mais rien du tout. Je commence à tourner en rond et à devenir fou comme ces foutus lions en cage. Azriel choisit ce moment-là pour apparaître m'aidant, sans le vouloir, à mettre mon inquiétude de côté pour me concentrer sur l'essentiel.

— Désolé de ne pas t'apporter de meilleures nouvelles.

— Ce n'est pas ta faute Az, le coupé-je alors.

— Merci ! s'exclame Will, en raccrochant l'appel qu'il passait depuis déjà cinq bonnes minutes. Bon, le Shérif a pu me donner quelques noms après l'examen préliminaires des cadavres.

— Et alors ? demandé-je en prenant un livre entre mes mains.

Il s'installe sur sa chaise devant son ordi et entame des recherches.

— D'autres corps ont été retrouvés et ils portent tous cette tache noire au poignet. La même que la tienne, Carl. Apparemment il tue tous les possesseurs de cette marque. Et il semblerait que chacun d'eux avaient tués leurs familles et leurs proches.

Je ressens un élan de panique. Fox et James font partis de ma famille. Ils sont tout pour moi, au même titre que mon frère et Azriel que je considère comme mon frère et meilleur ami.

— Qui sont les suivants ? Il a eu tous les Espinosa, non ?

— Heu… Oui. D'après ce que je vois, il n'avait pas de frère et sœur, ni d'autres enfants et n'a jamais été marié alors… Oh non… Dites-moi que c'est une blague !

Je me tourne vers lui, aussitôt alarmé. Que se passe-t-il pour que ça le mette dans cet état ?

— Merde…

— Quoi ? intervient Azriel, m'ôtant les mots de la bouche.

Nous nous approchons de mon frère, derechef, attendant une réponse.

— Parmi les corps, il y a une des victimes qui se serait

donné la mort avant même d'avoir tué sa propre famille. Judas a tué leur enfant et les parents de cet homme, mais il n'a pas encore mis la main sur sa femme.

Il pianote dans les fichiers de l'état et déniche un certificat de naissance.

— Elle s'appelle Jessica Alexanders et elle a quarante-cinq ans.

— C'est dingue ! Il ne l'a pas encore trouvée ? m'étonné-je en haussant les sourcils.

Mon frère ouvre une page internet rapidement d'un air concentré et déniche une information.

— Elle a posté sur les réseaux sociaux qu'elle adorait ses parents, mais qu'ils étaient beaucoup trop moralisateurs.

Je souris malgré moi, en acquiesçant.

— Ce n'est pas moi qui dirais le contraire… C'était quand ?

— Il y a quarante-cinq minutes.

Je pose le livre que je tiens et m'éloigne d'Azriel et Will. Il faut qu'on retrouve Jessica. C'est notre seul moyen de la sauver et de mettre la main une bonne fois pour toute sur Judas.

— Donc, il tuerait les membres des familles qui n'auraient pas été tués par celui qui a attrapé la malédiction…

— Vous croyez qu'il irait jusqu'à tuer James ? s'inquiète

aussitôt mon frère.

— Il en est capable, le coupe Azriel d'un air formel en appuyant ses mains sur la table juste en face de mon frère. Il a tué le fils d'un des types qu'il a maudits. Et de ce que j'ai observé sur le cadavre, il l'a tué de sang-froid. Le corps ne montrait aucune marque d'hésitation.

— S'il a enlevé James, ce n'est sûrement pas pour l'adopter ou jouer à la poupée ! répliqué-je en fronçant les sourcils.

— Il y avait des ados dans ces tombes, des femmes… soupire l'Ange.

— Des ados… qui auraient été maudits ?

— C'est ça. Judas a transmis cette malédiction à tous ceux qu'il jugeait capable de commettre des meurtres.

Je fronce les sourcils en me tournant vers mon frère.

— Tu as entendu Azriel ? Si ce n'est pas toi qu'il a choisi, c'est parce qu'il jugeait que le plus meurtrier de nous deux c'était moi ! Ce n'est pas vrai… Et c'est moi qui ai une copine et un fils… !

Je soupire et m'éloigne d'eux. Je n'aime pas cette histoire. J'ai un mauvais pressentiment.

— Où tu vas ? s'inquiète aussitôt mon frère.

Je m'arrête pour me tourner vers lui. Je lui dois des explications, c'est la moindre des choses.

— On sait où Judas doit se rendre. Il doit aller chercher cette femme. Il faut l'en empêcher.

Mon frère hausse les sourcils sans comprendre.

— Cette femme va mourir !

— On va partir à sa recherche ? Et après ? Qu'est-ce que tu feras, hein ?

— Je ferais ce que j'ai à faire, déclaré- je tout à coup, avec assurance. Il en va de la vie de mon fils et de sa mère. Je tuerai Judas. Je n'ai pas le choix.

Je me rends rapidement dans la salle des armes, pour faire le plein. J'ai déjà mon sac de prêt. Je suis plus que déterminé à mettre un terme à toutes ces tueries, pour sauver la vie de cette pauvre femme qui n'a rien demandé, mais aussi celles de mon propre fils et de la femme que j'aime. Ravier a été manipulé par Judas et cette foutue marque. Je suis prêt à parier qu'il ne voulait pas tuer son enfant. Je suis certain qu'il aurait aimé que quelqu'un intervienne pour sauver sa famille. Tout comme j'aimerais que quelqu'un intervienne pour la mienne, si jamais je n'en étais pas capable. Mais voilà, je suis le seul à pouvoir mettre un terme aux agissements de Judas. Le seul qui ait assez de force pour le tuer.

Mon frère entre dans la pièce et me questionne silencieusement. Il ne comprend pas ma détermination.

— Rappelle-toi. Quand il m'a transmis cette malédiction, il m'a dit que ce jour viendrait où nous aurions à nouveau affaire à lui. Que j'aurais à choisir entre les innocents et ma famille.

— Je sais très bien ce qu'il a dit. Mais tu vas le laisser te manipuler comme il l'a fait pour les autres ? Ce type est cinglé, ça ne fait aucun doute. Il est maléfique. Si ça se trouve, c'est l'immortalité qui l'a rendu fou.

Je me tourne vers mon frère.

— Il n'avait pas l'air fou quand qu'il m'a annoncé que j'aurais ce choix à faire. C'est ma faute si James et Fox ont été enlevés. Parce que *j'ai* pris la décision de faire appel à lui. On aurait pu trouver une autre solution pour tuer Abaddon.

J'attrape mon arme préférée qui est glissée dans mon dos, au niveau de la ceinture, et vérifie le nombre de balle dans le chargeur.

— Tu sais très bien que c'était l'unique solution. Autrement, les parents de Fox n'y auraient pas laissé la vie. Et ça ne signifie pas que ce soit absolument à toi de l'affronter ! se risque à me contre dire mon frère.

— Tu sais bien que si, déclaré-je en chargeant mon *Colt M1911*. Il n'y a qu'une seule arme qui soit assez puissante pour en venir à bout.

— La Dague du Destin... comprends alors mon frère, tandis que je range mon arme à sa place.

— Carl a raison, commence Azriel en s'approchant de moi, tout en regardant mon frère d'un air désolé. Moi non plus je n'aime pas cette situation. Mais je dois m'y résoudre. Et toi aussi, Will, tu dois t'y faire.

Mon frère soupire et secoue la tête, l'air de ne pas accepter la situation.

— D'accord, mais est-ce que c'est au moins possible de retourner son arme contre lui ? Après tout, elle lui appartient à la base.

Instinctivement, ma main se pose sur la marque. Est-ce que je le suis ?

— Il n'y a qu'un seul moyen de le savoir, soupiré-je.

— Tu risques de ne jamais revenir de ce combat. Et Fox et James pourraient te perdre.

Je le sais tout ça. Mais je n'ai pas le choix. Il le faut. Et je sais que Fox comprendrait que je fais ça pour sauver tous ces humains et pour me débarrasser de cette marque.

Je tourne le regard vers mon frère, triste mais décidé, et soupire à mon tour.

— Je sais, lui assuré-je. Mais avons-nous vraiment le choix ?

★ ★ ★ ★ ★

QUELQUES MOIS PLUS TOT

— *Carl, tu es certain de ton choix ? s'inquiéta mon frère en m'aidant à préparer le rituel d'invocation.*

— *Je n'ai pas le choix, Will. Tu ne comprends donc pas, qu'on n'a jamais eu le choix ? Il est le seul à pouvoir mettre fin au règne d'Abaddon. Si nous ne faisons rien, Fox n'aura jamais la vie tranquille parce qu'Abaddon sait qu'elle connaît l'unique moyen de la tuer. Ce n'est pas pour rien si sa famille a été décimée. Son père le savait et Fox l'a appris avant qu'il ne meure. Grâce à la vision qu'elle a pu avoir, elle a pu empêcher sa propre mort et nous fournir cette information. Maintenant nous avons le moyen de venger la mort de sa famille en invoquant la seule créature qui en a le pouvoir.*

Mon frère soupira et secoua la tête en continuant à suivre les instructions de l'invocation.

— *C'est de la folie... marmonna-t-il. Si seulement Fox était là pour nous aider...*

— *Oui, mais elle ne l'est pas. Elle a préféré nous laisser tomber. Alors nous allons faire tout ce qui est en notre pouvoir pour tuer Abaddon et retrouver une vie normale. Du moins, aussi normale qu'elle l'était...*

Une fois les préparations terminées, nous nous écartâmes de la table d'invocation en prenant la feuille où était inscrit le sortilège en latin.

— Oh ! Perfidiarum pater, te obtestor, ut mihi vires vincendi dones...[1]

Un grondement commença tout à coup à s'élever dans la pièce et une bourrasque venue de nulle part se mit à tourbillonner autour de nous, faisant s'agiter nos cheveux. La brise était si violente que je peinais à garder les yeux ouverts pour les protéger.

— *Je crois que ça fonctionne ! m'encouragea Will d'une voix forte, essayant de se faire entendre à travers le brouhaha.*

Je pris une grande inspiration et tendis ma main grande ouverte en direction de la table où se trouvait un réceptacle contenant des herbes et objets visant à garantir le succès de l'invocation.

— Venite ad me, et facite voluntatem meam ![2] *terminais-je*

---

[1] *Traduction du latin : « Ô, toi ! Père des traîtres, je t'invoque à moi, afin de me donner la force de vaincre. »*

[2] *Traduction du latin : « Viens à moi et accomplis ma volonté ! »*

457

d'une voix plus puissante, avant qu'un déchirement semblable à un coup de tonnerre nous vrille les tympans.

Nous nous bouchâmes les oreilles et fermâmes les yeux lorsqu'une lumière aveuglante se mit à étinceler dans la pièce. Puis lorsqu'elle commença enfin à diminuer en intensité, nous ouvrîmes les yeux sur un homme âgé, vêtu d'une longue robe en tissus, avec des cheveux et une longue barbe noire et lisse.

— Qui êtes-vous et pour quelle raison avez-vous eu le culot de m'invoquer ? nous questionna la voix grave du vieil homme.

— Je n'en reviens pas que ça ait fonctionné, souffla mon frère, abasourdis, observant l'homme que nous avions devant nos yeux. Nous avons réussi à invoquer Judas en personne.

— Nous nous appelons Carl et Will Walher et nous sommes…

— Chasseurs. Je le sais. Pourquoi avez-vous fait appel à moi ?

Je tournai les yeux vers mon frère, le plus diplomate de nous deux, et le plus enclin à pousser quelqu'un à nous rendre service, aussi puissant soit-il.

— Nous avons besoin de votre aide pour détruire un démon, expliqua ce dernier.

— Et deux Chasseurs comme vous, en êtes incapables ?

— Il n'y a qu'une seule créature qui puisse détruire ce démon, et c'est nul autre que vous.

— Impossible. Le seul démon qui ne puisse mourir que de ma main est...

— Abaddon, terminais-je. C'est exact. Et c'est la raison de cette invocation. Nous avons besoin de votre aide afin de l'éradiquer une bonne fois pour toute.

Judas se mit à faire les cent pas devant nous, les bras croisés dans son dos et sembla songeur.

— En réalité, je n'ai pas ce pouvoir.

— Pardon ? s'étonna Will en haussant les sourcils. C'est impossible ! Nos informations...

— Etaient fausses. La seule chose capable de tuer Abaddon est un objet. Une lance. Celle-là même que j'ai utilisé sur mon meilleur ami. Ironique n'est-ce pas ?

Un sourire en coin apparût sur son visage.

— Avec les années, elle s'est transformée en dague afin qu'elle soit plus discrète et facile à transporter. Mais ne l'utilise pas qui veut.

— Comment ça ? m'étonnais-je à mon tour, fronçant les sourcils.

— Cette arme est maudite. Et seul quelqu'un de maudit peut l'utiliser. Mais cette malédiction ne se transmet pas à n'importe qui, naturellement.

Je fronçai les sourcils en tentant de rester calme. Manifestement, ça l'amusait de nous voir à ce point agacés et sur le point de le supplier de nous faire cette faveur.

— Comment fait-on pour devenir maudit ? le questionnais-je en tentant tant bien que mal de rester calme.

— Il n'y a rien à faire, c'est moi qui décide qui doit la recevoir. Et tu me plais bien, Carl Walher.

Il soupira et haussa les épaules.

— Je vais vous faire cette faveur. Il se trouve que je n'aime pas Abaddon. Elle est du genre à détruire tout ce qui bouge et cela nuit à mes affaires. Et puisque vous êtes à ce point obstinés à vouloir la tuer, je vais vous en donner le pouvoir. Enfin… je vais octroyer ce pouvoir à toi, Carl. Tu me semble prometteur. Approches.

Hésitant, je fis un pas dans sa direction et m'arrêta à quelques centimètres de lui. Il tendit une de ses mains sur le côté, paume ouverte vers le plafond et une dague apparût dans une brume noire et opaque. J'aurais pu trouver ça cool, si ça n'avait pas l'air aussi démoniaque.

Il ramena la dague entre nous et me demanda de tendre le poignet vers lui, ce que je fis en silence. Ce fut alors posa la pointe de la dague sur ma peau qui fait apparaître une tache noire, en grognant quelque chose dans une langue morte que je ne connaissais pas.

La douleur fut atroce. Et lorsque j'ouvris les yeux pour observer le visage du vieil homme, je constatais que ses yeux étaient blancs, comme si ses globes oculaires s'étaient retournés dans leur orbites.

Lorsqu'il me relâcha, la douleur disparût presque aussitôt, mais la colère qui était tapis au fond de moi, devînt plus forte, presque vivante, comme des centaines de serpents zigzaguant sous ma peau.

— C'est tout ? nous interrogea mon frère d'une voix hésitante, rompant le silence qui venait de s'installer dans la pièce.

Je tournai les yeux vers mon frère et la sensation disparût alors quelque peu. Un regarde en coin, en direction de Judas, m'indiqua par son froncement de sourcils qu'il s'attendait à quelque chose. Peut-être une réaction que je ne semblais pas avoir eue.

— C'est tout, confirma Judas en joignant ses mains devant lui. Mais avant de vous laisser partir et accomplir votre petite mission, j'ai deux mises en garde à vous faire.

— Comment ça des mises en gardes ? Vous ne nous avez pas parlé de mises en gardes ! lui reprocha aussitôt Will.

— Vous ne me l'avez pas demandé. Si Carl se fait tuer, il deviendra un démon à part entière. Et enfin, il viendra un jour où nous nous reverrons. Et ce jour-là, vous devrez faire un choix entre vos innocents à sauver et votre famille.

— De quoi parlez-vous ? murmurais-je d'une voix blanche, sentant ma colère ressurgir aussi vivante qu'à l'instant où il m'avait transmis cette malédiction.

Un sourire satisfait apparût sur ses lèvres.

— *Vous le saurez en temps et en heure, Carl Walher. Vous com-prendrez tout au moment opportun.*

Et sans ajouter un mot de plus, il disparût sous nos yeux, de ma même manière qu'était apparue la dague dans sa main.

Fox

Je ne sais pas depuis combien de temps je suis enfermé dans ce grenier sordide, attachée à une poutre à l'aide de vieilles menottes comme on en voit dans ces films médiévaux. La seule source de lumière que j'ai, filtre à travers le hublot recouvert de papiers journaux, certains datant des années soixante.

J'ai mal aux poignets à avoir tant forcé dessus pour les enlever. Mais rien à faire. Les couches d'un centimètre d'épaisseur de métal rouillé, résistent toujours autant. Et je dois me montrer prudente, pour ne pas m'exposer à une coupure qui pourrait me faire attraper le tétanos. Il ne manquerait plus que ça, que je meurs d'une septicémie.

La porte du grenier s'ouvre et on me dépose un plateau repas composé un sandwich et d'une bouteille d'eau minérale.

Au moins, ce n'est pas comme avec les démons qui me donnaient seulement qu'un petit plateau avec un morceau de viande sèche, du pain et un verre d'eau.

Judas dépose le plateau à côté de moi et s'installe sur un coffre en bois.

— Merci, murmuré-je à contrecœur, en me jetant sur le sandwich.

Même malgré les deux repas qu'il me donne, je meurs de faim.

— Je t'en prie.

— Pourquoi vous me retenez captive ? Pourquoi James ? Vous ne nous connaissez même pas.

— Il était censé vous tuer. Ça fait partie de la malédiction. Cette marque doit le transformer en démon au bout d'un moment et il est censé tuer toute sa famille et ses amis.

Je hausse les sourcils de surprise.

— Nous tuer ? Je vous signale que nous tuons des démons ! Nous sauvons les innocents !

— Il n'en reste pas moins que ces créatures étaient, pour la plupart, des humains. Tels que les Loups-Garous, ou bien les Vampires…

— Alors ça vous suffit pour me condamner ? J'ai sauvé

plus d'Êtres Humains, que je n'ai pris la vie des monstres. N'est-ce pas suffisant ? Que voulez-vous de moi ?

— Il se trouve que j'élimine tous les gens que j'ai maudit, ainsi que leur famille qu'ils n'auraient pas tuée pour que la malédiction ne se transfère pas sur eux. Ils portent le gène de la mort. Ma tâche noire.

— Il faut dire que vous vous êtes pas mal égaré.

— Tout ce que je veux, c'est remettre un peu d'ordre.

— Et cela vous suffit à justifier la mort d'innocents ? Vous tuez des personnes qui n'ont jamais tués et qui font partis de la famille de ceux que *vous* avez maudits ! Des gens qui n'ont rien fait et qui n'auront probablement pas cette foutue malédiction ! Vous ne valez pas mieux que les créatures que je combats.

Je pose mon sandwich sur le plateau, l'appétit coupé par les révélations de Judas.

— Je suppose… Je suppose que vous allez aussi nous tuer James et moi ?

Judas sourit alors, amusé.

— C'est ce qui va arriver en effet. J'ai prévu de vous tuer. Sauf si…

— Sauf si quelqu'un d'autre s'occupe de nous avant, je

comprends alors.

— En effet. A l'heure qu'il est, Carl est en train de me chercher, comme je le prévois. J'ai semé assez de petits cailloux pour qu'il me trouve. S'il me tue, il n'arrivera pas à résister à la malédiction et l'envie de sang qui l'accompagne.

Je fronce les sourcils. J'espère ne pas avoir compris ce qu'il essaye de me dire.

— Donc si je comprends bien, si ce n'est pas vous qui me tuez, ce sera incontestablement Carl.

Une boule se forme dans ma gorge, en même temps que je sens mes yeux brûler. Je sais que Carl serait incapable de me tuer. Même s'il me l'a déjà prouvé lorsqu'il était un démon, est-ce que ça pourrait être différent cette fois ?

Judas se lève tout à coup, en poussant un soupir de lassitude.

— Où allez-vous ?

— Je vais mettre fin à la vie d'une mère de quarante-cinq ans, qui a perdu son mari et son fils. Après ça, je m'occuperai de James et toi.

— Ne faites pas ça ! Ce n'est qu'un enfant ! protesté-je pour le ramener à la raison.

— C'est ce que je vais faire, Fox. Et toi et ton fils, allez m'accompagner en restant sagement installés dans un coin pour que nous ne vous fassiez pas remarquer.

— Je crierai pour que l'on vienne à mon secours.

— Tu n'en feras rien, se moque-t-il alors. Pour la simple et bonne raison que si tu le fais, ton fils mourra dans la seconde.

— Faites pas ça !

Je me mets à trembler en le regardant d'un air suppliant, tandis qu'il me rejoint pour détacher mes chaînes de la poutre.

— Je le ferai. Sauf si c'est Carl qui s'en occupe à ma place.

Je le fusille alors du regard, de toute la haine que je peux ressentir à l'égard de ce monstre.

— Carl vous fera la peau et vous le regretterez.

Mais ma menace ne l'impressionne pas. Tout ce qu'il trouve à répondre, c'est un sourire calme qui ne présage rien de bon.

CHAPITRE VINGT-QUATRE

Carl

Will est allé préparer ses affaires en attendant que je passe un appel. Il me faut la Dague du Destin et je ne l'ai pas. Will l'avait confié à Docker en échange de l'endroit où je me trouvais lorsque j'étais un démon. C'était, selon lui, un moyen d'assurer sa sécurité. Mais il faut bien l'avouer, si j'avais voulu la récupérer à ce moment-là — et je le voulais, je n'en ai seulement pas eu le temps —, je l'aurais obtenue par n'importe quel moyen. Mais je ne suis plus à force égale avec le Roi de l'Enfer à présent, et il faut que je trouve un moyen de convaincre son détenteur de me la rendre.

Je fais les cent pas dans ma chambre en attendant que Docker réponde à mon appel.

— Tiens, tiens, tiens ! répond celui-ci, faussement surpris. Ce n'est pas…

— Judas est de retour ! annoncé-je de but en blanc pour

lui clouer le bec.

Ce qui fonctionne à merveille.

— Il a Fox et mon fils. Je dois le tuer.

— Je peux savoir pourquoi je te donnerai une arme qui est capable de me tuer.

— Parce que je te signale que toutes les autres en ont le pouvoir, dans la mesure où elle a été fabriquée avec de l'argent sacré et de l'eau bénite. Et aussi parce qu'il a l'intention de récupérer la Dague du Destin avant de prendre le contrôle des Enfers. Il aura le pouvoir de tuer n'importe quelles créatures, y compris toi. Alors soit il s'occupe de nous, soit je m'occupe de lui.

Je sais quel effet aura cette annonce sur lui. Il a toujours pris les décisions avantageuses pour lui. Je sais qu'il ne manquera pas une occasion de sauver sa peau. Après tout, il n'a pas hésité à me livrer à mon frère quand j'étais un démon, parce que je voulais prendre sa place sur le trône de l'Enfer.

Il reste silencieux et je ne peux m'empêcher de me sentir amusé parce l'effet que provoquent mes paroles.

— Tu en dis quoi ? Tu acceptes ou pas ?

— Ça va, je marche, répond-il alors.

— C'est bien ! Tu n'es finalement pas aussi idiot que je le

pensais… Je t'envoie l'adresse par texto, conclus-je alors, avant de raccrocher pour attraper mon sac de voyage rempli d'armes.

Je retourne dans la salle principale où m'attendent Will et Azriel. Tous deux me regardent avec espoir quand je range mon téléphone dans ma poche.

— Alors ? s'impatiente mon frère. Il a dit quoi ?

— Il est d'accord. Il nous rejoint sur place avec la Dague.

* * * * *

Il fait nuit lorsque nous arrivons à l'adresse envoyée à Docker une vieille église abandonnée et ravagée par les années. Nous attendons patiemment mon frère et moi, qu'Azriel ait fait une ronde pour s'assurer que le périmètre est sécurisé et qu'il n'y ait pas de traces de Judas dans les parages. Celui-ci revient vers nous tranquillement, mains dans les poches. Mais je vois son inquiétude s'afficher sur les traits marqués de son visage.

— Tout va bien.

— Et la femme ?

— Elle est en sécurité dans la crypte, au sous-sol.

— Nous n'avons pas trouvé meilleur endroit qu'une vieille

église abandonnée pour attirer Judas.

Je coule un regard vers mon frère qui ne paraît pas enchanté par ce qui pourrait arriver.

— Judas sera bientôt là, annoncé-je après avoir pris une grande inspiration pour garder mon calme. Peut-être ce soir ou demain, mais c'est sûr. Et quand il arrivera…

— Je le sais. Ne t'en fais pas ! me coupe mon frère d'une voix nerveuse et agacée.

Il n'est pas enchanté par le plan que nous avons concocté. Il faut dire que nous n'avons pas pu trouver mieux, faute au manque de temps qui nous a été imposé par Judas. Si nous voulions sauver cette innocente et récupérer Fox et mon fils avant que Judas ne leur réserve le même sort que les malheureux qu'a trouvé Azriel, il fallait que nous nous dépêchions.

— Tu géreras seul avec cette foutue Dague, ajoute-t-il pour me signifier qu'il connaît les enjeux. Des nouvelles de Fox ou de James ?

— Aucune. Mais je n'ai aucun doute sur le fait qu'ils seront avec lui. Et Jessica attend tranquillement dans les sous-sols. On s'est assuré qu'elle soit au centre d'une peinture sacrée pour qu'elle ne risque rien si jamais Judas la trouvait. C'est notre seul avantage sur lui, si on veut le piéger.

Will secoue la tête en riant froidement, en colère. Il n'est pas en accord avec le plan mit en place par Azriel et moi.

— Et il faut s'en servir, conclu Azriel.

— Je n'arrive pas à croire qu'on se serve d'une de nos protégées, comme appât pour attirer Judas dans nos filets.

— Je dois reconnaître que je suis tout aussi surprit ! intervient une voix, s'invitant dans notre conversation.

Nous nous tournons en même temps et regardons la silhouette de Docker se détacher de l'obscurité en s'avançant vers nous.

— Un démon qui a une conscience ? Une première, je dois l'avouer.

— Je n'en ai rien à foutre de cette femme. J'ai une chance sur deux de la retrouver chez moi. Ça ne dépendra que d'elle. Soit elle choisit de se relever et de reconstruire sa vie, soit elle choisit de se suicider parce que vivre sans sa famille deviendra trop dur. Et c'est pareil pour ta femme et ton gosse. Je n'en ai rien à foutre qu'ils clamsent. Si je suis inquiet, c'est seulement pour nous.

— Parce que tu crois qu'il y a un *nous* dans l'histoire ?

Je dois garder mon calme lorsqu'il parle de mon fils. Je ne veux pas faire capoter le plan, parce que je suis trop impliqué.

Mais cette colère se fait de plus en plus puissante à mesure que le temps file.

— Si tu es là, c'est simplement parce que tu as quelque chose à perdre.

— Justement oui. Parlons-en. Puisque je suis le centre fondamental de ce plan qui je l'espère ne plantera pas, j'estime avoir le droit pour ma sécurité de garder cette arme en ma possession jusqu'à ce que le grand moment arrive. Question de sécurité. Moi avant tout.

Azriel tourne les yeux vers moi. Je sens son inquiétude provoquée par le choix de Docker. Mais je fais en sorte de rester de marbre, même si moi aussi je suis inquiet. Je tourne les yeux vers mon frère qui m'adresse une moue silencieuse pour confirmer qu'il est d'accord.

— Du moment que tu me la donnes en temps voulu, nous n'y voyons aucun inconvénient. Où est-elle ?

— Quelque part en sécurité. Tu ne crois tout de même pas que je vais te le dire alors que tu pourrais envoyer ta perruche céleste la chercher, pour ensuite me tuer.

Je ne peux pas lui enlever ça. Ce n'est pas comme s'il avait tort après tout. Il a beau avoir les mêmes objectifs que nous

474

pour l'instant, il n'en reste pas moins un démon qui nous incombe de chasser.

— Bien ! Maintenant que nous avons réglé ce problème, j'ai grande hâte d'entendre votre superbe plan.

* * * * *

Quelques heures se sont écoulés depuis que nous avons expliqué à Docker notre plan. Chacun reste sur ses gardes dans l'attente que Judas rapplique. Les minutes s'égrènent lentement, rendant l'attente longue et inquiétante.

Une fois ma ronde terminée et après m'être assuré que notre protégée va bien, je vais voir mon frère qui observe le ciel étoilé. Il n'y a plus de circulation ici depuis des années. C'est évident. Le parking est craquelé et les herbes se sont infiltrés entre les fissures. Nous entendons la circulation à quelques kilomètres. Une voie rapide. Et les lumières de la ville sont tellement loin qu'elles ne nous empêchent pas de voir le ciel étoilé, si bien que l'on peut apercevoir la Grande Ourse de là où nous sommes.

Je suis certain qu'il est inquiet que rien ne se passe comme prévu. Je le suis aussi. J'ai peur qu'il arrive quoi que ce soit et que j'en vienne à réaliser mon propre cauchemar. Il m'est arrivé de faire des cauchemars qui se produisaient en vrai. Des cauchemars où j'étais responsable d'un massacre sanglant, sans que j'en ai conscience. Et dès que je reprends conscience, je réalise avec effroi que ça s'est réalisé et que j'en suis responsable. Dans ce genre de circonstance, je me sens perdu et j'ai peur de moi-même. J'ai peur pour les autres.

Non, je ne parlerai pas de prophétie dans mon cas. Je dirais seulement que la malédiction m'envoie des avertissements de ce dont je pourrais être capable de faire, à travers des visions d'une cruauté déconcertante. Des visions qui me conduisent immanquablement à leur réalisation. C'est ce qui m'effraie. Savoir que je peux l'en empêcher, mais que je n'y arrive pas parce que je ne sais jamais quand je pourrais perdre la tête. Et si cette vision se reproduisait encore ?

Will se tourne vers moi.

— Alors… fait-il d'un air perdu. Si ça fonctionne et… et qu'on attrape Judas. Que se passera-t-il ?

— On improvisera en temps et en heure. L'important c'est qu'on en arrive là. Il faut qu'on essaye.

Nous restons silencieux quelques secondes, avant que je reprenne.

— Tu te souviens, la semaine dernière je te disais que j'étais prêt à me mesurer à lui au moment venu. Je le pensais sincèrement, tu sais ? Surtout depuis qu'il m'a pris Fox et James.

— Je le sais. Tu dis rarement les choses que tu ne penses pas.

— Ouais… mais je ne me doutais pas que ça arrivera aussi vite. Une semaine…

Je ris nerveusement et détourne le regard.

— Je ne saurais dire si c'est trop long ou au contraire trop rapide.

Mon frère a toujours su lire en moi. Nous sommes comme ça lui et moi. Jamais l'un sans l'autre. Il y a toujours eu un Will et un Carl. Même dans nos pires disputes. Même lorsque l'un essayait de tuer l'autre. Et j'ai peur que cet affrontement brise ce lien si spécial qu'il y a entre mon frère et moi. Ces liens que rares sont ceux qui le partagent.

Je me tourne vers mon frère, sans cacher ma tristesse cette fois. J'ai peur et je sais que lui aussi.

— Je suis mort de trouille Will, avoué-je alors à cœur ouvert. J'ai peur que l'on échoue. J'ai peur pour Fox. Peur mon fils.

Je baisse les yeux et détourne à nouveau le regard pour ne

pas voir sa propre peur. Ça y est. C'est dit. Et étrangement, je me sens un peu mieux de lui avoir fait cette confidence.

— Ne t'en fais pas, m'assure mon petit frère.

Je coule un regard dans sa direction et le vois observer la voûte céleste avec attention. Ou peut-être est-ce une manière pour lui aussi de me cacher sa peur.

— Si on échoue, je retrouverai Fox et James, et je les mettrai en sécurité. Quitte à demander à Azriel de les emporter loin de nous.

Je hoche silencieusement la tête, m'imprégnant de cette promesse qui, je le sais, assurera la sécurité de la femme que j'aime et mon fils.

Fox

Il est déjà très tard lorsque Judas me téléporte dans une pièce, les mains ligotées, après avoir placé mon fils ailleurs. Je ne sais pas où il est. Tout ce que je sais, c'est qu'il n'est pas loin, endormi dans un berceau. Le berceau même que celui que j'avais vue de ma vision. Le moment que je redoute tant est en train d'approcher et je suis plus impuissante que jamais. Je ne peux pas agir. Je ne peux même pas prévenir Carl de ce qui risque de se produire.

— Où sommes-nous ? soufflé-je en reculant vivement pour m'éloigner un maximum de lui.

— Nous sommes dans une église abandonnée, dans le Vermont. Je vais rechercher Jessica et je retrouverai ensuite Carl et Will. Je sais qu'ils sont là. Ils s'imaginent me tendre un piège, ou quelque chose comme le fait de la protéger.

— Il vous tuera ! le menacé-je les dents serrés.

— Non, je ne crois pas. Mais au cas-où, je crois que je vais prendre une assurance.

Judas sort un couteau de sa ceinture, à l'intérieur de sa veste et s'approche de moi.

Je sursaute, surprise de ne pas l'avoir vue dans une de mes visions.

— À L'AIDE ! crié-je alors, dans l'espoir que les Chasseurs m'entendent.

Judas m'adresse un sourire amusé en s'approchant de moi lentement.

— Tu peux crier autant que tu veux, ils ne savent pas que tu es là. Ils ne t'entendront pas. Je me suis assuré de te placer dans une pièce isolée pour qu'ils ne sachant pas que tu es là, rien de mieux que le bureau du prêtre d'une église pour pouvoir parler en toute discrétion. Mais en même temps, tu es juste à côté d'eux. N'est-ce pas ironique ? Et le temps que je vienne te chercher, je vais te faire patienter un peu pour que tu ne bouges pas.

L'homme se rapproche alors rapidement de moi et me saisit à l'épaule pour m'immobiliser, avant de me planter le couteau dans le ventre jusqu'à la garde. Comme lorsque je me l'étais fait quand Carl était un démon. Mais cette fois-ci, la douleur est plus insupportable que la fois précédente.

Je pousse un cri de douleur en me pliant en deux par réflexe ; le souffle coupé à cause du choc et de l'incompréhension, avant de respirer comme je le peux pour canaliser la douleur. Judas me lâche et recule en souriant d'un air satisfait, comme si tout se déroulait selon un plan bien établi. Je recule pour m'éloigner de lui, puis perds l'équilibre et tombe sur les genoux en tenant le manche de l'arme, qui dépasse de mon t-shirt blanc qui commence à s'imbiber de sang.

— Vous le paierez, glapis-je en prenant de petite inspiration pour ne pas faire bouger la lame et aggraver mon état.

— On verra bien. En attendant, économise tes forces si tu veux survivre. Et essayes de ne pas t'endormir. Ce serait dommage que tu meurs aussi vite, pour voir la mort que je réserve à ton fils et aux deux Chasseurs que tu aimes tant.

Judas quitte alors la pièce en disparaissant sous mes yeux, me laissant seule et isolée du bruit. Il faut que je trouve un moyen de sortir de là, avant que je ne me sois vidée de mon sang.

CHAPITRE VINGT-CINQ

Carl

Comme prévu, Judas se montre. Mais nous n'avions pas prévu qu'il serait aussi puissant. Nous n'avions pas prévu qu'il résisterait aux pouvoirs d'Azriel qui, prit par surprise, se fait projeter dans un vieux corbillard laissé à l'abandon, en passant à travers un mur en vieille briques qui s'effondre sur son passage. Mais il est quand même tombé dans notre piège. C'est bientôt à mon tour d'agir, attendant patiemment dans la salle principale où des bancs s'empilent de part et autre de la pièce, que mon frère vient de fermer.

— Un cercle de peinture sacrée… intervient la voix Judas depuis le vestibule d'entrée de l'église.

Je pourrais presque entendre de la fierté dans le son de sa voix.

— Je me suis dit qu'il fallait tenter le coup. Nous avions

une chance sur deux que ça marche. Pour une fois que la chance est de notre côté…

J'entends de l'amusement et du défi dans la voix de mon frère.

— Je dois bien admettre que c'est très malin. Mais au risque de vous déplaire, ça ne tiendra pas longtemps.

— Pas besoin que ça tienne longtemps, assure mon frère calmement.

J'entends des pas se rapprocher de la porte, comme prévu dans le plan. La porte coulisse et Docker et mon frère entrent en compagnie de Judas qui me remarque. Il sait à quoi s'attendre à présent.

Il fronce les sourcils en remarquant la ligne blanche qui fait le tour de la pièce. Will se penche en avant et termine de peindre le cercle blanc pour fermer le piège.

— Encore un… murmure Judas en prenant une grande inspiration, en nous jetant un regard noir et agacé.

— Ouais… Ce n'est pas agréable quand on est pris au piège deux fois de suite de la même manière ! rétorqué-je d'une voix moqueuse. Vous vous y ferez.

Je le contourne pour rejoindre mon frère, avant de quitter la pièce et fermer la porte sur mon passage au moment où

Azriel nous rejoint, l'air mal en point.

— Azriel ! Ça va ? s'inquiète mon frère en le rejoignant.

Je suis aussi inquiet pour lui.

— Ouais… répond-il en se frottant l'arrière de la tête, rageusement. On l'a eu ?

— Oui, réalise Will qui semble surprit.

Le moment que je redoute depuis quelques semaines est enfin arrivé. Je soupire pour me donner du courage et pense à Fox et James qui doivent être prisonniers quelque part. Je dois les sauver.

— Bien… soupiré-je. Je crois que c'est à mon tour…

— Qu'est-ce qu'on peut faire frangin ? me questionne mon frère d'un air suppliant, comme si j'étais le chef d'un groupe de sauveteurs.

— Rien du tout. Si vous vous mêlez de quoi que ce soit, ça risque de me déranger et ça pourrait dégénérer. Je ne peux pas me permettre de m'inquiéter pour qui que ce soit. Je vais devoir rester concentré. C'est entre lui et moi que ça se passe à présent.

— Carl… tente Azriel.

— Non, s'il te plaît ! Je ne sais pas ce qui va se passer à l'intérieur. Toute cette rage que j'ai en moi… Il va falloir que je la laisse s'exprimer. Et je risque de redevenir un démon. Je risquerai de vous faire du mal.

Mon frère soupire nerveusement. Il sait qu'il n'y a que ça à faire pour le moment. Il ne peut pas m'aider cette fois.

— Restez vigilants. Parce que si je me fais tuer, vous serez les prochains.

— Mais si c'est toi ?

Je tourne les yeux vers mon frère qui affiche un regard inquiet.

— Si vous avez le moindre doute sur ce que je suis, tuez-moi. Je ne supporterai pas de faire du mal à quiconque, ajouté-je en affichant un sourire sans joie.

— Je ne me gênerai pas, répond Docker.

Dans un sens, je me sens rassuré. Fox n'étant pas là, je sais que Docker m'éliminera contrairement à mon frère qui réessaiera de m'exorciser une nouvelle fois.

Je me tourne vers le démon qui me tend la Dague du Destin. Ça ne me plait pas de l'avoir dans les mains — à lui non plus —, mais je n'ai pas le choix. C'est le seul moyen qui existe pour tuer Judas.

Celui-ci sourit en me la tendant, et s'arrête.

— Comment je peux savoir si tu me la rendras quand tu

auras tué Judas, dans l'hypothèse où tu es encore toi-même ?

Rien.

— Tu n'as aucune garantie. Mais si je survis et que je ne suis plus moi-même, le fait que je possède cette arme entre mes mains deviendra le cadet de tes soucis. Je n'en aurais pas besoin pour te tuer. Il existe beaucoup d'autres armes qui ont la capacité de te tuer.

Convaincu, il dépose l'arme dans mes mains. Je prends alors une grande inspiration, sentant la puissance meurtrière de la Dague se répandre dans mes veines. C'est à la fois plaisant et effrayant. La marque noire à mon poignet se met alors à brûler, comme si elle reconnaissait l'arme que je tiens dans ma paume. Comme si les deux s'associaient pour décupler mon pouvoir infernal.

Je me concentre pour garder le contrôle, tandis que Docker n'en mène pas large à côté de moi. J'aurais souri en d'autres circonstances. Mais cette fois, moi-même ne sait pas comment je pourrais réagir.

— Carl ? s'inquiète mon frère en s'approchant de moi.

Je lève les yeux vers lui calmement et lui adresse un regard rassurant.

— Ça va. Je maîtrise., grogné-je.

Il paraît peu convaincu, alors je souris comme je le faisais autrefois pour le rassurer lorsqu'il était effrayé par l'orage. Comme lorsque nous étions encore mômes, loin de tout ce merdier dans lequel nous évoluons maintenant.

Je lui tourne le dos et fais face à l'énorme double porte en bois donnant sur la pièce où je vais devoir affronter Judas. Je tourne la tête et les regarde en souriant, pour leur montrer une assurance qui n'est pas mienne. Je sais que c'est cette Dague démoniaque qui me fait ressentir ça. Mais j'ai peur de ne pas en ressortir vivant. J'ai peur que la dernière chose que je vois de mon frère, c'est ce même regard apeuré qu'il avait quand nous étions gosses. J'ai peur de ne plus jamais revoir la femme que j'aime désespérément et ce fils fruit de notre amour que j'ai vu pour la dernière fois lorsque j'étais encore un démon. J'ai peur de ce que je pourrais perdre.

J'ouvre lentement une des grandes portes derrière laquelle j'attendais quelques minutes plus tôt et entre lentement dans la pièce en regardant Judas, tout en refermant la porte derrière moi. Il me tourne le dos et ne voit pas que j'ai dans ma main l'arme qu'il m'a donné en même temps que cette malédiction, dont je sens la puissance meurtrière affluer dans mon sang.

— Bonsoir, Carl.

Il se tourne vers moi pour me faire face.

— Je me trompe ou tu ne sais pas quoi dire ? Laisse-moi deviner.

Il commence à faire les cent pas devant moi.

— Tu vas vouloir me demander de te rendre ta femme et ton fils et de cesser cette tuerie. Tu vas me demander d'abandonner pour que nous ne nous battions pas.

Je garde mon calme à l'évocation de ces deux êtres que je chéris tant.

— Je ne suis pas venu vous demander de ne pas nous battre, lui annoncé-je en m'approchant lentement. Vous êtes un meurtrier. Vous méritez d'être tué.

— Mais penses-tu que je me laisserai faire ? Quand j'ai été maudit par Dieu pour avoir trahi Jésus, j'ai été contraint de tuer toute ma famille. Tous ceux que je chérissais. Après ça, j'ai passé plusieurs siècles à essayer de me défaire de cette malédiction. Jusqu'à ce que je découvre que tous ces malheureux qui touchaient ma dague, recevaient cette malédiction à leur tour et tuaient. Je me suis dit à ce moment-là, que c'était une manière de punir Dieu pour m'avoir maudit.

— Vous croyez qu'on mérite ce sort ? Vous aviez trahi votre ami. Vous méritez votre sort !

— Et toi ? N'as-tu pas trahi tes croyances ?

— Mon devoir c'est de tuer des monstres ! Des démons !

— En pactisant avec le premier traitre de l'histoire !

— Et pour les familles des gens que vous avez maudits ?

— Si la malédiction ne les avait pas fait tuer leur famille, elle aurait rebondi sur l'un d'entre eux pour perpétuer la malédiction.

— Qu'est-ce que vous en aviez à faire ? Pourquoi maintenant ?

— Un besoin de réparer mes erreurs. Pour nettoyer ce monde des traitres. Des traitres dans ton genre.

— Et pour Fox et James alors ?

Je sens que je commence à m'énerver. Judas hausse les épaules.

— Fox est comme toi. Elle fera tout pour m'arrêter. Elle en a le pouvoir. Pour ce qui est de ton fils... étant un des membres de ta famille, il pourrait recevoir un jour la malédiction. Je préfère être consciencieux.

Je baisse les yeux sur la ligne sacrée autour de la pièce. L'envie de la traverser pour l'égorger me démange au plus haut point.

— Alors ? Dis-moi ce que ça fait de tenir cette arme.

Qu'est-ce que tu ressens ?

J'adore ça. Je déteste ça.

Je serre plus fort la garde et la lève jusqu'à hauteur de poitrine en la regardant.

— Au grands maux, les grands remèdes, réponds-je d'un air énigmatique.

Je tourne les yeux vers lui et le regarde froidement, avant d'entrer dans le cercle lentement. Je sais qu'à partir de maintenant, il n'y a plus de retour en arrière possible.

— Dans ce cas, montre-moi de quoi tu es capable, Chasseur.

Je vais lui montrer de quoi je suis vraiment capable. Il ne va pas s'en remettre.

Je m'approche de lui lentement, comme un Chasseur appâtant sa proie. C'est le métier et les vieilles habitudes qui veulent ça. Il vaut mieux attaquer le premier et déstabiliser l'adversaire, plutôt que le contraire.

Je donne le premier coup, mais Judas le bloque facilement, ainsi que toutes mes autres parades, avant de m'envoyer voler à deux mètres de lui. Il est clair que mon combat contre lui, ne ressemblera pas à celui que j'ai eu contre Jasper. J'aurais eu l'avantage, si j'étais demeuré un démon.

Je me relève lentement, en prenant mon temps, tout en réfléchissant à une manière de l'attaquer sans qu'il n'arrive à bloquer chacun de mes coups. Nous nous jaugeons du regard, puis je m'élance. Mais une fois encore, il parvient à me repousser à l'opposé d'où je me trouvais. Je charge en grognant de colère, comme le faisait Jasper quand il m'affrontait, mais il m'attrape le bras et me saisit à la gorge avant de me jeter au sol comme si je n'étais qu'un vulgaire fétu de paille.

Je roule sur le côté plusieurs fois avant de m'immobiliser sur les genoux. Je lève les yeux vers Judas qui ne paraît nullement affecté par le combat. Il conserve sa contenance — là où moi je commence à céder à la colère- —, et réajuste calmement sa cravate.

Je lance une nouvelle attaque et sens qu'il commence à s'impatienter, au coup de poing que je reçois dans le ventre. Il a autant que moi envie d'en finir. Je donne un coup avec le bras qui tient la Dague pour l'empaler dessus et profite qu'il bloque cette manœuvre pour lui asséner un coup de poing sur le côté droit de sa mâchoire, le déstabilisant tout à coup. Mais je me rends alors compte qu'il me tient le bras.

— Pour quelqu'un qui possède une arme céleste aussi puissante, je m'attendais à mieux. Je dois bien l'avouer.

Je le fusille du regard. S'il savait que je ne donne pas tout, pour résister au pouvoir qu'elle exerce sur moi… Je ne veux pas lui céder. Je ne veux pas me perdre moi-même.

— Je pense que tu pourrais faire mieux si tu t'en donnais la peine.

Il tente une nouvelle fois de m'envoyer voler, mais je parviens à lui résister et décroche un nouveau coup de poing qui le déstabilise avant de le faire tomber. Il se redresse lentement.

— Sauf si… commence-t-il, mais je l'arrête en lui donnant un nouveau coup de poing.

Je le lâche en reculant, sentant que je commence à perdre le contrôle et céder à la marque. Je secoue la tête pour reprendre mes esprits, tandis que ma tête s'emplit de chuchotement m'incitant au meurtre, comme si ma partie démoniaque essayait de refaire surface et prendre le contrôle de mon corps.

Judas se recoiffe rapidement, et me montre du doigt.

— Sauf si… tu te retiens volontairement pour ne pas céder une nouvelle fois à son pouvoir.

Je le regarde d'un air meurtrier. Oui, je me retiens volontairement. Mais je vais donner tout ce que j'ai pour le tuer. Je donne un coup de couteau vers son visage, qu'il bloque de justesse et m'apprête à lui donner un nouveau coup de poing, mais il bloque mon autre bras.

— Que se passe-t-il Carl ? Tu as peur de succomber si jamais tu donnais tout ce que tu as ? Tu penses que tu t'en sortiras comme si de rien n'était ?

Il me jette au sol dans l'autre sens et je perds l'équilibre en me levant avant de tomber une nouvelle fois au sol. Ça devient une manie chez moi. J'ai de plus en plus de mal à rassembler mes forces pour me redresser.

— Crois-moi Chasseurs… Depuis le temps, je sais que PERSONNE NE PEUT RESISTER A LA MALEDICTION. TÔT OU TARD, TU RECHUTERAS ! MÊME SI TON FRERE A REUSSI UNE FOIS A T'EN LIBERER ! s'emporte-t-il alors avant de m'asséner un coup de pied dans la figure pendant que je tente de me redresser.

Je serre la dague dans mes mains en toussant, rassemblant tout l'air que j'ai dans les poumons et la force qu'il me reste pour continuer à lutter. Je ne dois pas baisser les bras. Je dois me battre pour eux. Pour Will, Azriel, Fox et James, qui n'attendent qu'une chose : que je sorte vainqueur de ce combat. Que j'élimine Judas et me débarrasse de cette foutue malédiction qui pourrait se répercuter sur mon fils ou mon frère, si je ne survis pas.

Je me relève avec difficulté en le montrant du doigt.

— Vous m'avez dit que ce jour viendrait où nous aurions à nouveau affaire à vous. Que j'aurais à choisir entre les innocents et ma famille, articulé-je avec difficultés, à cause de mon manque d'air dans les poumons.

— Tu as raison, confirme l'homme.

À l'aide de ses pouvoirs, il me soulève du sol à distance et m'envoie voler dans l'autre sens, me faisant traverser une fenêtre. J'atterris lourdement sur le sol en bois.

— Je t'ai dit ça. C'est vrai.

Je tente de reprendre mon souffle pendant qu'il m'explique ce que j'ai mal compris. J'ai mal partout. J'ai l'impression que j'ai des côtes cassées. Tous mes muscles ainsi que chaque partie de mon corps sont endoloris.

Je me redresse lentement et cherche partout autour de moi, où j'ai pu égarer la Dague du Destin.

— Je t'ai beaucoup observé, tu sais ? Au départ, je me suis dit que j'allais essayer de t'enlever la malédiction d'une autre manière. Et puis je t'ai vu succomber à la malédiction et essayer de tuer ceux qui t'étaient proches. Et puis je t'ai vu résister. Alors j'ai su que c'était ton courage, ton amour pour cette femme et ton enfant, ton intrépidité sans faille qui pour-raient faire la différence.

Je remarque alors qu'elle se trouve entre Judas et moi.

— J'ai donc commencé à faire le ménage autour de moi et j'ai pris ta femme et ton fils, sachant pertinemment que tu ap-porterais la seule chose capable de m'éliminer. La chose que je souhaite le plus au monde récupérer.

Je me jette brusquement au sol en tentant d'attraper l'arme, mais il m'envoie voler à l'opposé et attire l'arme à lui avec son pouvoir. Il pose son pied dessus pour l'immobiliser et se baisse vers elle pour la saisir dans ses mains avant de la brandir en l'air en signe de victoire. Je vois alors son pouvoir se dé-verser dans ses veines les noircissant comme un venin qui se répandrait rapidement.

— Voilà un moment que j'attendais ça… soupire-t-il alors, soulagé. Tellement de temps que j'espérais la prendre dans mes mains. Je dois t'avouer qu'elle m'a réellement manquée.

Il ferme les yeux, savourant le pouvoir qu'il n'avait jusqu'alors plus ressenti depuis qu'il me l'avait transmis. Un pouvoir que je venais de lui apporter sur un plateau doré. Je me relève lentement. Silencieusement.

— Ça fait tellement de bien… murmure-t-il en fixant la

lame avec fierté. Comment ai-je réussi à m'en passer ?

Je me décale sur le côté et me jette sur lui, mais il me retient alors en me saisissant à la gorge. Je grimace de douleur et lui tient le poignet à l'aide de mes deux mains pour essayer de me dégager de son emprise. Maintenant qu'il possède à nouveau la Dague du Destin, son pouvoir est décuplé.

— C'est dommage Carl. Je t'aimais bien. Mais saches qu'en te tuant, je vais t'épargner d'affronter ton destin.

Je fronce les sourcils sans comprendre.

— Mon destin ? répété-je tant bien que mal.

Il me jette par terre, à ses pieds, et ma tête heurte alors le sol lorsque je tombe sur le côté en toussant pour reprendre mon souffle.

— Tu n'as donc pas compris, je me trompe ?

— Compris quoi ?

— Que si tu survis, tu succomberas à la malédiction. Et tu seras amené aussi à tuer ton frère, ta femme et ton fils. Tous ceux en qui tu tiens.

Je le regarde avec inquiétude.

Non, ça ne peut pas être possible. Ça ne peut pas se terminer comme ça. Pas comme dans ma vision. J'avais beau me convaincre que j'étais plus fort que ça, mais en définitive je ne le suis peut-être pas.

— Non… murmuré-je en secouant la tête, désespéré. Jamais ! Vous vous trompez !

Je tente de me relever, mais Judas m'écrase la poitrine d'un coup de pieds. Je grogne de souffrance.

— On n'appelle pas ça une malédiction pour rien, Carl ! Tout d'abord, tu commenceras par le Roi de l'Enfer. Tu vas peut-être avoir des remords, mais tu te diras que c'était la meilleure décision. Quitte à être le Roi de l'Enfer, autant en venir à bout de l'ancien Roi.

Je me tords sur le sol en priant intérieurement que ces choses qu'il me dit soient évitables. Je ne veux faire de mal à personne.

— Ensuite, tu tueras l'Ange. Après tout, s'il a réussi à te ramener la première fois, il réessaiera. Mais tu n'en auras pas envie. Et c'est ce qui te rendra démoniaque cette fois. Tu en souffriras dans les premiers temps, le temps que tu te débarrasses de cette humanité qui t'a collé à la peau la première fois, te forçant à faire la promesse à ta femme de ne pas tuer ton fils et t'amenant à finalement vouloir la garder pour avoir une Reine.

— Ferme-la, grogné-je les dents serrés.

— Et puis viendra ceux qui détruiront ton âme. Qui fera

que ni rien, ni personne, ne pourra te ramener. Pas même Dieu lui-même.

— Non ! grogné-je, déterminé à ne pas réaliser ce qu'il me dit.

— Tu commenceras par Will. Celui qui est en mesure de t'affronter pour protéger ta femme et ton fils. Ensuite, tu tueras ta femme qui gît actuellement dans son sang, à quelques mètres de tes amis au moment où nous parlons.

Je tourne la tête en direction de la porte par laquelle je suis entré, et m'apprête à prévenir mon frère, quand Judas m'assène un coup de pied en plein visage avant de le reposer sur ma poitrine.

— Tu prendras ton temps pour jouir de la situation, et n'oublier aucun moment. Et pour terminer, le petit garçon que tu ne pensais pas avoir un jour, mais que tu aimes inconditionnellement en secret.

Je me débats pour qu'il me lâche. Pour résister à ce qu'il me dit, refusant obstinément d'y croire. Il faut que je sauve Fox. Je ne sais pas depuis combien de temps elle est blessée. Mais il faut lui venir en aide. Je dois la sauver.

— Et le seul qui puisse te permettre de ne pas la tuer, c'est moi. Si je te tue. Considère que je fais preuve de clémence en agissant. Ne me remercie surtout pas.

Il brandit alors l'arme en l'air et l'abat rapidement au moment même où j'attrape mon pistolet. Je pose le canon près de sa tempe et tire.

Déstabilisé, il me lâche et recule de quelques pas en lâchant la dague au sol. C'est de l'incompréhension, de la surprise et de l'horreur qui traverse les traits du visage de l'homme en voyant du sang couler de sa tempe. Je roule sur le côté, profitant qu'il soit paralysé par la douleur pour l'éloigner de moi et attrape la dague qui attend au sol, qui attend sagement que l'un de nous la manipule pour ôter la vie de l'autre.

Je me relève aussitôt sur mes gardes, en reprenant mon souffle, prêt à attaquer s'il faut. Mais je n'en fais rien. Je me contente de regarder Judas qui se tient désespérément la tête qui saigne abondamment. Il me regarde effarer, tandis que moi je ne réalise pas complètement ce qui vient de se passer.

— Tu sais bien que cette arme ne peut pas me tuer, sourit Judas d'un air moqueur.

Je suis triste pour lui. Je suis triste que ça finisse de cette manière pour cet homme qui représente à lui seul un livre entier de l'histoire. C'est cette malédiction et cette envie de corriger ses erreurs, qui ont fait de lui ce qu'il est. Qui l'ont fait commettre tous ces meurtres.

— Qu'est-ce que tu attends ? Tu as peur de terminer le travail ?

— Dites-moi qu'il existe une autre solution.

Il ne répond pas, tournant le regard vers moi.

— DITES-MOI QUE VOUS POUVEZ M'ENLEVER CETTE MALEDICTION SANS QUE JE NE SOIS OBLIGÉ DE VOUS TUER ! hurlé-je d'une voix désespérée.

Son regard me suit, mais il reste silencieux.

— Dîtes-moi que vous ne commettrez plus un meurtre. Qu'il y a une autre alternative. Dîtes-moi que vous pouvez-y mettre un terme, insisté-je d'une voix brisée.

— Pourquoi arrêterais-je de tuer ? J'y ai pris goût. J'aime trop ça.

— Vous mentez... soufflé-je d'un regard implorant.

Il baisse le regard tristement vers sa Dague du Destin et une triste détermination s'empare de moi, mêlée à de la pitié. Je sens qu'il n'a pas envie de continuer ses meurtres, contrairement à ce qu'il veut bien me faire croire.

— Voilà bien des siècles que j'ai réussi à tenir sans la manipuler. Sans tuer qui que ce soit. Je sais que maintenant que j'ai pris goût à ces tueries, je ne m'arrêterai pas. Décapite-moi.

C'est le seul moyen que tu aies de me tuer pour enlever cette marque.

Il a abandonné la partie cette fois. Je ne sais pas ce qui l'a fait changer d'avis. Le fait que j'ai eu l'avantage sur lui grâce à mon flingue, ou parce que je suis déterminé à ne pas vouloir tuer ma propre famille.

Il me laisse le contourner, à genouillé au sol et ne dit rien avant de baisser la tête en signe de capitulation. D'abandon.

— Qu'est-ce qui me prouve que ce n'est pas un piège ?

— Rien du tout. Mais si tu ne me tues pas, c'est moi qui te tuerai. Tout comme tous ceux en qui tu tiens. Absolument tous.

Mon cœur ratte un battement et je retiens mon souffle. Je retiens mes larmes comme je peux pour faire honneur à cet homme qui, malgré tout, voulait réparer ses erreurs même s'il tuait les personnes qui avaient trahies leurs croyances et été maudits.

Je prends une grande inspiration en faisant pivoter la lame dans ma paume, lève rapidement le bras en retenant mon souffle et pousse un cri meurtri quand mon bras s'abat enfin sur lui pour le décapiter net.

CHAPITRE VINGT-SIX

Fox

Je ne sais pas depuis combien de temps j'entends ces cris ce combat, qui se déroulent tout près de moi. Je pleure. Je pleure de souffrance et de peur à l'idée qu'il n'arrive quoi que ce soit à Carl.

Pitié, Carl, reviens-moi en vie, et toi-même.

Je ne veux pas que la dernière chose que je lui ai dite, soit l'annonce de la disparition de notre fils. *Je t'aime*, aurait été plus approprié.

Mon corps tremble tout entier. Je n'ai plus la force d'appeler au secours. Je crois même que mon corps m'a rendue sourde, parce que je n'entends plus rien du tout.

Tout est calme tout à coup. Plus de mouvement, plus de cris de rage et de souffrance. Comme si l'univers venait de mettre pause pour que, l'espace d'un instant, la paix nous envahisse avant qu'on ne découvre la pire chose inimaginable.

Et puis sans que je ne comprenne pourquoi, ni comment, la porte qui me retenait captive jusqu'à maintenant, s'ouvre devant mes yeux. Je suis hésitante. Et si c'était un piège que Judas me tendait pour me tester ? Et si c'était Carl qui venait de succomber à la malédiction une nouvelle fois, et qui venait me chercher une bonne fois pour toute ?

Non, je n'y crois pas. Carl est plus fort que ça. Il a résisté à bien trop d'épreuves pour se laisser avoir par une simple malédiction.

Je me redresse lentement et titube vers la sortie en rassemblant mes dernières forces. Carl n'a pas dû venir seul. Pour qu'il ait la Dague du Destin, il a fallu qu'il la demande ne serait-ce qu'à Docker. Et je sais que Will n'est pas du genre à abandonner son frère dans ce genre d'épreuve. Ils sont comme ça ces deux frères. À se battre ensemble, l'un avec l'autre, envers et contre tout. C'est la plus belle relation fraternelle que j'ai jamais connu jusqu'à ce jour.

C'est alors un profond soulagement que je ressens, quand je vois dans la pièce voisine, les profils de Will et Azriel, regarder désespérément la porte juste en face d'eux.

— Will… gémis-je douloureusement, en m'approchant

d'eux tant bien que mal.

Sa tête se tourne brusquement vers moi et de la surprise mêlée à de l'incompréhension se lisent dans ses yeux avant d'accourir vers moi, au moment où je me sens basculer sur le côté.

— Fox ! s'exclame-t-il en me rattrapant de justesse, agenouillé sur le sol.

Je sens que je tremble tant la chute est douloureuse. Elle m'arrache même un cri lorsque je sens la lame du couteau bouger en moi, tranchant un peu plus mes organes. Je sens mes larmes rouler sur mes tempes, quand je vois l'air affolé qu'il affiche en constatant cette blessure.

— Azriel ! Il faut que tu l'aides ! s'écrie-t-il en levant la tête vers l'Ange qui accourt à son tour.

Je remarque que même Docker semble inquiet, lui qui avait pris plaisir à me voir me faire torturer par Anton il y a des mois de cela…

— Soigne-la ! le supplie Will en me tenant fermement dans ses bras. Je t'en supplie !

Il a, lui aussi, les larmes aux yeux. Je comprends alors que je ne vais pas m'en sortir. Je ne vais pas revoir mon fils, ni je voir grandir.

— Je n'y arrive pas, annonce Azriel, confus.

C'est peine perdue.

— Ce n'est pas grave… chuchoté-je en forçant un sourire pour le rassurer. C… Ce n'est pas grave. Il faut que tu retrouves James. Il est caché quelque part. Il a été enlevé pour que ma prophétie se réalise.

— Quelle prophétie ?

— Notre mort à tous… soufflé-je. Il faut que tu le sauves.

— Je te promets que je le sauverai et je te le rapporterai.

Mes larmes coulent de plus belle sur mes joues.

— Ce n'est pas la peine, Will. Je sens que je m'en vais. Je suis en train de mourir, mais il n'est pas trop tard pour James. Sauve-le.

— Non ! Non ! Non ! Tu dois te battre.

— Sauve Carl si jamais il devient à nouveau un démon. Promets-le-moi.

Il soupire, mais accepte malgré tout. Ça ne lui plaît pas, mais il sait que si nos rôles étaient inversés, je ferai tout pour accomplir sa dernière volonté.

— Je te le promets.

— Dis-lui que je l'aime. Dis-le plus tard à mon fils aussi…

— Je le ferai.

Je souris alors, en posant ma main sur la joue de Will.

— Je te demande pardon de t'avoir fait souffrir tout ce temps. Je t'aime malgré tout, Will. Même si ce n'est pas le même amour que le tiens.

— Moi aussi, je t'aime... murmure-t-il, tandis que je me sens mes forces me quitter et me faire basculer vers les ténèbres ou bien le paradis.

Carl

C'est en pleurant que je recule de quelques pas, pour m'éloigner du corps de Judas. Il aura été un combattant redoutable. Et je m'en veux de ne pas avoir eu le choix de le tuer. Même malgré les meurtres qu'il avait commis sur les innombrables innocents, il cherchait à stopper les malédictions pour qu'il soit le seul être à être maudit.

Je passe la porte lentement, à bout de force. Je tiens dans mes mains les deux armes qui ont meurtri le corps de Judas et qui m'ont rapporté la victoire. Will paraît soulagé en me voyant, bien que ses yeux soient rougis. Il respire rapidement. C'est avec un regard triste que me regarde Azriel et inquiet pour ce qui est de Docker.

Je ferme la grande porte et m'approche de mes amis et famille.

— Carl ? m'appelle prudemment mon frère, tandis que je regarde dans le vague.

— Carl, répète Docker en tendant une main vers moi.

Je sais ce qu'il veut. Récupérer la Dague du Destin.

— Donne-la-moi, s'il te plaît.

Je baisse les yeux vers celle-ci en la levant à hauteur de poitrine et fait un pas vers Docker qui s'inquiète de ce que je pourrais faire.

— Je suis désolé, mais non.

Je secoue la tête avant de tendre mon bras vers l'Ange. C'est une expression de surprise qu'affiche alors Docker, réalisant que je lui ai menti depuis le début. Il tourne son regard vers moi, les yeux plissés, tandis que je le fusille du regard malgré ma trahison.

— Tu as menti…

Azriel vient se mettre à côté de moi, me montrant son soutien malgré toutes les épreuves que je lui ai fait traverser.

— Je suis étonné que ça te surprenne. Je pensais que tu aurais aussi compris qu'il n'avait pas l'intention de te tuer. Mais si j'avais été un démon, sache que je l'aurais fait.

J'aperçois du coin de l'oeil, l'expression de surprise se lire dans les yeux de mon frère qui n'était pas au courant que j'avais décidé avec Azriel, de mentir au Roi de l'Enfer.

— C'est au Paradis que cette arme doit retourner. Hors de question qu'elle ne fasse à nouveau du mal.

— J'en prendrai soin, m'assure Azriel d'une voix solennelle.

Docker me regarde dans les yeux, les siens me lançant des éclairs, avant de disparaître. Je tourne alors les yeux vers mon frère et souris avant de perdre l'équilibre. Celui-ci, fidèle malgré tout, se précipite vers moi et me rattrape de justesse, comme il l'a toujours fait.

— C'est bon je te tien frangin. Je n'en reviens pas ! s'exclame-t-il, fièrement. T'as réussi. T'as tué Judas !

Oui, mais à quel prix ? pensé-je alors, en regardant la porte de l'église derrière laquelle gît le corps inanimé de Judas.

Mes yeux se baissent ensuite sur mon poignet où la tâche a disparue. Nous sommes libres.

Mon frère finit par me lâcher et me regarde alors tristement.

— Que se passe-t-il, Willy ?

Je fronce les sourcils me demandant ce qui le met dans cet état. Il a les larmes aux yeux. Je l'ai rarement vu dans cet état.

— Dis-moi ce qui se passe.

— C'est Fox… murmure-t-il en me lâchant.

Je retrouve tout à coup la force de supporter mon propre poids, l'adrénaline coulant à nouveau dans mes veines, malgré la fatigue qui me submerge.

— Judas l'a emmené ici et l'a enfermé dans une pièce là-bas. Et il l'a poignardé juste avant que tu ne l'affrontes.

Je le regarde avec gravité en réalisant que j'ai oublié ce détail quand j'ai tué Judas, et me précipite vers la pièce qu'il vient de m'indiquer. Fox… Judas m'avait dit l'avoir blessée. Mais lorsque j'arrive sur le pas de la porte, je n'y vois que du sang et les empreintes de ses semelles de chaussure.

Où est-elle ?

Je me tourne vers mon frère, en respirant rapidement. Je commence à craindre de savoir où elle se trouve.

— Où est-elle ? chuchoté-je. Où est mon fils ?

— Ton fils n'a rien. Il dormait lorsque nous l'avons trouvé. Mais Fox… ils n'étaient pas ensemble. Elle est arrivée vers nous, elle avait du sang partout… elle était faible… Je l'ai rattrapé de justesse quand elle s'est effondrée dans mes bras.

— Non ! grogné-je, en sentant une souffrance indescriptible et une rage me déchirer le cœur.

— Elle m'a demandé de te dire qu'elle t'aime…

— Tais-toi.

Je lui tourne le dos en me tenant les cheveux avec mes deux mains, en laissant couler mes larmes.

— Azriel l'a emmené à l'hôpital. Avec James.

Je me tourne vers lui avec surprise. Si elle est... je ne préfère pas le dire. Mais s'il est arrivé le pire, alors je veux voir mon fils et être là pour lui. Il ne faut pas qu'il reste seul.

— Où ça, Willy ? Où sont-ils ?

— À l'hôpital du coin.

Je soupire en fronçant les sourcils. La dernière fois qu'elle a été emmenée à l'hôpital, elle se vidait de son sang et je la portais à bout de bras en appelant au secours les infirmières disponibles. Will avait raconté qu'elle était ma fiancée. Ça l'avait beaucoup amusé.

— J'ai réussi à faire croire aux infirmiers, qu'un malade nous avait attaqué alors qu'on se promenait dans le coin. Ça eu l'air convainquant, parce qu'ils ne m'ont pas posé plus de questions.

— D'accord... murmuré-je en réfléchissant rapidement à quoi faire, même si la question ne se pose pas. Alors allons-y avant que quelqu'un ne nous trouve à côté du corps de Judas. Nous nous en occuperons plus tard, si personne ne l'a trouvé d'ici là.

Nous retournons à l'hôpital rapidement, après que mon frère nous y a conduit au volant de ma voiture. Dans l'état où je suis, je ne peux pas la conduire. Et si à l'hôpital on me pose des questions sur mon état, je n'aurais qu'à expliquer qu'on s'en est pris à moi avant de s'occuper de Fox. Avec les problèmes qu'elle a eu à Denton rapportés dans le rapport de police qu'à rédigé Jimmy, les autorités n'auront aucun mal à mettre les choses bout à bout.

Lorsque j'arrive à sa chambre, après avoir passé plus d'une heure à répondre aux questions des inspecteurs qui surveillaient mon fils, je peux enfin voir Fox qui est allongée dans un lit d'hôpital, toujours en vie. Mon frère m'avait qu'il n'avait pas eu plus de question que ça, mais il était loin de se douter que son départ allait en soulever. Il a fallu qu'il explique que l'état de Fox nécessitait une urgence contrairement au mien, d'où le fait qu'il l'ait emmené à l'hôpital la première. Il a fallu ensuite « me retrouver » pour me conduire auprès d'elle.

— Comme tu vois, il s'en est fallu de peu pour qu'elle y reste… murmure mon frère.

Je le fusille du regard, préférant qu'il commence par ça,

plutôt que me laisser croire qu'elle était morte. Même si finalement, je me suis rendu compte à quel point je suis fou d'elle et de ce que je suis prêt à faire pour garantir sa sécurité. Elle me détestera pour ça. Mais je n'ai pas le choix. Il faut que je le fasse.

J'entre dans la chambre et m'approche lentement du lit en portant mon fils dans mes bras et en le serrant fort contre mon cœur. Il me laisse faire, sagement et regarde sa maman qui est allongée. Lorsqu'elle ouvre les yeux lentement, je ressens un profond et incommensurable soulagement. Elle est encore en vie et me sourit tandis que j'embrasse le sommet de la tête à mon fils.

— Salut toi ! murmure-t-elle, l'air heureuse de me voir.

— Bonsoir, toi.

Je m'installe sur le rebord du matelas, et confie mon fils à mon frère qui reste à une distance raisonnable de moi, pour s'assurer que je ne m'effondre pas à nouveau. Je prends la main de Fox et ressens un élan de culpabilité. C'est en partie ma faute, si elle est dans cet état.

Elle se redresse tant bien que mal dans le lit à l'aide de sa main libre et grimace de douleur.

— Doucement ! lui conseillé-je en essayant de l'immobiliser en douceur.

— Ça va aller, ne t'en fais pas. Cette douleur me permet de me rappeler que je suis encore en vie.

Elle tente un sourire à se trait d'humour et se ravise quand elle voit que je peine à le lui rendre. Elle redevient alors sérieuse et un pli se dessine entre ses sourcils.

— Tu es ici, alors j'en déduis que Judas n'est plus de ce monde ?

— En effet. Il ne sera plus jamais un problème pour qui que ce soit.

— Et la malédiction ?

Je lui montre mon poignet vierge de quelque tâche que ce soit. Je dois avouer que moi-même j'en suis assez satisfait.

Elle hoche la tête et serre ma main plus fort.

— Ça va aller ? me demande-t-elle alors.

— On fait aller.

Elle tourne les yeux vers Will et le regarde tristement.

— Je suis désolée que tu aies assisté à ça, murmure-t-elle. J'ai failli mourir dans tes bras et j'ai conscience que ça a dû être une épreuve pour toi.

Il force un sourire à son adresse et fait un câlin à James.

— L'important c'est que tu sois encore en vie.

Elle hoche la tête et reporte son regard sur moi.

— Fox, je te demande pardon de t'avoir entraîné dans cette histoire. Je ne pensais pas que les choses prendraient de telles envergures.

— Tu n'as pas besoin de t'excuser, Carl. J'ai choisi de t'appeler au secours et de venir vous voir, parce que je tiens à vous. Et je ne regrette pas une seule seconde tout ce qui s'est passé parce que j'ai réussi à te permettre de ne pas devenir complètement un démon. J'ai aidé Will à te faire revenir, même s'il en a plus fait que moi dans toutes cette histoire, et j'ai donné une chance à ton fils de te connaître. De vous connaître tous les deux. Maintenant tout va bien se passer et tu verras grandir ton fils. Il aura un père.

Je fronce les sourcils tristement. Elle ne sait pas combien ses mots me font plaisir et me blessent à la fois. Elle ne sait pas que les paroles que je vais prononcer, vont lui briser le cœur. Elle ne sait pas que je vais la blesser.

— Je suis désolé, Fox. Mais non.

Elle fronce les sourcils, sans comprendre, puis tourne les yeux vers Will qui la regarde tristement. Il sait ce que je m'apprête à faire. Parce que je lui ai tout expliqué dans la voiture et on a tous les deux convenus que c'était la meilleure chose à faire. Même si ce choix aura plus de conséquences sur nous que sur elle, finalement.

— Je ne comprends pas, m'avoue-t-elle alors en souriant nerveusement. Je... Tu ne veux pas vivre avec James et moi ? Will ? Tu...

— Ce que j'essaye de te dire, c'est que je veux une vie tranquille pour James et toi. Je veux que tu aies la vie sauve loin de toute cette merde.

— Non ! s'exclame-t-elle. Tu... Tu veux me quitter ? Je... Tu...

Les larmes lui montent aux yeux, et son moniteur cardiaque s'emballe. Je me sens mal. Je lui brise le cœur et brise le mien par la même occasion. Il s'en faut de peu pour que je renonce et change d'avis. Ce serait peut-être mieux pour moi. Mais pour elle ?

— Je vais t'effacer la mémoire. Tu ne te souviendras plus de moi ou de Will.

— Non... chuchote-t-elle. Ne fais pas ça. Je t'en supplie.

— Je vais le faire, lui assuré-je d'un ton déterminé. Je n'ai pas le choix.

Elle secoue la tête et retire sa main nerveusement en tournant les yeux vers Will et Azriel pour leur demander de l'aide.

— Ne fais pas ça Carl. Je ne veux plus vivre loin de toi ! Cette vie-là, j'ai assez donné !

Je soupire.

— Il le faut. Mais sache que je t'aimerai malgré tout.

— Et mes sentiments à moi ? se défend-elle alors, les larmes se déversant sur ses joues. Qu'en sera-t-il de ce que je ressens pour vous ? Tu n'as pas le droit de me priver de ce que je ressens ! Tu n'as pas le droit de me priver de vous !

Je ferme les yeux, essayant de lutter contre l'envie de changer d'avis. Je ne peux pas faire marche arrière. Ce serait trop risqué pour eux. Je ne veux plus qu'ils frôlent la mort à cause de nous.

— Tu te rappellera seulement que tu as eu une nuit de folie avec un Chasseur et que tu as eu James.

— Une nuit de folie ? répète-t-elle sèchement, la voix tremblante.

— Mais tu ne te souviendras pas de quel Chasseur exactement. Tout comme le nom de famille de James ne sera plus que Blair.

— Fais pas ça… Tu n'as pas le droit de priver ton fils de

sa famille.

— Mais tu retrouveras ta mémoire le jour où je reviendrai. Tu retrouveras la mémoire quand tu croiseras mon regard.

Elle secoue la tête.

— Je ne veux pas t'oublier moi ! pleure-t-elle. Tu ne peux pas me faire ça !

— Pardon, Fox. Mais saches que je t'aime de tout mon cœur.

Je me lève du lit et me penche au-dessus d'elle et l'embrasse. Elle me laisse faire, baissant les yeux sur ses mains qu'elle entremêle nerveusement entre eux, mais je sais bien que je lui fais du mal. Je me redresse en soupirant et embrasse mon fils en lui chuchotant que je l'aime, avant de le poser dans les bras de la femme que je suis sur le point d'abandonner. Elle le prend et le serre contre elle en grimaçant.

Je m'éloigne d'elle et laisse la place à mon frère.

— Will, je t'en prie. Ne faites pas ça. Ne me prenez pas mes souvenirs. Ne me volez pas ça. Tu sais combien je tiens à vous deux.

— Ne nous en veux pas. Mais si nous devons te supprimer les souvenirs pour que tu sois en sécurité, alors nous sommes prêts à faire ce sacrifice.

Elle tourne alors les yeux vers Azriel qui s'approche d'elle lentement.

— Ne fais pas ça, chuchote-t-elle alors, d'une voix suppliante. Je t'en prie Azriel. Je ne sais pas si j'arriverais à le supporter si tu fais ça.

— Tu le supporteras parce que tu ne t'en souviendras pas. Je te demande pardon, Fox.

Azriel s'approche de Fox, et je fronce les sourcils avant d'intervenir.

— S'il te plaît, assures-toi qu'elle retrouve ses souvenirs dès que je reviendrais.

L'Ange hoche distraitement la tête comme réponse, et s'approche d'un pas de plus en direction du lit.

— Et si je n'arrivais pas à me souvenir ? tente la mère de mon enfant en le regardant d'un air désemparé.

— Ne t'en fais pas. Tu y arriveras.

Azriel tourne la tête vers moi, comme pour s'assurer que je suis sûr de ma décision. Je hoche la tête pour lui confirmer qu'il a mon accord et le regarde poser ses doigts sur le front de Fox. Le regard de Fox devient vague, juste le temps que je la vois. Puis Will et moi quittons la chambre pour ne plus jamais y revenir.

— Comment tu te sens ? me questionne mon frère inquiet, tandis qu'il s'installe à ma place dernière le volant.

J'ai le cœur brisé. Voilà comment je me sens ! ai-je envie de répondre. Mais tout ce que je trouve à répondre c'est :

— Je n'ai pas envie d'en parler.

Willy démarre alors la voiture et nous retournons à la vieille église abandonnée, pour trouver une solution pour nous débarrasser du cadavre de Judas.

EPILOGUE

Fox

Je quitte le Vermont, bien que je ne sache pas comment j'y ai atterris avec James. Tout ce dont je me souviens, c'est que j'ai été attaqué par des démons il y a des mois, pour chercher de l'aide auprès de… C'est là le problème. Je ne sais pas auprès de qui je suis allé chercher de l'aide. Mais qui que ce soit dont je ne me souviens pas, je leur en suis reconnaissante.

Les médecins ne comprennent pas comment j'ai pu perdre la mémoire, alors qu'apparemment je ne n'avais aucun souci de mémoire lorsque j'ai été admise. Ils pensent qu'il peut s'agir d'un stress post-traumatique en lien à mon agression. Les gens qui m'ont aidé m'ont fait passer pour la fiancée de l'un d'eux et ont dit aux infirmiers que nous avions été agressé dans la rue. Même ça, je ne m'en rappelle pas. Tout ce que j'ai comme preuve, ce sont ces points de suture au ventre qui signifient que j'ai été poignardée. Par chance, mon fils n'a rien eu.

En rentrant chez moi, Jimmy m'a dit que j'avais trouvé de l'aide chez les frères Walher. Mais je ne sais pas qui ils sont. Je ne me souviens pas de les avoir rencontrés, puis un matin elle m'a dit qu'elle s'excusait parce qu'elle s'était trompée. Je n'ai pas cherché à comprendre. Je n'ai pas cherché à en parler non plus. Pour quoi faire, puisque je ne les connais pas ?

Après avoir effectué des recherches sur eux, j'en ai conclu qu'ils avaient une vie comme la mienne. Ils ne sont pas connus, mais j'ai pu apercevoir une de leur photo sur la cheminée de Jimmy. Même si la photo est flatteuse, je ne me souviens pas d'avoir rencontré quelqu'un comme lui. Ni même celui de son jeune frère. Des visages comme les leurs, ça ne s'oublie pas.

J'ai donc décidé d'enterrer cette histoire et de refaire ma vie. J'ai remercié Jimmy pour tout ce qu'elle a fait pour moi et je suis partie m'installer à Détroit. J'ai fait une pause dans la Chasse à cause de mon fils et du boulot, mais nous savons vous et moi, qu'il y a toujours une créature à Chasser.

La Chasse n'est jamais terminée.

A SUIVRE ...

REMERCIEMENTS

J'ai l'impression que cette étape est toujours la plus compliquée à écrire. On veut faire les choses bien, n'oublier personne et faire en sorte que ce ne soit pas plus long qu'un chapitre. Mais avouons-le ; on finit toujours par ne pas respecter l'un de ces objectifs.

Pour ma part, je n'ai pas grand monde à remercier. Il y a quelques personnes que j'ai en tête naturellement. Mais comparé à nombre d'auteurs que je lis, j'ai l'impression que ma liste de remerciements est moins longue que ma PAL.

Alors c'est parti !

Tout d'abord, et c'est le plus dur pour le premier choix, j'aimerai remercier mes enfants et leur père d'avoir été patients lors de l'écriture de ce tome 2 alors qu'il n'était qu'une fanfiction initialement. Ils ont veillé à ce que j'ai du temps pour écrire et pensé à ma santé lorsque j'oubliais par mégarde l'heure des repas.

J'aimerais remercier ma Bêta lectrice, Céline, qui a soutenu mon projet comme elle le fait pour chacune de mes œuvres. Ton avis m'a été très précieux et savoir que je te frustrais à la fin de certains de mes chapitres, me montrait que j'étais sur la bonne voie.

Merci également à tous mes lecteurs de la communauté Wattpad qui ont connus cette histoire alors qu'elle n'était qu'une fanfiction, et qui m'ont encouragé avec leurs commentaires nombreux, à poursuivre les aventures de Fox et les frères Walher. Je dois avouer que cette histoire d'amour est devenue une de mes préférées parmi toutes celles que j'ai écrite. Et c'est grâce à vous tous.

Enfin, j'aimerais te remercier toi, qui a parcouru ces pages pour découvrir la suite des aventures des frères Walher et Fox. Patience, la suite arrive bientôt.

Pour terminer, j'aimerai dédier cette histoire à tous mes êtres chers qui me regardent là-haut. Vous me manquez continuellement. Je ne vous oublie pas, et prenez soin des prochaines étoiles qui vous rejoindront ♡

RETROUVEZ LA SUITE DES AVENTURES DE
FOX ET LES FRERES WALHER AU *MOIS DE JUIN*
POUR LE DERNIER TOME DE LA TRILOGIE !

9 782322 556939